W0281834

LE ROMAN
DE MOLLY N.

© Charleston, une marque des éditions Leduc.s, 2020
10, place des Cinq-Martyrs-du-Lycée-Buffon
75015 Paris – France
www.editionscharleston.fr

ISBN : 978-2-36812-502-1

Pour suivre notre actualité, rejoignez-nous sur Facebook (Editions.Charleston), sur Twitter (@LillyCharleston) et sur Instagram (@LillyCharleston) !

Sophie Carquain

LE ROMAN DE MOLLY N.

Roman

CHARLESTON

À mon père,
qui m'a enseigné le goût de la vérité.

« Regarde les maisons les plus hautes, et les arbres aussi : sur eux descend la foudre, car le ciel rabaisse toujours tout ce qui dépasse la mesure. »

Hérodote

« C'est dans l'art que l'homme se dépasse définitivement lui-même. »

Simone de Beauvoir

AVERTISSEMENT

La femme dont il est question dans ce livre a été condamnée à mort par une fatwa émise par des fondamentalistes religieux, tout comme Salman Rushdie ou Stéphane Charbonnier, directeur de la Rédaction de *Charlie Hebdo*.

En 2010, sur ordre du FBI, sous la présidence de Barack Obama, Molly a changé de nom, d'identité, de métier.

Elle a disparu.

Ce livre, qui retrace son histoire, est d'abord et avant tout un roman.

La seule partie véridique de ce livre concerne l'affaire des caricatures (première partie). Tout le reste est pure fiction.

J'ignore où se trouve Molly Norris, je n'ai pu, contrairement à ce que laisse supposer la troisième partie, rencontrer personne pour me renseigner sur elle.

AVANT-PROPOS

Comment est-elle parvenue jusqu'à moi ? Pourquoi s'est-elle glissée en moi, avec l'insistance d'un personnage de roman ?

Pourquoi cette caricaturiste talentueuse, native de Seattle, sur la côte ouest des États-Unis, la ville de Microsoft et Amazon, avec son physique de « femme d'à côté », s'est-elle fourrée dans la gueule du loup au point d'être sommée par le FBI de disparaître ? Dix ans plus tard, qu'est-elle devenue ?

Le 7 janvier 2015, je suis installée à mon bureau, plaid sur les épaules, depuis un bon moment maintenant. Il fait froid, un problème de chauffage récurrent, et je me maudis de n'avoir pas investi dans un petit radiateur d'appoint.

J'ai couru de bon matin, comme tous les jours, avec bonnet et gants ; j'ai commencé à travailler, achevé un article, et, d'un instant à l'autre, je m'attends à ce que la cuisine soit envahie par une bande de lycéens – ma fille et ses amis –, claquant les portes, faisant résonner leurs rires et les bips du four à micro-ondes.

Encore un moment de silence.

J'allume mon ordinateur, je flâne sur les allées de Facebook ; ses trottoirs huileux, qui vous embarquent d'un sujet à un autre. J'y braconne souvent, glanant des idées d'articles, ou j'y fais une pause comme on s'offre un café avec un collègue.

Il est 11 h 25. Je suis l'une des premières de mon réseau à capter cette énormité. Fusillade. *Charlie Hebdo.* Effraction. Kalachnikov. Des morts.

Je suis stupéfaite, hébétée.

Je partage la nouvelle d'un clic, en y ajoutant quelques points d'interrogation.

Quelqu'un sait ce qui se passe ?

J'allume la radio, je me rue sur les sites d'information. Tout s'accélère. On parle d'attentat, maintenant. La Toile clignote sous les alertes. Des kalachnikov, des mares de sang : attentat dans les locaux de *Charlie Hebdo,* dans le 11e. Vous avez bien lu, en plein cœur de la capitale.

Onze morts. Sur Facebook, sur Twitter, l'émoi enfle, explose, suinte, dégouline, se partage. Oui, c'est sûr, maintenant.

La catastrophe frappe par son aspect inédit – comme on l'a dit du 11 Septembre et du crime de Merah. Cette fois, c'est une intrusion dans la maison de l'écriture.

Des noms tombent. Charb, Cabu, Honoré.

Wolinski.

Je pense à sa fille, Elsa, pimpante journaliste d'une petite quarantaine d'années, croisée une ou deux fois dans les couloirs du *Figaro.* D'ailleurs, elle parle, Elsa. Sur Facebook, elle poste sous le hashtag #Papaski une photo de son père, comme une supplique. « Papa, j'apprends que tu es blessé. Attends-nous, je pense à toi. J'espère que tu ne souffres pas. »

Elle continue à parler de blessure, de vie, comme si elle demeurait dans le passé, alors que Papaski est déjà mort – le réseau social l'annonce froidement.

Bernard Maris. Charb. Elsa Cayat... Tignous. Honoré.

Les noms claquent comme des coups de feu.

Les visages apparaissent sur les écrans. Cabu, sa frange et son regard d'agneau, yeux étrécis derrière ses verres, la barbe d'Honoré, le profil anguleux de Wolinski. Les infos en boucle, pendant des minutes, des heures...

Et, soudain, elle est apparue d'entre les morts.

Sur un article de CNN. Un visage ovale, un front d'intellectuelle. Derrière les montures noires, des yeux bleus éblouis par le flash du photographe. Un sourire timide, un air déterminé.

« *Molly Norris vanished* », « *She has to disappear* ». « *Molly Norris is no more* ». Je fronce les sourcils, je me demande ce qu'elle fait là, entre Charb et Bernard Maris. Et puis, je lis. Il y a eu une « autre affaire des caricatures ». Une histoire dont on a peu parlé. Une femme du nom de Molly N. a, cinq ans plus tôt, lancé un concours de caricatures de Mahomet sur Internet. Menacée de mort, elle a été sommée de changer d'identité, de profession. Elle est partie sans même dire au revoir.

Je me souviens avoir partagé l'information – mais tout le monde était trop occupé avec les morts, ou les presque vivants – ici, là, très près de chez nous, en France, pour prêter attention à elle.

Ce jour-là, c'était comme si elle n'était apparue que pour moi.

Les jours suivants, Molly a continué à frapper à ma porte.

J'ai remué Internet comme on renverse une armoire. Je l'ai retrouvée dans un article, sans l'ombre d'un maquillage, sans ses lunettes, la tête coiffée d'un bob vintage d'inspiration militaire, vêtue d'un simple T-shirt, le regard gris perdu dans le brouillard de Seattle, préoccupée, serrant son énorme bouledogue dans ses bras. Le chien fait face à la caméra, langue pendante. « Avant qu'elle ne disparaisse, Molly Norris a été vue dans les environs de Seattle, se promenant avec son bouledogue anglais », signale la légende.

Quant au FBI, il a si bien « nettoyé » le profil de Molly que, outre l'affaire des caricatures, il ne reste vraiment rien. Un contour, des photographies, quelques dessins, et une seule certitude : une femme menacée de mort respire quelque part. Les « blancs de l'Histoire », comme on le dit en littérature, sont vastes comme un désert.

PREMIÈRE PARTIE

PIÉGÉE

Prologue

12 février 2015

ELLE ENTEND DES PAS. Le claquement déterminé de leurs pas. Une série de détonations.

Repliée en chien de fusil sous un sac en toile, elle ferme les yeux à s'en froisser les paupières et, ainsi, fait disparaître le danger.

Ils se rapprochent.

La terre de la cave est glaciale, l'arête d'une pierre pénètre dans sa cuisse droite. Ils vont la trouver, son cœur cogne si fort.

Ils murmurent dans une langue inconnue, mélopée ou prière, et ce chant avance comme une vague.

Leurs voix, graves et basses. Leurs voix se taisent. Leurs pas aussi.

Ils demandent qui est le rédacteur en chef, qui est Stéphane Charbonnier, qui est la caricaturiste.

Si Molly N. est bien là. Un déclic. Le canon d'une arme sur sa tempe.

Molly crie, une rigole de sueur glacée coule le long de sa nuque.

Il y a du noir derrière ses yeux.

La porte. Où est la porte. Elle se redresse, tend le bras, tâtonne. Le bord du lit, la table basse.

C'est un cauchemar. Respire.

Parfois, elle rêve encore qu'elle est dans sa maison à Seattle, rue Aloha.

Cinq ans après, ça lui arrive encore.

Molly chavire sur ses jambes. Elle parvient à se lever, s'accroche à son lit, le contourne. La cuisine. À gauche, ou à droite ?

Ce sont les appartements qui souffrent d'Alzheimer. Chaque déménagement alourdit sa valise, accable un peu plus ses épaules, chahute ses neurones, et pour quelqu'un comme elle, privé de sens de l'orientation, chaque emménagement est une épreuve.

Elle est obligée de dessiner pour se repérer. Elle a toujours dessiné pour ne pas se perdre. Le plan de l'appartement, des commerces, du quartier. Paris et ses ruelles, qui vous embrassent et vous étouffent. Son bureau est rempli de plans de batailles.

Elle ouvre la porte du placard la main tremblante. Du café. Du thé. Elle a froid de l'intérieur. Elle remplit la bouilloire, cherche l'allume-gaz. Mais non, ici, c'est de l'électricité. Elle attrape son front entre ses mains.

« Pourquoi n'écrivez-vous pas, lui a dit l'hypnothérapeute. Pour mémoriser. »

Molly ferme les yeux, tente de retrouver le regard si doux du médecin, l'apaisement qu'elle a alors perçu quand celle-ci a, à peine, effleuré son bras.

Elle sirote son café à toutes petites gorgées, dans la lumière blafarde, dépose son mug, allume l'ordinateur. Le bout de ses doigts tremble encore.

« Je m'appelle Molly Norris.

Je me cache depuis cinq ans.

J'écris pour ne pas devenir folle.

J'écris pour me taire.

J'écris pour rester invisible.

J'écris parce que je suis seule.

J'écris parce que je ne suis plus jamais seule.

J'écris parce que, là, cette nuit, à côté de moi, une femme dort dans la chambre d'amis, la main posée sur son flingue, prête à dégainer au moindre bruit.

J'écris parce que ce que je redoutais s'est produit ici ; en France, à Paris, dans le 11e arrondissement.

J'écris parce que chaque cellule de mon corps, de mon cerveau, est infiltrée par la trouille.

J'écris parce qu'ils sont là. D'une certaine façon, ils sont là, au pied de l'immeuble, dans ma chambre, dans ma tête, depuis cinq ans.

J'écris parce que, il y a cinq ans, un jour de printemps, l'année de la mort de Molly, j'ai commis le dessin le plus niais et le plus dangereux que j'aie jamais réalisé.

Et, de là où je suis, dont personne ne saura rien, j'écris – sur un ordinateur protégé – avant de refaire mes valises, pour la dix-huitième fois, si ma mémoire est bonne.

Je m'appelle Molly N., et je suis une âme errante. »

1

Early bird

15 avril 2010, 6 h 30, Seattle, parc Volunteer

TAPIE SUR LE SOL, ventre à terre, la truffe contre le béton, le bulldog faisait la morte en gémissant.

— Rachel, bouge-toi, ma fille ! Tu as entendu ce qu'a dit le docteur Prichard ? S'il t'arrive un problème, ne compte pas sur moi pour te pousser dans une chaise roulante.

La chienne coula un regard larmoyant vers sa maîtresse et jappa doucement, avec un léger râle dans la voix. À quatre ans, elle était asthmatique, avec un souffle au cœur, une dermatite au niveau du cou et une conjonctivite chronique. Rien d'étonnant. Les brachycéphales avaient une santé fragile et un sale caractère, ils étaient les chiens les plus attachants au monde.

— Allez, zou !

Elle tira sur la laisse, Rachel leva son arrière-train.

— C'est déjà bien, ma grosse. Allez, direction le Volunteer. Tu as vu tous ces toutous qui courent ?

Dès l'ouverture du parc, à six heures, sautillant sur leurs baskets à l'amorti puissant, les *early birds* de Seattle se retrouvaient tous ici, bonnet de laine ou bandeau sur les oreilles, tatouage au mollet ou à l'épaule, muscles finement ciselés nourris aux graines de chia et à l'extrait pur de gingembre, l'œil sur leur smartphone, réinitialisant le programme du jour : marche afghane ou course fractionnée, sprint bouffeur de calories, ou encore, serrant dans leurs paumes des mini-haltères, gainage des épaules pour prévenir l'effondrement musculaire. La plupart d'entre eux parcouraient de belles foulées au côté d'un setter, un labrador, une balle à la main qu'ils lançaient de temps à autre à leur toutou. Bien malin qui eût pu dire qui du maître ou du chien entraînait l'autre.

C'est ici que l'artiste Molly Norris, caricaturiste et chroniqueuse à *City Arts Magazine*, *Seattle Weekly* et *City Dog*, un fanzine pour fanatiques canins, venait respirer chaque matin accompagnée de son bulldog anglais – une ventripotente et courtaude femelle – à l'heure où l'indéfectible brouillard crachotait une fragrance résineuse riche en terpènes et huiles essentielles. La drogue des végans. Dès qu'elle sortait de chez elle, le bon air marin du Pacifique lui était aussi tonifiant qu'un grand latte.

Du haut de son mètre soixante-trois, le front légèrement bombé, le regard franc et timide à la fois, elle avait revêtu, comme tous les matins, son vieux survêtement marine à bandes blanches et chaussé ses baskets rose Malabar. La silhouette vintage d'une lycéenne des années quatre-vingt. Mais il suffisait de l'approcher pour être frappé par un je-ne-sais-quoi d'effronté dans le regard, quelque chose de mordant et d'implacable.

« Maman, t'es une vraie rebelle déguisée en mamie. On te donnerait dix-huit ans », lui disait sa fille Grace. Avant de reculer, yeux mi-clos, tête penchée comme pour observer un insecte. « En fait, non, concluait-elle. Tes rides au coin des yeux. Et ces joues qui s'affaissent. Je dirais plutôt trente-huit. »

Molly avait trente-neuf ans.

Tous les jours, elle suivait le même itinéraire, sortant de chez elle à l'angle d'Aloha Street et de la 10e Avenue, bifurquant vers la verdoyante Prospect Street, grimpant la volée de marches menant vers le cœur du Volunteer. Elle se pressait vers le petit sous-bois, saluait sa « vieille » (un tronc d'arbre tordu qui ressemblait à s'y méprendre à une Amérindienne portant un bébé dans son dos), puis contournait le conservatoire de plantes pour rejoindre le « réservoir », la réplique miniature de celui de Central Park.

Le Volunteer était conçu comme un cupcake, tout en hauteur, avec une cerise sur le gâteau, le château d'eau, au niveau de la 14e Rue, d'où l'on admirait la vue à trois cent soixante degrés – particulièrement la Space Needle, cette tour de l'espace que Molly avait rebaptisée la Space Noodle, tant elle haïssait ce spaghetti étêté.

Pas de Nouille de l'espace ce matin.

La paresseuse Rachel n'avait même pas, contrairement à son habitude, pourchassé les écureuils. Tout au plus, en repérant un au pied d'un chêne, s'était-elle arrêtée net sur ses pattes arquées, découvrant ses babines.

Le rongeur, affolé, avait bondi tout en haut de l'arbre, sa queue ondulant comme une vague. Molly, de son œil d'artiste, avait déjà imprimé l'image. Elle adorait les écureuils, peu farouches, si sociables, avec leurs pattes griffues si mignonnes quand ils grignotaient une noix, et avait pour projet d'écrire – un jour – l'histoire d'une famille d'écureuils dans un parc canadien. Les enfants aimaient les histoires simples, l'humour et la magie, et Molly était (d'après elle) un être simple. Elle rêvait aussi d'un roman graphique canin sur la vie de son quartier, Capitol Hill. Avec, évidemment, des héros bulldogs.

Sale caractère, drôle de face écrasée, elle adorait les croquer dans son carnet.

Quand elle aurait le temps... Mais le temps, à Seattle, dans cette ville dont le cœur battait à trois cents pulsations-minute, c'était ce qui vous manquait le plus.

Elle tira sur la laisse pour lever la chienne de vingt-huit kilos et sortit une balle en mousse rose à moitié rongée de sa poche. Direction : le court de tennis désaffecté, habituellement désert à cette heure matinale.

Mais c'était sans compter la bonne volonté et l'amour des maîtres à chiens ! Une jeune femme, la trentaine, queue-de-cheval blonde et bermuda beige bon teint, lançait un boomerang en fibre de carbone à un genre de lévrier, haut sur pattes, vêtu d'un pull bleu clair et gris.

— Tu vois, Rachel ! Prends exemple sur...

— Eliott, sourit la jeune femme avenante, dentition immaculée. Hello, Rachel, dis-moi, tu es drôlement... hmm... mignonne.

— Flemmarde, oui, bougonna Molly.

— Oh, il faut les habituer tous les jours. Cinq minutes, puis dix... Un biscuit au retour, un peu plus de croquette. On n'a pas vraiment le choix. Il faut les éduquer ! Vous verrez, ça marche.

— T'as entendu, Rachel ? Même son bâtard y arrive.

Alors pourquoi pas toi ? ricana Molly.

Décontenancée, la jeune femme fit volte-face, et sans un mot reprit son lancer de boomerang.

Elle était comme ça, Molly.

Le soleil perça à travers les nuages à 7 h 20, brutalement, comme il le faisait toujours aux beaux jours. Splendide. L'hiver était glacial, ici, et même en demi-saison, on rentrait tout galoché, baskets terreuses et pattes crottées.

Avril, décida Molly, serait une bénédiction. Mai serait génial.

— Allez, on rentre, ordonna-t-elle. Grace nous attend.

Grace à réveiller. Mon Dieu. Était-ce normal qu'à quatorze ans, elle sombre déjà chaque nuit dans un sommeil si lourd ? Elle allait lui préparer sa tortilla à la tomate. Ou ses œufs frits. Que serait devenue Molly sans les œufs ? Elle était la pire des mères, ne savait cuisiner que cela.

Seule, après le départ de Grace, elle s'installerait sur son vaste canapé d'angle, devant la cheminée éteinte, la presse régionale et nationale étalée autour d'elle, décortiquant les titres de couv et les articles principaux, et jouerait le seul rôle pour lequel elle se sentait vraiment douée : caricaturiste et chroniqueuse. Elle avait un article à écrire sur la future exposition du SAM, le Seattle Art Museum, et un dessin à faire pour la une du *Seattle Weekly*. Aucune idée pour l'instant. Pas d'angoisse. C'était toujours venu. Il lui suffisait de se rendre disponible, d'être à l'affût de ces microdétonations que la lecture déclenchait en elle. Elle saisissait les journaux, les uns après les autres, jusqu'au moment où une intuition naissait en elle, comme une décharge électrique. Elle se levait alors d'un bond, griffonnait derrière son bureau une première ébauche, tandis que Rachel, sur ses talons, hurlait à la mort, comme si cette nouvelle idée était une intruse qui déboulait dans son salon.

Les aboiements de la chienne étaient ainsi, au fil du temps, devenus le signal de la victoire.

7 h 30. Elle enfonça ses écouteurs dans ses oreilles.

Ce qu'elle entendit alors lui fit l'effet d'une bombe. Elle resta les yeux écarquillés, la main sur la boucle râpée de la laisse.

— On croit rêver ! Mais c'est FOU ! Ah non !

Un jeune homme barbu, coiffé d'un petit bonnet de laine à ras des oreilles, la dévisagea en fronçant les sourcils, tout en continuant à courir. C'était le regard, mi-inquiet, mi-condescendant, que l'on réserve aux fous du métro qui morigènent dans leur barbe.

Molly siffla :

— Dépêche ! On rentre !

C'était dingue, inimaginable. Elle n'avait que des hyperboles à la bouche. Elle aurait aimé que ses neurones serpentent vers une émotion plus subtile, mais l'indignation avait déjà embrasé son esprit, carbonisant les pleins et les déliés.

Elle était de la race des timides qui serrent leur colère dans leurs petits poings pour mieux la déployer à la face du monde.

***

Quand je me suis rendue pour la première fois à Seattle il y a douze ans, en famille, sans savoir que j'écrirai un peu plus tard sur Molly Norris, j'ai commencé moi aussi par me rendre au Volunteer.

C'est un rituel : à peine arrivée à l'étranger, je chausse mes baskets et je vais courir, que ce soit dans un parc ou le long d'un boulevard. C'est le meilleur moyen pour entrer en contact avec une ville ; j'ai l'impression d'être sur le bon tempo, en parfaite harmonie avec les pulsations du lieu.

Nous avons donc foulé la terre de ce parc, réputé pour son musée des Arts asiatiques et son conservatoire de plantes, magnifique bâtiment en fer forgé blanc de style victorien, regroupant des cactus, des orchidées du monde entier.

Je me souviens, à l'époque, que nous avions longé la Federal Avenue, l'avenue des riches Américains, plantée de demeures cossues comme des manoirs, abritant derrière leur grille ouvragée, leurs tulipes gigantesques, leurs statues en pierre et leur gazon tondu de près.

Ce qui m'a frappée, alors, outre le bon air iodé, c'était le nombre de chiens. On les aurait crus aussi nombreux que les hommes. Est-ce le rêve américain, la proximité de l'Alaska, fantasmé, craint, et de ses grands espaces rudes et hostiles ? L'homme ne sort pas sans son bipède.

Les mauvaises langues prétendent qu'à Seattle, il y a plus de chiens que d'enfants ; et que les premiers y sont mieux traités. Il est vrai qu'ils ont droit aux biscuits sans gluten, à des plages dédiées et des squares avec buvette. Nous étions passés, sur Dennys road, devant Whoof, une crèche canine, et les avions vus s'ébattre dans une vaste salle de gymnastique sous l'œil vigilant de leurs nounous.

À l'époque, mes trois enfants étaient bien plus intéressés par les écureuils fureteurs et peu farouches. Le matin, nous nous promenions au parc parfois vers 6 h 30, les poches remplies de noix, noisettes et amandes, et les guettions dans le sous-bois.

Un matin, mon fils a tendu une noix de cajou à l'un d'entre eux, attirant d'emblée tout un groupe de congénères, les oreilles aux aguets, qui émettaient un drôle de cri un peu effrayant. Ils se sont approchés à nos pieds.

Les enfants jubilaient, avec une sorte d'excitation presque animale, quand on a entendu un cri. « Ra-bies! Ra-bies! »

Une Asiatique d'une soixantaine d'années roulait des yeux exorbités.

Elle a attrapé fermement mon bras.

— Squirells-do-have-ra-bies dont you know that?

Elle parlait d'une voix saccadée.

— Look after your children! God.

J'ai froncé les sourcils.

Elle semblait furieuse de nous voir, nous, les parents, si calmes. J'ai éloigné les enfants, irritée qu'elle me considère comme une « mauvaise mère », et me suis demandé si elle n'était pas folle. Ce parc m'a soudain paru moins enchanteur.

Nous n'avions pas choisi Seattle, c'est la ville qui nous avait élus.

Nous avions accepté la proposition d'une famille américaine désireuse de connaître Paris, sa rive gauche, sur le site Home exchange, formule que nous avions commencé à pratiquer depuis un an ou deux, et qui nous permettait d'échapper aux vacances stéréotypées et aux hôtels pour touristes. C'était un moyen idéal, pour découvrir, nous disions-nous alors, l'intérieur d'une ville et le cœur de ses habitants. On furète dans la bibliothèque, on écoute leur musique, on les devine.

Notre maison, peinte en bleu, était située, en plein cœur de Capitol Hill, le quartier vibrant de Seattle, entre les échoppes de tatoueurs, les magasins pour drag queens, les coûteuses friperies vintage qui, esprit « Northwest Pacific » oblige, déroulaient fièrement leur drapeau arc-en-ciel dans les vitrines, et leurs messages de tolérance « One size doesn't fit all », voire « No place for homophobia, sexism, racism, hate ».

Seattle, à n'en pas douter, était la ville de toutes les fiertés, de toutes les libertés. La ville qui combattait toute forme d'intolérance.

Dans le salon, je regardais les photos de famille encadrées de bois précieux, disposées en diagonale sur les murs vert amande, et je me disais, en examinant ces deux adultes, ces deux enfants – un garçon, une fille – aux cheveux blond-roux, aux taches de rousseur et aux dents bien redressées, que nous avions échangé notre appartement avec une « famille parfaite ».

En réalité, à mesure que nous ouvrions les penderies, pour ranger nos vêtements, nous constations que la pagaille était totale. Ils n'avaient pas suivi la charte des « échangeurs d'appartements », qui exige de faire place nette pour ses hôtes. Les tiroirs débordaient de culottes, Lego, cubes pour les enfants.

Dans la cuisine, c'était pire. Le réfrigérateur était rempli de nourriture avariée, saucisses flétries, parmesan recouvert de mousse bleuâtre – que nous avons dû jeter, les mains gantées de caoutchouc, dans trois sacs-poubelle. Nous ouvrions les placards, affolés de voir le nombre de bouteilles d'huile d'olive, de cacao, les sachets de chips. Tout existait en cinq ou six exemplaires, dont deux, au moins, étaient gravement périmés.

Je me suis demandé si l'un des adultes ne souffrait pas d'une névrose obsessionnelle ou s'ils craignaient l'imminence d'une guerre nucléaire.

— C'est bizarre, a observé mon mari. On dirait qu'ils sont partis comme ça, sans dire au revoir.

Évidemment, au moment où j'ai eu connaissance de l'histoire de Molly, j'ai repensé à tous ces secrets que les maisons abritent derrière leurs magnifiques façades et leurs jardins bien tenus.

2

Tortilla

15 avril 2010, 8 heures

QU'EST-CE QU'ON PEUT BIEN FAIRE ? On DOIT faire quelque chose. On ne peut pas laisser FAIRE.

Ça tournait dans sa tête. Les mêmes phrases, les mêmes mots. Elle pressa le pas, passa devant QFC sans s'arrêter pour acheter sa quotidienne baguette française, poussa la porte d'Expresso Vivace, commanda son grand latte, attrapa *The Stranger* sur la pile, le glissa dans son jogging.

Cela faisait maintenant trois ans, depuis sa séparation d'avec Dennys, qu'elle vivait ici, dans cette demeure traditionnelle de l'Ouest américain, façade peinte en jaune. Le premier niveau ouvrait sur un grand salon, une cuisine américaine avec ses hauts tabourets de bar et sa petite cheminée où elle adorait regarder crépiter les flammes, parfois même au mois de mai.

Le second étage desservait deux chambres, une salle de bains-jacuzzi et une petite salle de douche microscopique dont les étagères étaient désormais envahies par les produits anti-acné de Grace.

Quand, il y a trois ans, l'agent immobilier, d'un air de conspirateur, l'avait entraînée sur le toit, poussant des deux mains la trappe vers la lumière, comme on pénètre derrière un miroir, en lui précisant que ce rooftop possédait en outre un petit toit – pas négligeable à Seattle, cette ville si pluvieuse –, elle avait immédiatement signé.

Elle y avait fait installer des ficus, un barbecue, des coussins géants en forme de galets gris.

Pendant les chaudes soirées d'été, elle réunissait sur sa terrasse journalistes, critiques d'art, blogueurs influents et, cerise sur le gâteau, son amie Shirley, tatoueuse de profession et chanteuse amateure, qui leur faisait parfois l'honneur de débarquer avec son orchestre. Certains fumaient de l'herbe ou de la meth, allongés sur les coussins-galets, s'assurant du coin de l'œil que les quelques enfants, dont Grace, ne se trouvaient pas à proximité. Cela ressemblait encore beaucoup aux fêtes d'adolescents transgressives, hormis la présence des deux maîtres d'hôtel, en chemise blanche et nœud papillon, qui proposaient à l'assemblée des plateaux de sushis, makis, spécialités libanaises ou indiennes, sans parler des champagnes et vins coûteux. Les fêtes de Molly étaient particulièrement réputées.

Rachel frotta ses pattes l'une après l'autre sur le paillasson vert gazon – comme la caricaturiste le lui avait appris –, la langue pendue, vérifiant de son gros œil cerné de noir l'approbation de sa maîtresse.

— Oui, oui oui ! C'est bien, ma grosse, bravo !

Un jeune couple d'une vingtaine d'années s'arrêta

brusquement sur le trottoir. Elle avait un piercing entre les narines, deux longues nattes, et lui une barbe broussailleuse comme tout jeune mâle blanc de plus de vingt ans.

— Oh, mais regarde ce chien, trop classe ! Madame, c'est quelle race ? Vous l'avez élevé comme ça ?

Molly montra les dents :

— Elle fait même caca dans les toilettes, elle tire la chasse et elle essuie ses fesses toute seule.

Ils échangèrent un regard étonné, et repartirent dans l'autre sens.

Molly ricanait intérieurement, en composant le code de sa maison. Des effluves d'omelette et de bacon grésillant encore dans la poêle chatouillèrent ses narines.

— Ho, quelqu'une est tombée du lit, ce matin ?

Elle accrocha la laisse à la patère, et Rachel galopa vers la cuisine.

Derrière les fourneaux, Grace soulevait sa tortilla à la tomate du bout de la cuillère en bois. La tortilla de Grace, tout un poème. Elle la préparait avec tant de soin – y ajoutant petits cubes de tomate, lamelles de champignons émincées, une pincée de piment d'Espelette pour, la plupart du temps, n'en déguster qu'une demi-cuillerée.

Molly l'observa de loin, ses cheveux tombant en baguettes sur ses épaules pointues, ses jambes allumettes plantées dans son jean noir.

Ma fille tomahawk.

C'était difficile, après avoir dévoré de baisers des joues rebondies de petite fille, de devoir maintenant prendre dans ses bras une adolescente tout en angles. Sa maigreur piquait littéralement les yeux.

Grace se retourna vers elle, ses yeux bleu glacier

braqués sur Molly, si vivement, qu'elle n'eut pas le temps de détourner son regard anxieux.

— Hey ! T'as entendu ?

Molly fit la sourde oreille, s'agenouilla, ouvrit le placard du bas, et versa le contenu du sac dans la gamelle métallique. La chienne attrapa au vol les croquettes bio protéinées qu'elle mastiqua bruyamment. Elle, au moins, elle mangeait.

— Hey ! T'as entendu l'histoire de la censure ? Sur *South Park* ?

Molly grommela. Évidemment.

— C'est à la télé, regarde.

Elle saisit la télécommande, augmenta le volume quand apparurent à l'écran les petits personnages de *South Park* à têtes rondes et yeux globuleux. Au bas de l'écran, un bandeau s'affichait : « La nouvelle affaire des caricatures. »

La présentatrice, cheveux carotte coiffés en brosse et chemise bleu électrique, affichait une mine grave.

« Les créateurs de *South Park*, Matt Stone et Trey Parker, savaient-ils ce qu'ils faisaient quand ils ont transformé le Prophète en gros ours en peluche, dans l'épisode 6 de la saison 14 ? Ils n'ont pas tardé à déclencher les foudres d'un groupuscule extrémiste, du nom de Muslim Revolution. Le groupe les a même menacés de finir comme Theo van Gogh, en rappelant qu'il était mort de huit balles dans le corps avant d'être égorgé. La menace était accompagnée d'une photo du cadavre du réalisateur avec, nec plus ultra, la mention de l'adresse de la résidence de Parker et Stone, dans le Colorado. Rappelons que Theo van Gogh avait réalisé un film sur le traitement des femmes en terre d'Islam. »

— C'est dingue ! s'exclama Grace.

La présentatrice ajoutait que Comedy Central,

« réputée pour son impertinence et souvent même son mauvais goût », avait censuré l'épisode suivant – le numéro 201 – en recouvrant d'un « voile noir » les apparitions du Prophète, et en remplaçant les dialogues par un *bip* audio.

Molly se laissa tomber sur le sofa.

« Ce n'est pourtant pas la première fois, poursuivait la journaliste, que l'Islam a été caricaturé dans ce dessin animé provocateur qui tourne en dérision toutes les religions. L'épisode intitulé *Les Super Meilleurs Potes* ne regroupait-il pas les représentants de toutes les religions, Jésus, Moïse, Mahomet, Krishna, Bouddha, Lao Tseu ? Aucune réaction pourtant, à l'époque… »

Molly changea de chaîne. Sur Fox News, le présentateur en cravate expliquait que tout avait débuté en 2005, quand les caricatures de Mahomet, parues dans le journal danois *Jyllands-Posten*, avaient enflammé la planète. L'image de Mahomet avait ensuite été furtivement reprise dans *South Park*, au début de l'épisode *Cartoon Wars II*, diffusé le 12 avril 2006. Mais il avait totalement disparu en tant que personnage principal. Sont-ils allés trop loin cette fois ? interrogeait le présentateur, ou bien le seuil de tolérance a-t-il baissé ? Notre pays est-il pris en otage ?

Molly se dirigea vers la salle de bains. Dans le couloir, elle heurta sa fille. Grace n'avait qu'une demi-tête de plus qu'elle mais – était-ce son extrême minceur ? – elle lui sembla immense, étirée sur elle-même, comme une apparition. Une étrange lumière irradiait d'elle. Bon, bon, attaqua-t-elle, c'était tout ce que sa mère avait à dire ? Avait-elle entendu la présentatrice et qu'en pensait-elle, elle, cette grande prêtresse de l'humour qui avait déclaré il y a peu « Rien ne doit effrayer les caricaturistes. Rien » ?

La mauvaise humeur de sa fille eut un effet instantané sur elle : elle se calma. C'était une chose entendue dans la famille : deux Norris ne pouvaient être en rage en même temps, sous peine d'une surcharge électrique qui menaçait de faire imploser un lien si fragile.

— Que veux-tu donc savoir ? fit Molly, la voix tremblante. Oui, je suis indignée. Ça me troue, ça me scie, ça me tue.

Elle se reprit, et sourit doucement.

— Grace… Il faut que tu manges.

Elle n'aurait pas dû, oh non, elle n'aurait pas dû.

Sa consœur qui rédigeait des articles de psychologie dans *Seattle Voice* avait été ferme, le jour où Molly lui avait confié ses craintes. Ne pas en faire un point de crispation. Être comme une ballerine sur un fil, *keep smiling*. Juste vérifier qu'elle ne prenne pas de laxatifs trop puissants. Ou autre chose.

Molly tentait donc d'éduquer ses yeux voraces à ne pas s'appesantir sur cette maigreur qui la terrifiait ; elle tentait d'éviter cet imperceptible recul de son propre corps quand elle serrait sa fille dans ses bras.

Le piercing de Grace, immense sur sa petite narine droite, brillait sous la lumière du plafonnier.

— Avec tes petits dessins, tu peux bien te moquer des critiques d'art, des bobos de Seattle. Tu n'iras jamais te frotter aux vrais problèmes ! Ton humour prétendument acide… Ahah… Pour qui tu t'engages, toi ?

Elle reprit son souffle et lança :

— Ce pays n'a pas de couilles et toi non plus.

— Oh ! Mais tu as fait de sacrés progrès en sciences naturelles !

Sa fille la foudroya du regard. Molly voyait ses côtes se soulever sous son T-shirt.

— Maman, c'est le PREMIER AMENDEMENT de la Constitution américaine.

— Comme si je ne le savais pas !

Sa fille lui adressa un regard dédaigneux, en plissant la bouche.

— Tu peux jeter mon omelette. Je suis GAVÉE.

Elle avait encore trouvé une bonne occasion de bouder le petit déjeuner.

Et de désespérer sa mère.

Rachel tendait le cou en jappant doucement. Molly attrapa rageusement le sac de croquettes et lui versa une seconde ration jusqu'à faire déborder la gamelle.

Contrairement à ce qu'elle avait planifié, Molly ne toucha pas à sa pile de magazines. Le mug rempli à ras bord d'arabica, elle tenta de téléphoner à Shirley. Une voix de perroquet grotesque l'accueillit sur le répondeur – où avait-elle la tête, son amie ne se réveillait jamais avant midi. Elle se rabattit sur David. Son copain gay, sans enfant, était un lève-tôt qui suivait son cours de hatha yoga à 6 h 30 au Luxury Health Club.

Il lui sembla ailleurs.

— David ?

Un soupir, suivi du cliquetis de la capsule, puis le vrombissement de la machine à café. Sympathique message subliminal...

— As-tu écouté les infos ce matin ?

Molly lui raconta, avec fièvre, l'histoire de South Park.

— Un costume d'ours ! C'est tellement niais ! rajouta-t-elle.

— Et ? fit-il.

— Et ? reprit Molly. Je voulais juste partager mon indignation. Et savoir ce que tu penses faire, TOI. En dehors de fumer ta sacro-sainte clope avec tes œufs brouillés.

À nouveau, un soupir sec d'agacement.

— Rien de spécial, très chère.

— Comment peut-on capituler à ce point ? Qu'est-ce qu'on fait de vraiment important, nous, en dehors de nos petites critiques sur les végans et les hystéros de la danse contemporaine ?

Son ton avait monté d'un cran.

— Seattle est l'une des villes les plus tolérantes... Si nous, on ne réagit pas...

Elle entendit David inspirer, puis relâcher lentement son souffle. Difficile de savoir si c'était un signe d'exaspération ou une respiration yogi.

— Je vais en parler au journal, à la prochaine conférence, décida-t-elle. On doit faire quelque chose. Et toi ? Au *Globalist* ?

— Pas le temps.

Son ton était tranchant comme un couperet.

— Ne me dis pas...

— Oh, Molly, épargne-moi tes éternelles revendications. C'est du mépris occidental. Tu sais bien que je ne suis pas d'accord avec tout ça. Ta prétendue défense des libertés masque une grande intolérance, voilà ce que j'en pense. Tu t'es entendue vociférer ? Mon expo débute dans quinze jours, pas le temps pour ça.

— Parce que moi, je suis désœuvrée, peut-être ? J'ai une fille qui...

— Justement, coupa David. Occupe-toi d'elle. Ta fille.

Molly regarda son mug, et eut brutalement envie de l'envoyer se fracasser à l'autre bout de la pièce.

— Mais tu ne comprends pas que cette liberté d'expression, on doit se battre pour elle ? Non ?

— Oui, jusqu'à un certain point...

— Jusqu'à un certain point ?! Ce principe à géométrie variable...

— Molly, tu me fatigues. Pense ce que tu veux. Maintenant, je me remets à mes petits dessins ridicules qui ne parlent ni de Mahomet ni de Jésus-Christ.

Elle murmura sèchement un « bye », mais il avait déjà raccroché.

Elle regagna son bureau, ses murs tapissés de dessins, croquis, et de photographies de Grace quand elle était douce et joufflue. Sur la table s'accumulaient la presse internationale – le *Time*, *The Economist* –, les magazines « tendance » – *Dazed*, *Numéro*... – auxquels elle était désormais abonnée.

Elle ouvrit le *Time*, mais ses mains tremblaient – et ses neurones étaient au point mort. Son seul remède, c'était ses crayons, ses pastels. Elle lança sur son ordinateur l'enregistrement de *Blue Maqams*, un album jazzy, aux fréquences basses, comme une vague sombre et maternante.

Elle saisit son carnet de croquis, son crayon noir 2B, traça un premier trait. Elle inspira longuement, ferma les yeux, comme pour une prière, puis observa le bout de ses doigts. Le tremblement avait disparu.

3

Exercices de style

ELLE AVAIT SI SOUVENT ENTENDU DIRE que ses dessins ne lui ressemblaient pas...

Ça signifie quoi, ressembler à ses dessins ? se demandait déjà la petite Molly en mordillant sa gomme. Elle ne savait qu'une chose : quand elle prenait son crayon, le nuage noir dans sa tête s'envolait instantanément.

Son crayon dansait sur la feuille, elle devenait sourde au monde. Dans un lointain brouillard, elle entendait la maîtresse féliciter les autres élèves puis avancer d'un pas de fantassin. Les talons claquaient sur le sol, pilaient.

La langue clappait avec désapprobation.

« Ton faon... Regarde la taille de ses oreilles, et son museau... Tu ne penses pas qu'il ressemble plutôt au museau d'un chien ? »... « Tes fenêtres ont l'air de vitraux, et puis elles ne sont pas droites. Comment veux-tu que les habitants de ta petite maison biscornue parviennent à les fermer ? »

On la faisait lever, observer les huisseries. On l'entraînait vers le modèle présenté devant la classe – aujourd'hui le faon en plastique, hier une simple pomme, ou un élève juché sur un tabouret.

Parfois, les professeurs attrapaient sa copie, égrenaient un rire sec, avant de lâcher le dessin brusquement, comme s'il avait brûlé le bout de leurs doigts. Certains, perfides, épinglaient l'œuvre de la fillette au tableau : « Qui peut me dire en quoi ce dessin de Mlle Norris n'est pas convenable ? »

Les élèves s'esclaffaient. Molly retournait à son pupitre, la bouche close et le cœur en feu.

À l'âge de trois ans, la jeune Molly portait une courte frange monacale et ne parlait toujours pas. Les mots se dérobaient, capricieux, se tortillant comme des vers luisants qui allaient briller au loin. Si Molly avait pu, alors, s'exprimer, elle aurait dit que ces mots, bien trop rapides, surgissaient comme des boulets de canon, se pressant contre ses lèvres, agglutinés les uns aux autres, puis, incapables de sortir sagement les uns derrière les autres, finissaient par reculer au plus profond d'elle-même.

Craignant une dysphasie, ses parents – tous deux enseignants-chercheurs à la Washington University –, l'avaient entraînée chez une psychiatre en chignon et talons qui avait fourbi ses armes à l'hôpital McLean, à Boston, au département psychiatrie pour enfants et adolescents.

Le médecin spécialiste du langage, d'une petite quarantaine d'années, aux ongles longs et laqués du même rouge que sa bouche, avait reçu la famille Norris chaleureusement, dans une pièce en acajou verni où flottait un parfum lourd aux fleurs blanches.

Avec son hypersensibilité olfactive, Molly avait lutté

contre la nausée. Elle s'était enfoncée dans un large fauteuil en cuir, menton contre la poitrine, narines pincées, ses petits bras frêles reposant sur les larges accoudoirs de cuir, avant que la psychiatre, tout sourire, ne l'entraîne dans le fond de la pièce, face à une grande bibliothèque vitrée.

Sur le petit bureau pour enfants, il y avait du papier à grammage épais, de la pâte à modeler, une paire de ciseaux, des pastels déjà usés et même une de ces boîtes de peinture avec palette intégrée. Molly pouvait créer à sa guise, sans aucune censure, on viendrait la chercher dans dix minutes.

La médecin était ensuite retournée discuter avec ses parents, tandis que la fillette, bercée par les voix en sourdine des adultes, promenait son regard d'aigle sur les livres reliés or de la bibliothèque – sur une photographie sous cadre (la psychiatre derrière un micro, vêtue d'une robe noire à large décolleté), sur le buste de femme aux mains immenses, paumes tournées vers le ciel, et, plus loin, sur un sac à main à breloques que la fillette imaginait rempli de féminités.

Que se passait-il, dans ces moments-là, elle n'aurait pu le dire, mais le dessin s'imposait à elle, comme une sorte de grâce ; non pas une simple esquisse, non, mais l'œuvre achevée, avant même qu'elle n'ait pris le temps d'y réfléchir. Elle était saisie, tout entière, et n'avait plus qu'une obsession : griffonner sur le papier ce qui la hantait.

Molly posa sa menotte à gauche de la feuille et, avec le feutre, traça le contour de ses cinq doigts, qu'elle décora d'ongles longs et recourbés comme des serres. À droite, elle peignit une bouche très rouge, obscène, lèvres entrouvertes sur une langue qui pointait entre les deux rangées de dents. Elle compléta son tableau en y ajoutant un tube de rouge à lèvres brandi comme un organe, puis, vers le bas de la feuille, un livre de la bibliothèque, en cuir marron. Elle recopia le nom de l'auteur, Sigmund Freud, sans la moindre faute d'orthographe, et une partie du titre – *sexuelle* – avec le S inversé.

— Voyons voir ce que tu nous as fait de beau, avait lancé la psychiatre, en se levant de son siège.

Elle avait plissé les yeux, les narines dilatées, le souffle lourd, et Molly avait reconnu ce mélange de méfiance et d'agacement.

— Oh, comme c'est intéressant, tu as de l'idée, avait-elle relevé, avant de retourner vers son bureau, la fillette sur ses talons.

La consultation avait alors tourné court. Quand on savait s'exprimer d'une manière aussi précise, avait affirmé la psychiatre, il n'y avait pas grand-chose à craindre. La parole lui viendrait plus tard. Qu'elle continue à dessiner, à exprimer sa colère.

Elle avait ensuite ouvert le dossier jaune et griffonné quelque chose avec son stylo noir, dont la plume dansait élégamment sur la feuille, avant de raccompagner la famille Norris et de serrer entre ses ongles la minuscule main de Molly.

Le dessin donnait de la fantaisie à son petit monde, alors que celui des adultes, jugeait-elle, était vraiment noir et blanc. Quand elle sut lire, elle dévora les séries faciles, aux personnages récurrents, comme les *Mr. Men, Little Miss* de l'auteur anglais Roger Hargreaves, qu'elle rangeait dans sa bibliothèque par ordre chronologique de parution. Un jour, elle reçut *Little Miss Angry*.

— Ça, c'est vraiment pour toi, ma chérie, fit sa mère.

Vers cinq ans, elle rédigea ses premiers livres, qui

reprenaient ses frustrations de la journée – dîners à base de chou-fleur, interdiction de courir après les chiens, longues journées ennuyeuses à l'école. Cela devenait « La petite Molly n'aime pas l'école », « Molly et la guerre du chou-fleur », « Sainte Molly vomit les cours de catéchisme », car c'était là pour la fillette le comble du malheur. Elle illustrait ses textes avec ses feutres, puis déposait les « fanzines » – brochés avec une grosse aiguille et de la laine colorée – sur la table de chevet de ses parents. Elle avait peint, sur la couverture de « Sainte Molly vomit les cours de catéchisme », son propre portrait, coiffé de couettes, et dessiné une auréole, dans laquelle elle avait écrit : « Dieu, si tu existes, transforme mon stylo en barre de chocolat » ; « La Vierge Marie est la plus grosse menteuse de la Terre » ; « Je voudrais un chien pour être moins seule ». Après la disparition brutale de la caricaturiste, ce dessin fut repris, et glosé par de multiples commentateurs.

Quand ses parents découvraient les petits livres, ils n'y lisaient pas les SOS d'une fillette qui s'ennuie, ils ne faisaient que rire ; et Molly entendait alors derrière la porte le gloussement parental de ces adultes admirables, sa mère professeure d'université et son père chercheur en biologie, et en concevait ses premières fiertés d'artiste.

Aujourd'hui encore, à trente-neuf ans, Molly passait inaperçue dans la rue et les lieux publics.

Il lui était arrivé de donner des conférences dans des salles combles, des cours à l'université, voire d'intervenir dans des émissions de télévision, sans pour autant sortir de son anonymat. Après l'émission, ou la conférence, elle retournait acheter ses patates douces, poireaux et œufs bio chez QFC. Mais ses amis, qui se comptaient sur les doigts des deux mains, savaient bien que derrière ce front bombé d'intellectuelle et ces lunettes de myope couvait de la lave en fusion. Elle était de la trempe des Schiele ou des Basquiat. La rage, le plus beau des matériaux d'artiste, ne se négociait jamais.

Toutes les semaines, à quatorze heures, un coursier qui sentait autre chose que la cigarette lui apportait en scooter son courrier de *Seattle Voice.* Comme elle avait refusé que son adresse mail apparaisse dans l'ours du magazine, elle recevait des lettres de lecteurs – de plus en plus de lettres –, mais aussi les magazines et le quotidien du jour, sans oublier les invitations presse aux vernissages, aux premières des spectacles, et même des cartons pour les fashion weeks qui comptaient – celles de New York, de Dubai, de Londres et Paris. Son nom y était tracé à l'encre, sur l'enveloppe et sur le carton avec des pleins et des déliés. L'invitation pour les défilés parisiens, elle qui ne connaissait rien au monde de la mode, la faisait rêver. Elle la retournait entre ses mains, caressait du doigt les dorures gaufrées et imaginait rejoindre sa tante Rosalie, installée en France depuis maintenant quinze ans. Pourquoi ne s'envolerait-elle pas, elle aussi, pour l'Europe, avait-elle suggéré à Dennys avant leur séparation, ne serait-ce que pour les vacances ? Il avait fait la moue, un drôle de bruit de bouche. Qui s'intéressait encore au vieux continent ?

À l'exception de ce carton, qui demeurait sur sa table de travail comme un « bon pour rêver », elle classait immédiatement son courrier en deux dossiers : courrier professionnel et courrier des lecteurs. Certains ne décoléraient pas. Sa caricature des bobos bios, qui datait de juillet 2009, « Green meth lab », n'avait pas fait rire les végans de Seattle qui circulaient en trottinettes électriques. Molly, qui pourtant n'achetait que des légumes au rayon bio, avait trouvé plutôt brillante l'association entre les riches hipsters drogués à l'organic et les populations déshéritées, obligées, pour survivre, de fabriquer de la méthamphétamine dans de petits labos de fortune.

Elle avait reçu une dizaine de menaces de mort, à la suite de son portrait d'une femme en hijab qui illustrait un article sur la liberté d'expression des femmes.

Elle s'était hâtée de froisser les lettres et d'en faire de petites boules compactes comme des noix qu'elle avait lancées dans sa corbeille.

Pour Molly, une journée était fichue quand elle n'avait produit ni un bon mot ni un dessin tranchant comme un diamant brut.

4

La chambre interdite

MOLLY POSA UNE MAIN sur la poignée de la porte. Ce n'était pas la première fois qu'elle franchissait le seuil, faisant fi des panneaux, sens interdits et menaces de mort que Grace avait placardés sur sa porte depuis l'anniversaire de ses huit ans. Cette année, l'adolescente y avait ajouté la phrase de Dante : « Vous qui entrez là, laissez toute espérance. Surtout toi, Mum. »

Molly avait honte. Quelle mère n'aurait pas honte de faire ça, se grondait-elle en tournant la poignée de la porte. Mais Grace ne lui laissait pas le choix. Et puis, ce matin-là, avec l'affaire de *South Park*, elle avait besoin d'agir.

Les vêtements jonchaient le sol, une épaisseur phénoménale de jeans, shorts, brosse à cheveux, boîtes de cookies défoncées, bocal de crème de marshmallow à demi ouvert. Une scène de crime. Elle approcha vers le petit bureau, contre le mur. Un livre de poésies d'Emily Dickinson, quelques recettes « minceur » qu'elle avait imprimées, une dissertation de *creative writing* – où elle avait obtenu A+ – sans rien en dire à sa mère.

Entre elles deux, il fallait en convenir, le petit miracle du lien n'avait pas eu lieu. Cette complicité, ces fous rires échangés entre mère et fille. Ce n'était jamais la même longueur d'onde, jamais le bon moment. Quand elles tentaient un partage d'intimité, en sortant d'un spectacle, d'un cinéma, le ton montait comme un grand huit. Molly cherchait à comprendre, comme un mécanicien ausculte un moteur, sans rien trouver. Elle souleva encore quelques papiers et soudain, le cœur battant à rompre, elle reconnut sa propre écriture, sur une enveloppe jaune.

Molly avait donné cette lettre à sa fille le jour de ses treize ans.

Ses yeux s'embuèrent. *Elle ne l'a pas jetée.*

« Ma petite fille chérie,
J'aimerais tant te dire que je tiens à toi... Et pourtant, parfois... »

Molly replia la feuille, dans un haut-le-corps. Elle se souvenait, elle qui rédigeait ses articles comme un éclair, avoir eu un mal de chien à écrire cette missive. Et à cet instant T, elle n'avait qu'une envie : la brûler à l'acide. Ces phrases qu'elle jugeait ridicules aujourd'hui reflétaient tant sa maladresse. De sa bouche ne sortaient que des vilains mots, des sales blagues, des moqueries aiguisées comme la lame d'un couteau.

Et pourtant... Molly aurait eu tant à lui dire.

Grace avait été une petite fille enjouée, maîtrisant parfaitement le langage à trois ans, témoignant d'une précision de vocabulaire et d'une ironie stupéfiante pour son âge.

Molly et Dennys l'avaient surnommée Nuclear Girl, tant elle avait été pressée de grandir. Elle avait gazouillé à huit mois, lâché le biberon à treize, jeté sa tétine dans la cuvette des toilettes à deux ans, troqué le rose pour le noir à trois ans, posé des questions sur la mort à quatre, exigé de se rendre seule à l'école à cinq. Elle avait été très tôt animée d'un grand sens de la justice, prenant la défense de tous les opprimés, jusqu'aux araignées et aux moucherons qu'elle refusait mordicus d'écraser. Tombée amoureuse à huit ans, elle avait été désespérée à neuf, dégoûtée par la nourriture à dix.

Comment pouvait-on ne plus avoir envie de manger à cet âge ? s'étaient interrogés ses parents, qui se souvenaient s'être gavés d'œufs Kinder sans crainte de grossir. Depuis trois ans, Grace comptait les calories, triait les aliments. Petite fille, elle avait toujours rechigné devant son assiette, et Molly avait toujours considéré que c'était sa faute.

Un jour, au Frye Art Museum, elle était tombée en arrêt devant le tableau d'un peintre hollandais, *Mother and Child* : on y voyait une femme consumée dans l'acte de nourrissage de son enfant. Le bébé, replet, abandonné dans les bras maternels, la main potelée reposant sur celle de sa mère, était tout occupé à sa tâche. Mais ce qui était remarquable, c'était le visage de cette génitrice, la bouche légèrement tordue comme si elle mastiquait en même temps que lui. De petites luisances apparaissaient au niveau des tempes et du front. Elle suait l'effort, la maternité paysanne et archaïque. Sur la table, trônaient un morceau de pain, un broc d'eau et une gamelle remplie de bouillie. En contemplant cette œuvre, la caricaturiste avait songé qu'elle était une mère qui dessinait trop et nourrissait mal.

Molly l'avait appris sur le tard : les enfants dits précoces brûlent toutes les étapes, pas uniquement sur le plan cognitif. Elle ignorait aussi, car les mères sont ainsi faites qu'elles ne voient pas l'évidence, que sa fille avait, dès le plus jeune âge, désespérément tenté de capter son regard. Et qu'elle souffrait encore de voir ces yeux maternels glisser sur le corps de sa fille, cet objet profane, pour aller s'émerveiller de tout autre chose ; de ce qui, ensuite, serait consacré par ses crayons et ses stylos. Car il s'agissait bien de cela – d'objets profanes et objets sacrés. D'après Grace, pour Molly, seuls la littérature, le dessin, l'art l'étaient.

Quand Grace avait huit ans, Molly avait été sollicitée par le professeur d'arts plastiques de la Bertschi School pour animer un cours d'illustration dans la classe de sa fille. Guidée par un souci d'équité, la grande caricaturiste de Seattle avait tout simplement oublié la fillette. Elle s'était extasiée devant les dessins des autres – « Oh, cette merveille de pieuvre, ça ferait une magnifique peluche, tu devrais le faire breveter » ; « Mais, dis-moi, tu as un talent fou, je devrais faire attention, tu vas bientôt prendre ma place au journal ! » – mais était rapidement passée sur ceux de sa fille en lui décochant un timide sourire.

Pourtant, Dieu sait si Grace s'était évertuée ce jour-là à produire les dessins les plus laids, dans la plus parfaite indifférence maternelle.

Plus tard, comme on rembobine un appareil pour repérer le point de rupture au-delà duquel plus rien ne serait jamais comme avant, Molly se demanderait si les difficultés avec la nourriture n'avaient pas débuté là.

Grace avait été gothique, hipster et aujourd'hui, elle n'était plus qu'une adolescente difficile, avec un piercing à la narine gauche qui palpitait quand elle était en rage. À l'heure du déjeuner, elle partait se réfugier avec un livre, écouteurs dans les tympans, avec pour toute compagnie un smoothie aux herbes. Elle déclinait les invitations à déjeuner, et constatait que son esprit était plus affûté comme cela. La bouffe vous endormait l'esprit. C'est la raison pour laquelle il lui arrivait de jeter consciencieusement le contenu de son bento. Elle ne savait pas tout à fait à quoi ressemblerait sa vie, mais une chose était certaine : même si les samedis soir étaient gais et animés sur la terrasse et que Molly avait des amis particulièrement groovy, elle ne voulait pas finir comme elle à bientôt quarante balais, seule dans sa maison, à vendre ses petits dessins et à faire gouzi gouzi à son chien.

Ce jour-là, pendant que sa mère faisait effraction dans sa chambre, l'adolescente reçut une délégation de trois lycéens près du distributeur de boissons dans le foyer. Jonas, un garçon aux cheveux raides et bruns, aux yeux en amande – particulièrement mignon, pensa Grace en le voyant approcher –, sourit à la jeune fille. Il connaissait son potentiel et en jouait. De son côté, Grace comprit en un éclair ce qui allait se passer.

Elle les avait remarqués à la galerie Marni Muir, neuf mois plus tôt, fin juin, le jour du vernissage des *Editoons* de sa mère. Eux ne l'avaient pas repérée, et pour cause. Ils n'avaient eu d'yeux que pour Molly.

Il indiqua le distributeur.

— On savait qu'on allait te trouver là.

— Ma réputation a fait le tour du lycée ?

— Oui, en *creative writing*. Il paraît que tu écris des « petits bijoux de poésie et d'humour ».

Grace sentit ses joues s'embraser, ce qui la mit en rage. *Tais-toi*, fit-elle, intérieurement, à l'adresse du petit diable vaniteux qui agitait ses cornes.

Joanna sortit de sa besace en toile une chemise jaune dont elle tira trois numéros de *The Small Apple.*

— Tu sais qu'on s'occupe du journal du lycée, bien sûr ?

Grace ne bougea pas un cil.

Joanna observait la jeune fille, dont les genoux pointus semblaient transpercer le jean.

— On te propose d'écrire un article sur les sites de rencontres pour adolescents. Un banc d'essai. Tu te fais passer pour une candidate, puis tu dézingues. Et comme tu as de l'humour…

Grace allongea ses lèvres en une moue dédaigneuse.

— C'est déjà très daté, les sites de rencontres.

Les trois lycéens échangèrent un regard surpris.

Grace gratta le haut de son épaule. Sa bouche esquissa un sourire entre ange et démon.

— Et un article sur le tatouage ?

Joanna eut un rire sec :

— Parce que ça, c'est nouveau ? *My God…*

— Les *face tattoos*, les tatouages sur le visage, dans la nuque, sur les tempes… J'ai lu un article dans *Science* : certains tatouages faciaux tendent à déjouer les logiciels de reconnaissance faciale. C'est génial, non ?

Elle émit un petit rire.

Les trois lycéens haussèrent les épaules. Après tout, le principal, c'était évidemment de faire plaisir à la fille, pour pouvoir séduire la mère. Car il fallait en venir maintenant à la raison essentielle de leur venue.

Jonas tortilla sa bouche, Joanna baissa les yeux, la jeune fille se doutait bien que la bombe allait arriver.

— Au fait…

Grace tapota du bout de ses ongles le dossier de la chaise, à sa droite.

— Elle est très cool, ta mère. Tu penses que…

— Que quoi ?

— Qu'elle pourrait dessiner la une du journal ?

Grace éclata d'un rire sombre :

— Demander à ma mère de dessiner dans un zine pourri de lycée ? Elle qui est bouffie d'orgueil !

Grace tut sa déception, elle voulait vraiment écrire dans le journal. Son talent aurait explosé à la face de sa mère. Son tatouage aussi.

— OK, je vais le lui demander. Mais je vous écris deux articles, ajouta Grace. J'en ai un deuxième en tête.

— …

— Les mères fantômes.

— C'est quoi ça ?

— Elles sont là, et pas là. Elles sont transparentes, et elles nous emmerdent.

Ils capitulèrent, contrariés, avec la crainte sourde de s'être fourrés dans un guêpier.

***

— Il n'y en a pas tant que ça…

— … ?

— Pas tant de femmes ou d'hommes qui accepteraient de se lever seuls, pour défendre leur idéal, au risque de sacrifier leur vie.

Ce matin nous parlons, avec mes filles, de bravoure. Des héroïnes. Je suis en train d'achever mon livre J'aimerais te parler d'elles, *consacré à cinquante portraits de femmes remarquables, publié chez Albin Michel jeunesse, dont certaines ont sacrifié leur vie de famille, ou renoncé à avoir des enfants pour porter haut le combat qu'elles défendaient.*

Évidemment, dans notre discussion il est surtout question de Molly, sur laquelle j'ai commencé à me pencher.

— A-t-elle seulement pensé à sa famille ? Ses enfants ? interroge ma fille.

— Doit-on d'abord penser à sa famille ? À ses enfants ?

Quand j'ai annoncé ma première grossesse, on m'a répondu derechef : « Tes priorités vont changer. » Je suis restée un peu interdite, c'est le cas de le dire, étourdie par cette gifle. Nous aimons tous nos enfants plus que tout au monde. Mais si l'on doit écrire, dessiner, créer, que ce soit des maisons, des châteaux, des recettes de cuisine, des romans, des systèmes politiques, si nous hiérarchisons nos priorités, nous sommes fichues.

La lutte sera ardue. Au jour le jour, il ne faudra pas céder, il faudra user de stratégies pour poursuivre sa mission. Il faudra savoir dire non, même quand on aurait envie d'y aller, il faudra savoir ne pas écouter ces voix qui voudront nous assagir, nous faire plier, nous courber, face contre terre.

Il faudra être forte, être sourde. Être ailleurs.

Créer – écrire, dessiner –, consomme du temps. Des heures, des jours, des mois, du temps volé aux enfants. La création échappe à la chronologie quotidienne, et nous propulse dans un hors temps, là où les minutes ne passent pas à la même vitesse que dans la réalité.

Éternelle lutte entre le quotidien et l'idéal, éternelle bataille, éternel dilemme.

Je n'ai pas aimé cette voix qui m'a affirmé doctement ce qu'allait devenir ma vie ; cette voix policière qui ne cherchait rien d'autre que me faire rentrer dans le rang.

Notre temps est limité. Notre culpabilité sans fond.

Si, à chaque fois qu'une femme tombait enceinte, ses priorités changeaient, aucune jamais, n'achèverait une toile, un roman. Je pense à toutes celles qui, carnet dans la poche, s'éloignent en soirée ou s'exilent un moment dans la salle de bains pour griffonner quelques mots. Je pense à toutes celles qui se sont levées à 5 heures pour écrire avant le réveil des enfants – dussent-elles être épuisées le reste de la journée.

Me revient en mémoire ce film merveilleux, Nos meilleures années, *qui se déroule en Italie sur quarante ans. Je pense à cette jeune femme, épouse et mère, Giulia, qui a préféré s'investir dans le combat politique violent – et fuir son foyer, plutôt que vaquer à ses tâches maternelles.*

Molly a-t-elle pensé à sa famille, à sa fille, avant de lancer la bombe qui allait précipiter sa mise à mort ?

Un soldat qui part au front souffre en permanence du mal du pays. Ça ne l'empêche pas d'aller de l'avant. Molly aussi est partie à la guerre.

5

Hybris

18 avril, Seattle, quartier de Pioneer Square

En pénétrant dans la salle de réunion, les journalistes du *Seattle Weekly* grimacèrent. Avec cette odeur de peinture fraîche, la réunion allait être interminable.

Comme tous les lundis matin, la conférence de rédaction avait lieu à 9 heures pile, dans les locaux du journal, sur la 3e Avenue, au cœur de Pioneer Square, le quartier historique de Seattle. Pourtant, l'immeuble n'avait rien d'un monument classé, avec ses vitres sales et ses murs décrépis. Molly aimait ces rendez-vous du mardi qui lui permettaient de fureter dans quelques galeries d'art voisines, avant de faire halte au Waterfall garden, avec ses fausses cascades, ses rochers en surplomb, ses tables en fer forgé.

« Pour notre prochaine réunion, retrouvons-nous dans la salle Christophe Colomb au cinquième étage, avait écrit Mike, le rédacteur en chef. Avec la nouvelle maquette, c'est ce vers quoi nous cheminons : un nouveau continent. Venez avec votre cerveau tout neuf », avait-il conclu.

Molly avait fait la moue – pas tant à cause du mépris affiché de son rédacteur en chef que parce qu'elle haïssait ces ascenseurs métalliques, dont les deux portes se referment comme un couperet, avant de faire chuter votre muscle cardiaque au niveau de l'estomac. Elle avait déjà la nostalgie du local du rez-de-chaussée, ouvert sur l'arrière-cuisine, d'où s'échappaient des effluves d'arabica torréfié et de *carrot cake* au gingembre, quand Maris, la spécialiste de la rubrique cuisine, avait la bonne idée de tester ses recettes avant la réunion.

« Pourquoi changer de lieu, Mike ? » avait-elle pianoté, en retour de mail.

« Allons, Molly, On y gagne en lumière. Ça devrait te plaire à toi, l'artiste. »

Il fallait vraiment méconnaître l'art pour proférer une telle énormité.

Ce matin, elle se hissa donc de marche en marche jusqu'au cinquième étage, dans la cage d'un escalier à la fois exiguë et pompeuse, décorée à chaque étage d'un portrait de président peint à la façon d'Edward Hopper. Eisenhower compulsant des documents dans un fauteuil club, Barack Obama dans un restaurant chinois… C'eût pu être drôle, mais c'était ridicule, ni plus ni moins.

Elle était de sale humeur, avait été tirée du lit à 5 heures par les ronflements de Rachel, s'était préparé un café, puis deux, avait renoncé à se rendormir puis, épuisée, au réveil de Grace, lui avait rappelé qu'elle devait emmener Rachel chez le vétérinaire.

Les adolescents étaient les commerciaux les plus doués. Sa fille marchandait tout. Le week-end chez son père, l'heure de retour des soirées, le choix des plats, le nombre de calories.

Quand elle poussa la porte, ils étaient déjà tous assis autour de la table de réunion en forme de U, chacun consultant son ordi, ou son téléphone. Mike présidait à un bout de la table, ses yeux perçants derrière ses montures rectangulaires, entre Dolly, la responsable des pages informations locales et Joshua chargé de la rubrique arts et spectacles. Richard, chef de rubrique sports et livres, et Brenda, spécialiste de la gastronomie, complétaient l'assemblée.

Molly accrocha un sourire forcé sur son visage avant de rejoindre en silence ce qu'elle imagina être sa place, désormais près de la porte, toujours près de la porte.

— Molly, enfin ! fit Mike, en levant lentement les yeux de sa liasse de papiers.

Mike était un faux décontracté, qui masquait un tempérament psychorigide derrière une apparence de vieux hippie – barbe à frisottis mal taillée, casquette marron à rebord élimé qu'il accrochait à la patère, collection de T-shirts décatis, bardés de messages « Cool », « American warrior », « Best dad forever » ou ce plus que ridicule « OK, but first coffee » qu'il arborait ce matin. La moindre minute de retard le rendait fou. Molly le savait bien. Et en profitait.

— Molly, on a failli t'attendre.

— Oh, mais bonjour à toi aussi, Mike ! répondit la caricaturiste de sa voix flûtée.

Quelques rires fusèrent.

Il était loin le temps où, camouflée derrière son grand carton à dessins, elle faisait circuler ses œuvres, les joues brûlantes, dans l'attente anxieuse du verdict.

Le tour de table débuta. Molly écouta distraitement, en se demandant à quel moment elle pourrait intervenir. Pour l'instant, Mike se gargarisait du succès du dernier numéro, en particulier de l'article sur le Seattle Cherry Blossom & Japanese cultural festival, centré sur la culture japonaise, les arts martiaux, danses et musiques. Ce genre de manifestation, tout comme l'Opening Boat season, ou tout simplement le numéro de Noël, attirait le plus grand nombre.

Les lecteurs, répétait Mike, plébiscitaient les informations pratiques, locales. Surtout pas se prendre la tête.

La cartooniste s'enfonça dans son siège, en faisant tinter ses bracelets. La presse avait-elle entamé son chant du cygne ? Chez *City Arts*, où elle chroniquait des spectacles et des expositions, c'était la même déconfiture, dans un tout autre genre. On ne parlait que des artistes médiatiques, jamais des « primo exposants », qui méritaient souvent d'être découverts.

Elle tapota nerveusement son crayon sur la table et écouta Brenda Lewis, responsable de la rubrique gastronomie, vanter les nouvelles adresses de tacos. Il fallait établir un banc d'essai avec notation de 0 à 10. Le responsable des sorties nocturnes l'interrompit. Les tacos ? Autant parler des pizzas ! Non, il fallait faire un point sur les poke bowls. On n'avait qu'à s'en faire livrer au journal.

Molly bouillait. Un diablotin enrageait en elle ; celui qui lui soufflait des idées de caricatures. Elle prit la parole d'une voix qu'elle jugea suraiguë, évoqua l'affaire de *South Park*, les menaces de mort, la capitulation scandaleuse de la chaîne.

Plus le silence s'épaississait, plus les mots butèrent sur ses lèvres, plus elle perdait l'attention de son public. Elle entendit des clics de stylos, et quelques chuchotements. Mia, en charge des pages Opinion, chercha à en savoir plus. Quel genre d'ours ? Joshua évoqua le fait que cette série n'avait nul besoin de publicité.

— Et alors ? s'impatienta Mike. Tu proposes quoi, Molly ?

Il consultait déjà son téléphone et Molly, en face, observait l'agilité étonnante, sur le clavier, de ses doigts boudinés aux ongles rongés.

— Ce que j'en pense ? s'agaça Molly. Mais bon Dieu, je pense qu'il faut réagir ! L'humour est le parangon de la démocratie.

Elle marqua une pause et reprit.

— Qui ne dit mot consent.

— Pas d'accord ! rétorqua Richard. Sous prétexte de laïcité, on montre la face hideuse du racisme. Que sais-tu de cette religion, Molly ? On passe son temps à humilier, blesser les musulmans. Ils ont des difficultés d'intégration partout dans le monde. Et tout ce qu'on fait, hop, on en rajoute une couche. Et un ours ventripotent en plus ! Le degré zéro de la civilisation.

— Je suis d'accord avec Joshua, approuva Brenda. Inutile de jeter de l'huile sur le feu. La situation est assez compliquée comme ça. S'attaquer à l'Islam, ce n'est pas forcément faire preuve d'ouverture d'esprit. Il faut laisser tomber, voilà tout.

— Mais... Vous êtes dingues !

— Comment tu vois les choses, Molly ? reprit Mike. Tu comptais nous proposer un dessin ? Un édito ?

Molly avait l'impression d'avoir pris un énorme coup sur la tête. Elle vacillait.

— Je... Je pourrais reprendre l'idée de l'ours...

— Super idée ! persifla Richard. Tiens, Winnie l'Ourson... Avec de bons gros pots de miel, sur lesquels tu écrirais : « Attention : colle aux pattes »...

— « Sucre caché : cancérigène » ? « Gare aux abeilles. La religion, ça pique ? »

— Et pourquoi pas une bombe anti-ours ? Celles qu'on trouve dans l'Oregon ? Tu fais d'une pierre deux coups, tu dézingues à la fois les caricaturistes et les musulmans.

— Vous avez terminé ?

Mike se leva, les mains à plat sur la table. Puis, il bascula dans sa chaise, décoinça sa nuque en la baladant à droite, à gauche.

— Alors, maître Yogi, t'as un message à transmettre, en faisant craquer tes cervicales ?

Mike la fixa, brutalement gagné par une sorte de typhon intérieur – un mouvement circulaire qui vous vrille et vous enrobe des pieds à la tête. En observant ses narines dilatées, Molly imagina qu'il en sortait deux petits nuages noirs de chaque côté, comme dans un strip.

Est-ce que ça ne lui suffisait pas d'égratigner la faune de Seattle, cette ville où les riches se ruinent en potions bio et où les pauvres, dans les banlieues, s'explosent la cervelle avec leurs labos de méthadone ? Ses Editoons étaient géniaux. Qu'elle continue à taquiner.

— Taquiner ? Mais c'est précisément ce que je veux faire. Une petite estocade.

Mike secouait la tête.

— Je crois que tu n'as pas compris.

Six paires d'yeux étaient braquées sur elle, dans une pièce où la température avait chuté de cinq ou six degrés.

— Salman Rushdie, ça te dit quelque chose ?

Molly pinça les lèvres, le regard fixe.

— Et Theo van Gogh ? Non, pas le frère du peintre. Le réalisateur.

— Très drôle.

— Je n'ai pas envie, un matin, d'entendre à la radio qu'un de mes journalistes a connu le même sort. Y compris toi, Molly.

Mike contourna son bureau, se dirigea vers la machine à café, dans le fond de la pièce, et y inséra sa carte. On entendit un gobelet tomber, puis le liquide s'écouler jusqu'au bip final.

— En dehors de ta brillante idée, tu as quelque chose d'autre à nous proposer ?

Molly leva le menton. Elle n'avait de leçon à recevoir de personne. Surtout pas de ce couard. Elle pouvait d'un jour à l'autre changer de crémerie, Mike le savait.

— Je n'ai AUCUNE idée.

À sa droite, Maris posa doucement sa main sur son avant-bras.

— Calme-toi...

— Tu te prends pour qui ? Calamity Jane, la meilleure tireuse de l'Ouest ? Sache qu'il ne s'agit plus de shooter, mais de lâcher une bombe !

— Tu m'autorises donc à user mes petits ongles de femme pour « égratigner », comme tu le dis, notre boboland... C'est bien toi, Mike, qui m'avais promis que j'aurais carte blanche ici ? « Toute latitude » ? C'est la formule que tu avais adoptée. L'humour, c'est comme un animal sauvage. Si tu le mets en cage, il meurt.

— Joli, admira Brenda.

— Tu connais l'hybris ? tonna Mike. Chez les Grecs, le mot signifie « orgueil ». Prométhée a volé le feu, Icare s'est trop approché du soleil... Ils ont tous été tentés par la démesure, et l'ont payé de leur vie.

— Tu me recadres sur fond de mythologie, façon « vive la médiocrité » ?

— Et ta « Femme voilée » ? Ça ne t'a pas calmée ? Ah mais, j'oubliais : tu étais si fière d'avoir reçu ta menace de mort. Tu la brandissais comme un trophée ! L'équivalent du Booker Price !

— Toi, en bon père la pudeur, tu n'as jamais dû en recevoir une seule !

— Arrête, Molly. T'as vraiment passé l'âge de ces uppercuts prépubères.

La honte...

Molly sentit ses jambes trembler, sous la table.

Prépubère.

Petite, chez une amie dont la mère était médecin, elle avait trouvé une encyclopédie médicale. Toutes les deux s'étaient mises à explorer le chapitre sur la reproduction. Elles avaient dessiné des organes en érection, une paire de seins. Quel âge avaient-elles ? Huit, neuf ans ? La mère était entrée dans la chambre, alertée par les gloussements des petites filles.

Le souvenir lui revint. Cuisant.

Sa vue se brouilla. Elle se leva, attrapa son sac, la chaise racla par terre.

La dernière scène qu'elle vit, avant de claquer la porte, ce fut le rédacteur en chef portant le gobelet de café à ses lèvres, sans doute pour se donner une contenance.

Elle ouvrit la porte, dévala les étages jusqu'au niveau zéro. George Washington en T-shirt et mocassins plats était assis sur la rambarde d'une fenêtre en belle compagnie. Elle rentrerait à pied. Et s'offrirait une séance de restorative yoga.

Au niveau du parc Pioneer, son téléphone vibra. Grace. Elle inspira longuement. Avec sa fille, il fallait toujours réagir à froid.

Elle avait cinq messages non lus. Tous de Grace.

« Tiens, tu veux que je te dise ? J'écris pour le journal de l'école ! Tu t'en fous, hein ? Tu vas voir ce que je vais leur envoyer ! Ah là là, j'ai déjà deux super papiers, tu verrais ça ! »

Et un second message.

« Ils voudraient que tu illustres MON papier. Je leur ai dit que je pouvais trouver quelqu'un d'autre. Ils ont l'air de tenir à toi. »

Elle sourit, et bien malgré elle, elle sentit ses yeux picoter. Et son cœur s'emplir d'une fierté qu'elle jugea totalement déplacée et ridicule.

C'est quoi, ce sentimentalisme ? pensa-t-elle. *T'as pas encore compris que ta fille était un génie ?*

6

Shirley

LE JOUR MÊME OÙ MOLLY *apparaît sur mon écran, je déniche un article daté du 9 février 2015 dans* The Seattle Globalist, *dans lequel Shirley, une amie proche de Molly, tatoueuse professionnelle, chanteuse du groupe pop Dead Lives, intervient. Shirley est un personnage de Seattle, à tel point que les blogs la désignent comme l'une des trente-sept attractions de la ville. Son excentricité a, mine de rien, contribué à faire de son échoppe l'un des salons de tatouage les plus en vue de Seattle. Quitte à se faire peindre le corps, autant aller chez une star.*

Tatouée sur les deux bras, les deux jambes, les mains, et même les doigts, Shirley arbore sur la photo du Globalist *une crinière platine, des mouches sur le visage, un short, des montures de lunettes excentriques surdimensionnées. Elle pose dans ce qui apparaît être son salon de tatouage – on distingue la table, la fenêtre sous les combles.*

On la présente comme une amie proche de Molly, la future auteure d'un film documentaire sur la caricaturiste. Commentant la disparition de Molly, Shirley s'étonne : « Elle est partie comme ça, je n'ai pas pu lui dire au revoir. Je ne peux pas imaginer quelque chose de plus effrayant. J'aime ma vie, mon job, mes amis. Ce serait pire que la mort. »

Je déniche le site internet, le formulaire de contact, je me risque à lui adresser un message en me disant qu'il a une chance sur un million d'aboutir. Je suis intéressée par le « cas Molly », et j'aimerais écrire sur elle. Pour la rassurer sur mon identité, je lui envoie un lien vers mes publications.

Je poste mon message sans aucune conviction. Pourquoi répondrait-elle à une Française, sur ce sujet-là, alors que, en dehors de la maigre interview dans le Seattle Globalist, *elle ne s'est jamais exprimée ? Dix jours, et un mail, dans ma boîte, comme un cadeau : « Que voulez-vous savoir ? Je suis prête à vous aider. » Ravie, n'en croyant pas mes yeux, je lui adresse, un peu trop rapidement, une salve de dix ou quinze questions en pièce jointe. Quel âge a-t-elle ? A-t-elle des enfants ? Depuis combien de temps la connaissez-vous ?*

J'aurai beau guetter dans ma boîte et lui adresser trois relances, je n'obtiendrai aucune réponse à mes questions. La jeune femme de trente-trois ans s'est elle aussi évaporée dans le sillage de son amie.

Le jour où, bien plus tard, je retournerai à Seattle, j'essaierai de la voir. Elle habite au carrefour de Pike et Pine Street, dans un quartier de bars lounges et gays, qui exhibe les couleurs du street art. J'ai son adresse, je m'arrête devant une façade – colorée, peinte de deux immenses yeux pourvus de cils, je grimpe l'escalier en colimaçon. Porte fermée. Je parcours la rue trois fois, agacée, j'ai la tête dure moi aussi. Je montre l'adresse à un passant. « Elle est sans doute installée à l'étage, elle n'a pas pignon sur rue. » End of the story, *comme disent les Américains. Je ne la rencontrerai pas. Mais faute de mieux, je m'abonnerai à son compte Instagram, où je découvre son talent – et l'immense communauté qu'elle a fédérée autour d'elle.*

Sur Internet, une vidéo retrace son enfance.

Fillette brune et sans charme, elle exhibe sur les photos de famille une bouche immense où des dents se chevauchent allègrement. À quatre ans, pour faire son intéressante, elle raconte à sa mère qu'elle veut être « une artiste », ce à quoi on lui répond : « Trop trop cool », tout en toussotant quand elle montre ses dessins, et en les froissant dans la corbeille quand elle a le dos tourné. Est-ce pour se garantir que ses œuvres resteront bien gravées quelque part qu'elle décide de devenir tatoueuse ? Quand elle le signale à ses parents, ils lui répondent encore : « Trop trop cool. »

Shirley grandit. Après avoir arboré du noir sur les ongles, sur la bouche et les paupières, testé toutes les options capillaires y compris le roux carotte et la boule à zéro, elle opte pour une couleur platine à la Marilyn, relevée par des sourcils spectaculaires – des arcs noirs et longs, qu'elle teint régulièrement avec une sorte de marqueur – et un rouge à lèvres orange.

Sur cette même vidéo, on lui demande pourquoi ce métier – tatoueuse ? Elle réplique : « Quand on sait qu'on va crever un jour, alors on se dit Why not a tattoo ? »

Elle reproduit cette maxime philosophique dans sa salle d'attente, dans laquelle des mangas pour adultes et des bandes dessinées sexy côtoient Critique de la raison pratique, Ainsi parlait Zarathoustra *ou* Par-delà le bien et le mal. *Une sélection suffisamment hétéroclite et surprenante pour déclencher un petit pincement au cœur au moment où l'on s'apprête à s'allonger sur la table.*

***

— Entrez ! Mais oui, poussez la porte, bon Dieu !

Shirley secoua la crinière, tout en remontant de l'index gauche ses montures surdimensionnées sur le bout de son nez, levant le poinçon de son ouvrage. Sur la table de tatouage, nombril à l'air, la jeune femme émit un petit soupir de soulagement.

Mais pourquoi donc, s'emportait maintenant la tatoueuse, ne lisait-on jamais les pancartes ? N'était-il pas indiqué sur la porte « Entrez sans sonner », c'était visible, non ?

La jeune fille acquiesça, livide. Shirley remarqua alors sa pâleur et ses paupières couleur étain ; elle retira son gant dans un claquement et posa sa main aux ongles pailletés sur celle, glacée, de la jeune femme.

— Allez, ma belle, je vais te préparer une petite tisane à la menthe poivrée… Non, encore mieux : gingembre citron miel, bien sucrée, avec un mini-cookie aux pépites de chocolat. Oh, ça va te requinquer.

Et tandis que Shirley s'éloignait dans l'arrière-boutique pour faire bouillir l'eau, la jeune tatouée sentit la chaleur refluer jusqu'au bout de ses doigts. Elle éleva la voix, soudain détendue.

— Vos tatouages… Vous les avez réalisés toute seule ? Il y en a combien ? Au moins cinquante, non ?

— Cent un, ma biche, enfin… je ne sais plus.

— J'imagine que c'est moins douloureux de se faire souffrir soi-même… souffla la jeune fille.

Shirley déposa le plateau sans répondre, et releva le dossier de la table.

— Voilà, tu es bien installée ? Tu peux y aller, c'est ma drogue anti-coup de pompe. Allez, bois.

Quand la couleur revint sur les joues de sa cliente, Shirley étendit ses bras, l'un après l'autre, en faisant danser la ménagerie tatouée sur sa peau.

— Le flamant, là, 2005, c'est moi. La mygale et la longue plume hiroqua aussi. La tête de loup – elle est magnifique, hein ? un husky – et les bagues en trompe-l'œil, sur les doigts, tu les as vues ? J'ai même tatoué une alliance, comme ça on me fout la paix, ahah !

Elle souleva son débardeur, laissant apparaître, sur son abdomen, une tête de requin à dents aiguisées. Bien sûr que c'était douloureux ! Les tatoueurs n'étaient pas de marbre. C'était ça, le rituel ancestral.

Mais tout n'était pas d'elle, non. Les yeux pétillants, Shirley retourna son avant-bras où s'étalait une silhouette de femme, de dos, d'inspiration Egon Schiele. Ça, c'était Molly. Molly Norris, la caricaturiste, elle la connaissait, non ?

Un génie de petite bonne femme. Une sacrée gonzesse.

La jeune femme secoua la tête en sirotant son gingembre infusé, non, franchement non, jamais entendu parler.

— Tu l'as certainement vue dans les journaux. C'est Madame Discrétion.

Elles étaient si différentes. Molly d'un côté, avec son allure de petite dame patronnesse, Shirley de l'autre, tout en longueur, paillettes et extravagance. Quand elles se promenaient ensemble dans les rues de Seattle, l'une en souliers plats et l'autre en bottines de quinze centimètres, même si Shirley posait son bras sur l'épaule de Molly, on aurait pu croire à un photomontage.

Pourtant, toutes les deux se rejoignaient, dans leur art, la façon de tracer les mains, les accessoires, les animaux, les visages – quelque chose de naïf et cruel à la fois ; comme un esprit d'enfance qui aurait mal tourné.

Quant à Molly, elle aimait Shirley comme on adore une grande sœur qui vous conduit vers l'indépendance et la désobéissance. Une déesse de l'audace et de la créativité. Shirley portait des robes pailletées, des jeans fendus à la manière de Lucio Fontana, qu'elle assortissait à de petits hauts garnis d'écailles argentées ou à des chemisiers à lavallière. Elle mêlait les styles en permanence, le chic et le casual, le bourgeois et le grunge, le jour et la nuit, dans ses tenues comme dans sa vie.

Les bons jours, il lui arrivait même d'accueillir ses clients en perruque rose fuchsia et sourire de pirate – elle arborait une incisive recouverte d'une facette noire, qu'elle avait bricolée elle-même. Extrême jusqu'au bout des dents. Les journalistes l'appréciaient. Elle avait d'ailleurs eu l'honneur des pages lifestyle du *Seattle Times*, où les stars révèlent leurs bonnes adresses, leurs bars, boutiques et balades favoris.

Comble de l'extravagance, elle avait adopté depuis peu un cochon vietnamien miniature, tacheté de noir, avec un groin rose tendre, qu'elle ne manquait pas de faire grimper sur son sofa quand un journaliste lui rendait visite.

Il suffisait de l'approcher pour avoir envie de boire du champagne au réveil, ou de faire une grande balade dans le Fremont en pleine nuit. Et c'est pourquoi Molly – et Grace – l'aimaient tant. Shirley illustrait, tout comme son amie Molly Norris, des portraits d'artistes interviewés dans les pages Culture de *City Arts*. Le reste du temps, elle s'entraînait à chanter groovy dans son groupe et se produisait tous les jeudis soir au Butterfly.

Quand la jeune femme au tigre repartit, le ventre sanglé dans du Cellophane comme un bifteck, histoire d'éviter tout contact épidermique avec le vêtement, Shirley retourna ses gants mauves dans un claquement, alluma une cigarette, et après quelques étirements de yoga, nuque souple, bras tendus, rappela Molly. Au téléphone, la caricaturiste avait un timbre sombre et une voix précipitée.

— Calme-toi, ma grande… Respire un bon coup, j'ai tout mon temps.

Molly était hors d'elle. Elle parlait de censure, de réunion catastrophique au journal, de démission.

— Popopop, tu vas tout de même pas foutre à la poubelle un job que tu aimes. Prends les journalistes pour ce qu'ils sont. Des merdeux qui font dans leur froc dès qu'ils ne servent pas la soupe aux annonceurs.

Shirley aspira une longue bouffée pour sentir ses poumons s'enflammer.

— C'est à toi de le faire, toi seule, Molly. C'est à toi de lancer le mouvement, pourquoi pas un concours de caricatures ? Tu n'as toujours pas de compte Twitter ?

Elle savait que son amie avait un blog. Alors, allons-y, oui, qu'elle dessine le prophète en ce qu'elle voulait et qu'elle le balance à quelques blogueurs de référence.

Shirley déposa le plateau dans l'arrière-cuisine, le téléphone calé sous son épaule, tout en tétant sa cigarette. Qu'elle ne laisse pas sa colère pourrir son dessin. Zéro pathos. Simple et efficace.

La tatoueuse éteignit son téléphone, pilonna son mégot dans une tête de mort sculptée en obsidienne, et tira sur une large bande de papier qu'elle installa sur la table de massage.

La porte s'ouvrit sur un jeune homme, les yeux noirs, la vingtaine, une barbe bien taillée, petite queue-de-cheval. Ayan. Elle se remémora immédiatement le dessin qu'elle lui avait tatoué – une méduse sur l'épaule gauche. Il était très rare que l'on se contente d'un seul dessin chez Shirley. La plupart de ses clients revenaient deux ou trois fois.

Le jeune homme sélectionna, sur son téléphone, la photo du dessin souhaité : un tatouage tribal en manchette, sur le poignet droit. Et, tandis qu'il s'allongeait sur la table et que la tatoueuse enfilait à nouveau ses gants roses, il toussota.

Il avait entendu, bien malgré lui, ce qu'elle avait dit tout à l'heure au téléphone. *South Park*, c'est ça ? Il se permettait de le dire… On pouvait toucher à beaucoup de choses, mais surtout pas à ça. L'Occident était installé sur une poudrière, et c'était vraiment comme jeter une allumette dans un baril d'essence.

— Oh, coco !

Shirley empoigna son poinçon.

— Celui qui veut fermer ma grande gueule n'est pas encore né. Et encore moins celle de mon amie Molly.

***

L'artiste désobéit en permanence. C'est sa raison d'être.

Dans l'organisme, il arrive aussi à certaines cellules de prendre leur indépendance. Elles s'éloignent du groupe, divaguent, migrent sur un sentier parallèle. Ce n'est pas une bonne nouvelle ; c'est même l'origine du mal.

Jean-Claude Ameisen, chercheur en immunologie, a travaillé sur le phénomène d'autodestruction cellulaire dans certaines maladies comme le cancer ou le sida. Il a fait une découverte lumineuse : toute cellule dispose, en son sein, du mécanisme qui lui permet de déclencher son autodestruction. Elle possède le pouvoir, à tout moment, d'activer cette bombe et de s'autodétruire en quelques heures. La plupart d'entre elles sont protégées de la « pulsion de mort ».

« Ce qui fait qu'une cellule survit, c'est qu'elle trouve

dans son environnement des molécules émises par d'autres cellules qui l'empêchent de déclencher cette "bombe" et de s'autodétruire, explique Ameisem. Ce qui l'aide à persévérer dans son être, c'est la présence, l'attraction des autres cellules. » Il n'en reste pas moins que la vie n'est qu'un sursis permanent. « Vivre, conclut le chercheur, non sans lyrisme, c'est avoir réussi, pendant un temps, à ne pas déclencher son autodestruction. »

Dans notre corps, comme dans la vie, retentit en permanence le chant des sirènes, celui qui cherche à nous détourner de notre Odyssée.

La plupart des individus s'attachent fermement au mât pour poursuivre leur route.

D'autres n'y résisteront pas.

Et moi... Ai-je le droit de le faire ?

Tout au long de la rédaction de ce livre, je me serai posé la question. Est-ce bien raisonnable de parler d'elle ? De la sortir du néant dans lequel elle vit depuis dix ans ? Ne vais-je pas l'exposer à un risque inutile ?

Les doutes se succèdent et se multiplient.

Pourquoi ce silence ? Pourquoi, aux États-Unis, personne ne s'est emparé de son histoire depuis dix ans ? Ne mérite-t-elle pas un peu plus que trois lignes, après chaque attentat, au moment où on la fait remonter des limbes de l'oubli ?

Si, vraiment, il fallait à tout prix la laisser dans le néant, pourquoi l'affaire des caricatures, non seulement n'a pas été effacée par le FBI, mais est narrée avec un luxe de détails dans la notice Wikipédia « Everybody Draw Mohammed Day » ?

Pourquoi trouve-t-on encore ses dessins sur Internet, dont le fameux poster incriminé ?

On a pu me demander, avec un brin de malice, si « elle voulait être retrouvée ». Évidemment non ! Mais comment le serait-elle ? Comment puis-je la mettre en danger alors qu'elle n'existe plus ? Molly Norris a disparu derrière

Molly N. En plongeant dans le roman, je brouille les pistes. Devrais-je faire taire cette petite voix en moi qui m'incite à aller plus loin ? Ne serait-ce pas le pire des désaveux que de ne plus jamais parler d'elle, de la considérer comme morte, de la laisser dans le purgatoire où elle vit depuis dix ans ?

On a pu me dire que ce n'était pas raisonnable. Pour moi.

— Tu n'as pas peur ? Tu te mets en danger, m'ont répondu quelques amis.

— Je suis une romancière, je raconte « juste » son histoire. J'agis comme tous les écrivains hantés par un sujet, et plus encore par un personnage. J'enquête, j'accumule de la matière, et je remplis les blancs de l'Histoire.

Il était bien plus simple d'écrire sur Simone de Beauvoir, Marguerite Duras et Colette, comme je l'ai fait dans Trois filles et leurs mères, *qui ont réellement disparu, elles, « à la une ». Il se trouve que mon personnage respire, on ne sait où, mais que je n'ai aucune chance de la retrouver.*

Je ne fais qu'acte d'écrivain. Je ne la juge pas, je ne la défends pas, je pense que ce concours de caricatures est une très mauvaise idée. Je veux simplement comprendre, et raconter, comment une femme comme elle a mis le petit doigt dans l'engrenage, jusqu'à commettre la pire des bêtises.

7

Brasier

20 avril 2010, Capitol Hill

LA COLÈRE SOURD DANS SES ARTÈRES, coule dans ses veines, jusqu'au bout de ses doigts. Elle est pompée par le cœur, irrigue les organes vitaux, puis repart, plus forte. À chaque battement, elle s'enrichit en oxygène ; à chaque contraction, elle augmente en volume, et bientôt se transforme en rage.

Quelque chose crie en elle, venu de l'intérieur, elle n'en dort plus. Molly ne ravale pas sa hargne. Elle passe sa vie à tisonner en silence des feux mal éteints, c'est son fonds de commerce.

Le silence de Stone et Parker, qu'elle a contactés par mail, n'a fait qu'exacerber sa colère.

Ce matin, Carla, la femme de ménage, est à la maison, et Molly décide d'aller au marché. Les lettres rouges « Pike Place Market » clignotent dans ses yeux, l'aveuglent. Elle achète des tulipes rouges, des crevettes et des bigarreaux chez Sosio's. Elle grimpe à l'étage chez Lowell's, pour savourer son burger au saumon sauvage et son grand café sans sucre. Le front collé contre la vitre, avec vue sur l'Elliott Bay, elle regarde fiévreusement le ballet des ferries filant vers l'Alaska. L'Alaska. Depuis le temps qu'elle en parle. Elles iront toutes les trois, avec Shirley et Grace. Pourquoi pas cet été, même quelques jours, dans une petite cabane, loin de tous ?

C'est comme à l'approche d'une migraine. Les images déferlent, dans le désordre. Elle se laisse pénétrer, envahir, violenter. Elle aime ça. Sa muse est sans foi ni loi, orgueilleuse et méchante.

Elle fait durer le plaisir, passe devant l'aquarium, Pier 55, visualise le nourrissage de la pieuvre géante, ses tentacules qui emprisonnent les petits poissons qu'on lui jette. Comme Grace jubilait, alors ! Elle a toujours aimé voir les autres s'empiffrer, fussent-ils des monstres.

Plus tard, dans sa prison virtuelle, elle se rappellerait cet instant d'éternité, devant le Pacifique, avant la faute. Elle se souviendrait aussi d'avoir fantasmé sur l'Alaska et la liberté.

Une odeur d'encaustique a envahi le salon. La rampe d'escalier, frottée avec application, brille sous un rayon de soleil. Une jolie couleur caramel. C'est le moment d'agir.

Elle insère une capsule d'arabica dans la machine et tandis que la cafetière crachote, elle réunit ses crayons, les range selon un rituel immuable, d'après la gamme chromatique.

Ses doigts tremblent, et Rachel gronde.

Elle ouvre le sac en papier kraft, attrape une cerise toute ronde, toute ferme, fait gicler le fruit dans sa bouche et rouler le noyau sous sa langue. Les idées la traversent comme des jets de peinture. Elles s'enchaînent, et, comme un pianiste compose, Molly fait danser ses stylos sur la table.

Le grondement de Rachel monte en intensité.

Fais simple. Pas de pathos, a dit Shirley.

Elle débute par la tasse à café, avec ses yeux bordés de cils, elle ajoute un sac à main à tête de chien (celui de Grace petite fille), y ajoute un paquet de pâtes, une cerise, un simple domino.

Elle réfléchit à nouveau, esquisse une bobine de fil – avec une paire de gambettes et d'yeux malicieux, dont elle laisse dépasser un petit bout – le fil d'Ariane, le fil des Parques, le sens à tirer de cette histoire.

Pour chaque objet, elle trace une bulle. *Idée de génie*, pense-t-elle, avec orgueil. Les objets vont parler, et prétendre, chacun, être la vraie représentation du prophète. Elle écrit, en capitales :

« EST-CE QUE LA VRAIE IMAGE DE MOHAMMED PEUT SE LEVER ? »

Elle se demande si ça n'est pas totalement stupide, ou bigrement intelligent, d'avoir imaginé cette petite querelle. Bon, en tout cas, ce n'est pas méchant.

Elle surligne chaque objet de noir avec son stylo à bille, l'énergie ne doit pas faiblir, elle craint toujours d'oublier quelque chose.

Elle se lève, fait la moue. Un peu fade. Elle a envie de taper plus fort. D'embarquer tout le monde avec elle.

À la lumière des récentes menaces « voilées » (ahah) de « Muslim revolution » à l'encontre des créateurs de *South Park*, pour avoir caricaturé le prophète en ours en peluche, nous décidons de lancer, le 20 mai 2010, le « Everybody Draw Mohammed Day ».
Voulez-vous contribuer à sauvegarder (mais pour combien de temps encore ?) le premier amendement de la Constitution américaine ?

Sponsorisé par l'association CACAH, *Citizen Against Citizen Against Humour*. (Prononcez CACA.)

Elle glousse.

Mike et Dave riront aux éclats, c'est sûr.

Shirley se taperait la tête contre la main – « Ma chérie, tu es géniale. »

Sa fille dirait qu'elle est pathétique, mais n'en penserait pas moins.

Elle est en train d'achever, quand le téléphone sonne. Dennys.

Il ne demande jamais s'il la dérange. Personne, jamais, ne s'inquiète de cela. Pas même sa mère. Tout le monde s'imagine qu'elle regarde une série en se faisant les ongles, c'est bien simple.

Dennys est préoccupé.

— Est-ce que Grace se nourrit, chez toi ? J'ai même retrouvé du riz dans la poubelle de sa chambre.

Molly ouvre la bouche, mais ne reconnaît pas sa voix – trop douce, trop désinvolte.

Elle se rappelle les mots de la psychologue, et les répète :

— Je ne veux pas créer de point de crispation.

— On arrive au point de rupture, rétorque Dennys. Elle fond à une vitesse vertigineuse. Tu penses qu'elle fume ? J'ai fait ses poches et son sac. Je n'ai rien trouvé.

Et, comme Molly reste muette, il en rajoute :

— Ta maison brûle et tu regardes ailleurs.

La caricaturiste dessaoule immédiatement.

— Ne dramatise pas, je cherche les coordonnées d'un psy pour adolescents et te les envoie.

— C'est étrange, conclut Dennys, après un silence. J'ai l'impression que seuls tes dessins ont de l'importance. Si tu avais plus dessiné ta fille, tu lui prêterais plus d'intérêt.

Elle raccroche, meurtrie. Elle sait bien qu'il n'a pas tout à fait tort. Les artistes sont traversés par des élans incontrôlables, sourds aux bébés qui crient, oublieux des tartines qui brûlent. Elle ignore d'où cela vient, mais n'est pas loin de penser que c'est une malédiction.

Elle retourne à son poster, l'adresse à plusieurs amis blogueurs, dont Mark Hopson, un des plus influents auprès de la communauté LGBT, prompt à défendre toutes les libertés. Avec un tel parrain, son dessin va faire des petits.

Elle éteint, se dirige vers les placards en fredonnant. Le coup de fil de Dennys n'aura pas réussi à entamer sa légèreté. Elle danserait comme une ballerine sur un fil, et elle sait où elle va.

Ce soir, elle va préparer une tournée de spaghettis au pesto, avec un peu de chance, ça marchera. Grace adore le pesto rosso. Elle a envie d'un bon verre de chardonnay frais, d'une douzaine d'huîtres et d'une cigarette.

Shirley lui a dit, un jour : « Après l'amour, il me faut impérativement mes huîtres et mon champagne frappé, quelle que soit l'heure. Et le mec qui ne m'offre pas ça, je peux te dire qu'il décanille aussi sec. »

Elle attrape son téléphone, pianote le numéro de Grace.

Envie de faire la fête avec toi ! Des huîtres, ça te dirait ?

Génial. est-ce que je peux venir avec Lily ? J'ai FAIM.

Ses yeux s'embuent. Elle relit une fois, deux fois. Grace a FAIM.

MERCI LA VIE.

Elle se retient pour ne pas transférer le message à Dennys. Mieux vaut ne pas crier victoire trop tôt : Grace peut très bien caler après un coquillage et une gorgée d'eau gazeuse.

Molly regarde autour d'elle, son appartement est parfait, Rachel est étendue par terre devant la cheminée vide, babines retroussées comme si elle souriait. Elle l'attrape par le collier, on va faire un petit tour, ma grosse, viens, le tour du pâté de maison. Prendre un café, un smoothie pour Grace. Rachel ouvre une paupière, puis deux, Molly regarde à nouveau son ordinateur, hésite à l'allumer. Non. Attendre.

La bombe explosera sans elle.

À l'Oyster Bar, juchée sur son tabouret, après avoir ingurgité ses belons, et grignoté son pain de seigle beurré, une lassitude la prend. Les adolescents la fatiguent, ils rient, ils parlent d'un prof qu'elle ne connaît pas, qui se cure le nez en cours.

Ils sont si sages. Elle se lève, prétexte un petit tour aux toilettes, et, devant le miroir, envoie un SMS à Dan :

Tu as reçu mon dessin ? Attends un peu avant de partager.
Si tu as le moindre doute, abstiens-toi.

Il lui répondra :

C'est fait, bisous.

Elle aura alors l'impression d'avoir pris un premier

coup sur la tête, devant cette réponse légère, ce « bisous », qu'elle interprète comme le comble de l'indifférence.

Grace, à son retour, lui demandera :

— Qu'est-ce t'as maman ? T'as vu un fantôme aux chiottes ?

De jour en jour, le dessin devient viral – comme une traînée de poudre.

Dan Savage partage le poster le 22 avril sur son blog ; le dessin est ensuite repartagé deux à trois cents fois par jour.

Trois jours plus tard, le 25 avril, après deux bonnes bières au café du coin, et répondant à une sollicitation d'un groupe d'amis, un certain Jon Wellington lance une page Facebook intitulée « Everybody Draw Mohammed Day », la fameuse page dont Molly avait émis l'idée en plaisantant.

Dès le lendemain, la page a déjà séduit 6 000 abonnés, puis 9 000 le surlendemain, et 11 000 le jour suivant.

C'est exponentiel.

Les blogueurs et followers relaient l'information, les journaux aussi.

Le blog du *Washington Post* affirme soutenir le mouvement mordicus.

Laura Hudson, une dessinatrice fan du travail de Molly, réagit immédiatement sur le site ComicsAlliance. Elle participera à l'événement du 20 mai. « Si vous êtes un artiste, harangue-t-elle sur son site, c'est le moment de nous rejoindre ! Allons-y tous. »

Molly est effarée. Il y a un malentendu. Elle a voulu faire une blague, et on l'a prise au sérieux.

De jour en jour, d'heure en heure, de minute en minute, de seconde en seconde, et de clic en clic, la vaguelette prend de la hauteur.

Sur le rivage, Molly observe, ébahie, ivre, la vague s'élever, enfler-monter – comme une petite fille pousserait un cri animal, de joie et de frousse mêlées, jusqu'au point de bascule où le plaisir se transforme en terreur ; où elle pressent que, derrière ce mouvement sans queue ni tête, c'est la mort qui rôde.

Grace rentre de cours, lance gaiement sa besace sur le canapé, et se jette dans les bras de sa mère. Au lycée, tout le monde lui parle de ce génial concours. Les lycéens sont prêts à participer, et lui ont même demandé s'il y avait un trophée à gagner.

Ils ont des idées de dessins complètement dingues.

— Maman, tu es devenue la star du cours d'histoire contemporaine ! Le prof était tellement coincé, il a dit qu'il préférait ne pas parler de ce concours. Le nul ! Il a un balai dans le cul. Maman, tu as réussi, c'est génial.

Molly l'écoute et se sent si seule.

— Et si on allait plutôt ensemble chez Urban Outfitters regarder les petites robes pour Santa Monica cet été ? Juillet va arriver vite. Et ça n'est pas avec ton père que tu feras du shopping. J'ai vu une robe dos nu croisée dans le dos, et...

— Oh non, maman, j'irai avec Lily, profite, toi, c'est ton moment ! Tu kiffes trop peu. Tu devrais organiser une fête, tiens !

Depuis quand sa fille est-elle devenue sa coach en bonheur ?

C'est inquiétant, de la voir si aimable.

— Tu sais ce qui me ferait plaisir, ma chérie ? Je voudrais que tu joues ton concerto de Liszt. Ou ton

Chopin. Parce que, là, ce que j'ai dans la tête, c'est violent comme du Stravinsky.

Tous les blogs, sites et réseaux sociaux la hissent vers le ciel, dans une gigantesque ola. On la soulève, elle, si menue, et la vague la porte jusqu'au podium.

Elle est devenue en quelques jours le porte-drapeau de la liberté d'expression, du fameux premier amendement de la Constitution. Une héroïne américaine. Mais à l'intérieur, elle se métamorphose en monstre.

Molly ne sait plus ce qu'elle veut.

Plus encore que la solitude, elle craint les mouvements de foule qui vous détruisent comme ils vous ont encensée ; la clameur, sourde, les trépignements sur le sol, les briquets qui s'allument et se lèvent dans le noir, les bras d'honneur et les applaudissements. Or, elle n'est ni une diva, ni une femme politique, ni Janis Joplin, ni Joyce DiDonato. Elle est une artiste qui vit, travaille seule, et qui se lie tellement difficilement aux autres qu'il lui faut des mois pour s'habituer à une nouvelle relation.

Le problème, c'est Internet.

Internet ne s'arrête jamais. Les millions de milliards de billions de vaisseaux, grouillants, vibrant à chaque heure du jour et de la nuit, charrient des cadavres, des monstres sans tête, des chimères qui se nourrissent, se fécondent et se multiplient. Les premières menaces sont d'abord noyées sous les bravos, mais elles s'enfantent bientôt les unes les autres, et se propagent à la vitesse de l'éclair.

D'Ouest en Est, du Nord au Sud, puis du Sud au Nord, le monstre enfle, la maladie progresse.

Stade 4, cancer invasif.

Il faudrait aller sur la Lune, maintenant, pour être débarrassé de cette glu.

« Ma grande je suis fière de toi » Mike. « Assume ta gloire » Shirley. « Tu as un sacré courage, respect » Joshua. « L'Amérique est fière de toi. » « Cool, c'est génial ce que vous faites » un inconnu.

À chaque seconde, son téléphone crache des satisfecits. *Ne me félicitez pas, je vous en PRIE,* pense Molly, en tenant sa tête entre ses mains. ARRÊTEZ ! Entre deux bravos, le nom de sa mère s'affiche sur l'écran. Mme Norris mère l'appelle peu, et n'envoie, elle, jamais de SMS. Une forme de résistance au changement.

— Molly ?

Son timbre est sourd, le rythme de sa voix précipité :

— Que se passe-t-il, tu as fait une bourde ?

Molly se souviendra longtemps de ce mot.

— Une bourde ?

Elle n'a pas conduit sans ceinture, elle n'a pas été arrêtée par les flics.

Et puis elle y pense.

La caricature.

— Qui t'a parlé de ça, maman ?

— Sur CNN, à l'instant, il y avait un débat en plateau. Il y avait des spécialistes des relations avec l'Islam. Il paraît que tu as jeté de l'huile sur le feu. Comment as-tu pu faire ça ? Je ne comprends pas. Il paraît qu'un imam intégriste, un certain… Awlaqi ? Je n'ai pas retenu son nom… t'a prise pour cible. Ils ont passé ton portrait en grand sur l'écran, tu sais, celui avec les couettes. Avec ton père, ça nous a fait un sacré choc. Dis donc, c'est quoi, cette affaire ?

— Oh, c'est juste une blague.

Un silence.

— Ils ont parlé de… suicide. Ne faudrait-il pas que tu t'excuses ?

Molly tente de rire, mais ce qui sort de sa gorge est comme du verre pilé.

Elle a envie de boire, de conduire vite, de courir.

Elle fait les cent pas, comme un lion en cage, contourne son bureau, bute contre la table de la cuisine, puis le bord du piano.

Sa peur est immense, et sa maison si petite.

Elle se souvient qu'on est jeudi, le jour où Dead Lives, le groupe de Shirley, se produit au Butterfly lounge, sur la 10e Rue, soit à deux pas du salon de tatouage. Elle n'aime pas ce lieu, elle est fatiguée. Mais elle doit boire vite, écouter fort. Et Shirley, l'ex-junkie, saura bien avoir les mots.

Elle grimpe à l'étage, frappe à la porte de Grace.

— J'ai du travail, hurle l'adolescente, quoi encore ?

— Pour une fois, non, ne travaille pas, laisse tomber, Grace… On sort, entre filles, oui ; j'invite tous tes copains, tous ceux qui le veulent, à boire un coup. On va prendre une part de pizza géante chez Mario. Je commanderai une bouteille de champagne, tiens.

— Berk, dit simplement Grace, je préfère le mojito, laisse-moi appeler Lily.

Elles sont devant la porte majestueuse du Butterfly, à cinquante mètres du Cal Park.

Molly écarte le rideau plissé qui lui donne toujours l'impression de pénétrer dans un boudoir marqué par le stupre et le lucre, et toutes les trois, Grace,

Molly et Lily se fraient un chemin au milieu de la foule, la musique explosant à leurs oreilles, pour se hisser sur les tabourets en bois d'acajou, au bar.

Shirley est en train de chanter du Rammstein. Les filles commandent un virgin mojito, et Molly une bouteille de Pommery – qu'elle va offrir à Shirley, en guise de bouquet de fleurs. Elle a envie de remercier, de s'excuser, de payer. À côté d'elle, un jeune homme la regarde, puis chuchote quelque chose à l'oreille de sa voisine.

Quand elle tourne la tête vers lui, son regard fuit.

Il l'a reconnue.

La panique lui tord les boyaux. Ses mains sont glacées. Elle laisse les deux filles à leurs fous rires devant leur virgin mojito et, à la pause, se dirige vers l'orchestre, les mollets raides, le souffle court.

Shirley descend une bière à même le goulot, puis s'essuie la bouche d'un revers de main, avant de tendre la bouteille à Molly, le menton en avant.

— T'en veux ? Dis donc, ma grande ! Tu nous as déclenché la troisième guerre mondiale ou quoi ?

— Il faut qu'on débute ce documentaire sur ton groupe, maintenant, répond simplement Molly.

Elle a jeté de l'acide tout autour d'elle, un océan aussi grand que le Pacifique, et tous ses projets vont s'y dissoudre.

Shirley approche, la prend dans ses bras, remarque sa pâleur et les os saillants de son visage. Elle aimerait lui dire : « Ce n'est pas urgent, cocotte, occupe-toi de sauver ta peau », de la même manière qu'on conseille à un cancéreux de se reposer au lieu d'aller travailler, alors qu'il ne cherche au contraire qu'à se fixer sur autre chose que sur le mal qui le ronge.

Quand elle perçoit la lueur de terreur dans les yeux de Molly, elle lui promet :

— Dès demain, ma grande.

***

J'ai bon dos de gloser sur les obsessions de Molly N. Je m'agrippe à mon livre comme elle s'accroche à sa caricature. Avec entêtement et sérieux.

Cette histoire me harponne, je ne peux pas m'en défaire.

Le 23 avril, trois jours après avoir posté son dessin, Molly a été interviewée par un journaliste, un certain David Ross, alias Dave Ross, qui anime un talk-show sur radio Kiro. Je me connecte sur le site, inquiète à l'idée de ne pas retrouver le podcast du 23 avril 2010 – cela fait tout de même neuf ans... Le podcast n'est plus disponible, en revanche, sur son blog, je retrouve son adresse. Je lui envoie un message, indiquant bien que je suis journaliste, et auteure, qu'il peut aller vérifier sur Amazon.

« Je m'intéresse, au cas Molly Norris, et j'aimerais en savoir plus. » L'a-t-il rencontrée ? Quel âge avait-elle ? Paraissait-elle nerveuse ? Avait-elle conscience de s'être fourrée dans un terrible guêpier ?

À ma grande surprise, il me répond instantanément (si l'on compte le décalage horaire) et me fait parvenir, certes assez sèchement, sans aucun mot d'accompagnement en pièce jointe un fichier MP3 ! Je vais pouvoir entendre sa voix.

Quand je lui renvoie à nouveau mes questions, il me recadre immédiatement, avec les précautions auxquelles je commence à être habituée. « J'ai déjà été interrogé au sujet de cette interview dans le passé et, honnêtement, je ne me souviens de rien, sauf que Molly ne voulait plus parler de ça après que l'affaire a éclaté. »

Je tenterai bien une autre question mais il ajoute, fermement. « Je ne me souviens pas du tout qu'elle avait l'air nerveuse pendant cette interview téléphonique. Je ne pense pas qu'elle réalisait alors que ça irait aussi loin. Je ne pourrais pas vous la décrire, non, car nous ne nous sommes rencontrés qu'une fois, et je ne me souviens plus du tout d'elle. Ni de son style de vêtements, par exemple. »

End of the story…

« La raison pour laquelle je l'ai interviewée, c'est que nous avons pensé que cette affaire était une démonstration de ce qu'est la liberté d'expression aux États-Unis. La Constitution protège votre droit de parler de n'importe quoi, pourvu que vous ne propagiez pas de menace, n'incitiez pas au complot ou committing libel. *»*

L'interview de Molly par Dave Ross ne dure que trente-huit secondes.

Son timbre est clair, mais elle est nerveuse, essoufflée. À la question du présentateur « Pourquoi avoir fait cela ? », elle répond :

— J'ai pensé que si tout le monde postait un dessin, ils ne pourraient pas mettre leur menace à exécution ! Ils ne pourront pas tuer le monde entier, non ? Ça réduirait le risque à néant.

— Pensez-vous qu'il était de votre devoir de faire ça ?

Sa voix se raffermit, elle lève le menton – j'imagine – comme une politicienne.

— Le métier d'une caricaturiste est d'être non politiquement correcte. C'est mon job de faire bouger les lignes, de défendre la liberté sous toutes les formes, bon sang ! J'ai voulu m'opposer au message de peur qu'avait transmis la chaîne Comedy Central. Mon propos, n'était pas seulement de défendre les créateurs de South Park, *mais aussi*

de soutenir la liberté de pensée de notre pays.

Son message est fort, mais sa voix s'éraille. Elle est hors d'haleine. Comme si, en dépit de ses propos, raisonnables, courageux, elle était déjà traversée par la peur.

8

Repentir

DES DIZAINES DE MILLIERS D'ABONNÉS, des centaines de milliers de dessins – des tombereaux de dessins. Plus tard, elle se souviendrait qu'elle avait employé ce terme.

En voyant le déferlement de ces « œuvres » sur son blog, sur son mail, sur la page Facebook, lui revient en mémoire, dans le premier tome de la saga *Harry Potter*, les « lettres de Nulle Part », qui s'engouffrent par centaines dans la cheminée, par la fenêtre, sur le pas de la porte et s'accumulent dans la chambre de Harry.

Elle est passée de Moldue à Sorcière.

Un cyclone vrille dans son living.

Devant la violence des dessins, elle reste stupéfaite. Elle voit un homme, portant barbe et turban, tirant une toute petite fille par le bras, qui pleure et serre son ours en peluche contre elle. Elle voit un simple carré de couleurs, « peint à la façon Mondrian », elle voit un petit garçon qui montre fièrement son dessin à son père : « C'est très beau, mais je suis désolé de t'annoncer que nous allons devoir te tuer. »

Little Miss Grumpy, la Grincheuse, a cristallisé toutes les colères.

C'est agressif, violent, comme un coup de poignard. Elle est blessée jusqu'au sang.

Devant elle, une foule énorme s'est rassemblée ; elle a enfanté des monstres. Le malentendu l'horrifie. Jamais elle n'a voulu prêcher la haine.

Oui, elle va suivre le conseil de sa mère. S'excuser.

Elle entend la clameur collective, le grognement de la meute. Tout le monde patauge avec délice dans le même bain de boue et de sang. Sans elle. C'est facile, de basculer, quand, en face de vous, ils sont cent mille à tirer sur la corde.

La peur est une émotion contagieuse, tous ceux qui l'ont soutenue ont brutalement déguerpi.

Molly a lâché l'autre bout de la corde.

Elle est seule, à terre. Personne pour la relever.

Ce qui la tétanise, surtout, c'est son inspiration, à sec. Son calepin reste planqué dans le tiroir de son bureau, tout comme son imagination – recroquevillée comme un raisin sec, dans un recoin de son cerveau. D'une certaine façon, ils l'ont déjà tuée.

Alors oui, elle va suivre l'idée de Dennys : elle va sectionner la tumeur originale. Elle a péché par le dessin, c'est avec le dessin qu'elle se rachètera.

À sa table de travail, le 27 avril, Molly range ses crayons en suivant la gamme chromatique. Tandis que les mails tombent et que les menaces se multiplient, tandis que son propre portrait lui est adressé, éclaboussé de sang, elle poursuit son chemin de repentance.

Dos droit, coiffée de deux couettes sages, elle esquisse son portrait dans la posture de la bonne élève. Elle porte un T-shirt à manches longues, siglé de l'emblème « Peace and love ». Une main sur le ventre, une autre sur la table, elle trace un gribouillis. Comme les grosses mailles de la nasse dans laquelle elle s'est fourrée. Comme l'état confus de son cerveau.

Le portrait ressemble à une image pieuse, que l'on distribue à la famille pendant les premières communions ; et Molly, avec son auréole, a tout d'une petite sainte. Son visage, sage, est ceint de bulles multicolores comme autant de pensées taraudantes : « J'ai besoin de retrouver mon sens de l'humour », « J'ai heurté une sorte de gigantesque nerf », « J'ai tellement peur que je ne peux même plus boire mes quatre litres de café par jour ». « Le groupe mentionné sur mon poster, *Citoyens contre les citoyens contre l'humour* n'a jamais existé. » « Heureusement, je suis mariée à un maître sumo »...

C'est un plaidoyer *pro domo* ironique et ambivalent.

Elle s'excuse sans s'excuser, avec ce petit fond d'orgueil qui la caractérise.

« Il est temps maintenant de nourrir les chiens. »

« J'ai fait une grosse bêtise »...

La nuit suivante, comme si le mot « bêtise » avait ricoché loin, en elle, elle fait un cauchemar.

Elle a quatorze ans, une petite frange de clown, elle se trouve dans le bureau du proviseur du lycée, en slip-soutien-gorge et chaussettes. Elle cherche désespérément ses vêtements, elle regarde partout, derrière le bureau, elle tire sur les tiroirs, ouvre l'armoire métallique, fouille dans les dossiers suspendus où sont rangés les bulletins des élèves.

Elle est toujours en sous-vêtements, et on frappe à la porte.

Elle se réveille, en sueur. Et, dans son lit, le cœur battant à rompre, elle se souvient.

Comment a-t-elle pu oublier.

Cette année-là, en 1985, elle arrivait dans un nouveau lycée, avec son année d'avance. Dans la cour de récréation, tout le monde se connaissait. Elle regardait les filles, si jolies, déjà maquillées, rire et se tenir par le bras. Les petits groupes disséminés dans la cour étaient comme des obstacles sur la piste d'un slalom. Quand elle passait, le clan se rétractait, comme un seul corps. Elle avait toute la place pour elle.

Un soir, seule devant son bureau, elle avait caricaturé tous les enseignants, dans ce qui ressemblait à une petite bande dessinée. La professeure de français avait été gratifiée d'une mâchoire chevaline et de chicots noirâtres, le professeur de sports, affublé d'une haleine de chacal, avait été taxé de « pue la mort ». Tout le monde en avait pris pour son grade. Elle avait apporté son ouvrage au lycée, des feuilles blanches rangées dans une chemise, et distribué les portraits aux élèves dans la cour. Ils avaient gloussé, puis enfin avaient levé les yeux sur Molly-la-Transparente : « Mais dis donc, t'es super méchante. »

La sonnerie avait retenti, elle avait récupéré les pages, à l'exception de trois.

Le lendemain, en plein cours d'anglais, elle avait été convoquée chez le proviseur. Sur le bureau s'étalaient les trois feuilles de caricatures. Elle s'était laissée tomber sur la chaise, les jambes coupées. Qui l'avait dénoncée ? Qui avait conservé les feuillets pour ensuite les glisser sous la porte ?

— Nous n'avons pas eu de mal à vous retrouver, avait méchamment grimacé le proviseur. Votre trait est unique.

Vingt-cinq ans après, elle avait encore le souvenir de cette honte cuisante ; quand les professeurs avaient défilé, les uns derrière les autres, et qu'il avait fallu s'excuser. C'était comme si on l'avait obligée à s'agenouiller sur un prie-Dieu, les genoux en sang.

Elle était rentrée à la maison, en pleine détresse. Comment retourner en cours le lendemain ? Les réseaux sociaux n'étaient pas encore nés. Sinon le scandale aurait été mondial – et, elle le pensait aujourd'hui, elle se serait probablement suicidée.

Ses parents avaient fini par lui faire un mot d'absence pour cause de grippe, et elle avait échappé au lycée pendant dix jours.

Les professeurs ne l'avaient plus jamais regardée dans les yeux. Elle était devenue le diable. Elle qui avait toujours décroché les meilleures notes, elle n'obtenait plus que des B, comme s'ils s'étaient donné le mot. La fin de l'année avait été un enfer. Quand elle levait le doigt pour répondre en classe, on l'ignorait. Elle était devenue fantôme.

Pour la consoler, sa mère lui avait dit :

— Quand on a du talent, on encourt le risque d'être blessant. Plus tard, ma chérie, tu oublieras.

Ce matin, elle avait à nouveau quatorze ans.

***

On se trahit sans cesse. J'ai passé ma scolarité à laisser des empreintes, de petits morceaux de moi, indices gravés sur le pupitre, disséminés dans les dissertations, même si le sujet sur lequel on nous demandait de plancher n'avait rien de personnel !

Je me souviens de ce sujet : « Rédigez un cas de conscience », un exercice en début de collège, en classe de cinquième. Ça me semble aujourd'hui un sujet difficile pour des enfants de 11-12 ans. Mais il est vrai que la professeure – une femme charismatique, intelligente – n'en était pas à son premier coup d'essai. Elle passait son temps à nous expliquer que nous devions sortir de l'innocence.

J'ai rédigé un texte dans lequel je parlais d'une femme atteinte d'un cancer, qui hésitait à se donner la mort, et qui, finalement, optait pour le poison. Cette femme était jeune, la petite trentaine, atteinte d'une maladie irréversible. Elle avait deux enfants en très bas âge, mais choisissait malgré tout de se donner la mort, un jour où ils étaient à l'école maternelle.

J'étais alors scolarisée dans une institution catholique. Dois-je préciser que mon texte était suffisamment transgressif pour que l'on convoque derechef mes parents chez la principale ? Mais je n'avais rien à dire. J'avais juste, tout comme Molly, heurté un gigantesque nerf.

On m'a regardée comme si j'avais été inspirée par Satan. M'étais-je rendu compte de ce que j'avais « produit » ?

J'avais été nigaude, j'avais fait une « bourde ».

La Mère supérieure fronçait les sourcils, devant moi.

— Mais enfin... Quelles que soient les circonstances, l'homme ne peut décider lui-même d'attenter à sa propre vie.

Elle s'est radoucie, croyant que je pleurais de repentir, alors que je versais des larmes de honte.

J'ai maudit ces enseignants, ces religieuses, qui ne cherchaient qu'une chose, avec leurs yeux de mauvais lecteurs : vous repérer, vous traquer, vous remettre dans le rang.

J'ai maudit ces rédactions qui sollicitaient une réflexion personnelle... Tout en vous interdisant de sortir des rails.

Mais que valent des idées qui ne risquent pas de verser dans l'inconvenance ?

L'année d'après, j'avais quitté l'institution religieuse pour poursuivre ma scolarité dans un collège public, où l'on m'a laissée tranquillement écrire sans trahir le secret professionnel.

N'empêche. Je me souviens du retour, en silence, vers la maison, après cette séance surréaliste chez la Mère supérieure. Je suis convaincue que mes parents s'étaient rangés silencieusement à mes côtés – mais à l'époque les adultes soutenaient l'enseignant dans tous les cas.

Ce jour-là, presque adolescente, j'avais juste envie de retourner à mon petit bureau ; de « nourrir mon chien », ou boire mon café.

Molly me fait de la peine.

Quand j'observe cette trajectoire implacable qui la fait glisser de la bourde vers l'erreur, de l'erreur vers la faute, de la faute à la fatwa, je découvre une jeune femme désespérée, terrorisée. Et si seule !

Elle s'est démenée, elle a rencontré des musulmans, des spécialistes des relations avec l'Islam. Elle a supplié, demandé ce qu'elle pouvait faire pour s'amender.

Mais elle avait franchi la ligne rouge.

Le 25 avril, elle a écrit sur son site que tout cela l'avait étonnée et même choquée :

« Je me dissocie totalement de ceux qui ont posté des dessins agressifs, obscènes. Je n'ai jamais voulu critiquer l'Islam, ni me montrer irrespectueuse vis-à-vis de cette religion.

Aucun de ces petits objets n'est VRAIMENT une représentation de Mohammed, c'est une blague ! C'est une fiction, sponsorisée par un groupe qui n'existe pas. Les caricaturistes sont là pour ça – pour ironiser sur les événements !

Je m'excuse très sincèrement auprès des musulmans qui ont la foi, et je demande à tous que ce "day" soit aboli. »

Dans un autre message, elle écrit : « Je n'ai jamais eu l'intention de devenir le leader d'aucun groupe. J'ai juste appliqué le premier amendement de la Constitution, en créant à ma guise. Ce dessin a heurté les sensibilités, et je n'aurais jamais imaginé cela. Je retourne dès maintenant à ma table de travail ! »

Le 26 avril, elle insiste : « Je ne me suis jamais engagée à lancer un concours de caricatures, le Everybody Draw Mohammed Day ! J'ai juste créé un poster qui est devenu viral, et je ne cautionne rien de tout cela. D'autres personnes ont utilisé mon dessin pour leur site, etc. S'il vous plaît, dirigez-vous vers eux. »

Elle supplie : « Je veux retourner à ma vie tranquille. »

Elle tente ensuite de troquer le « Everybody Draw Mohammed Day » en « Everybody Draw Al Gore Day », mais ça n'est pas drôle. Elle argumente : « Il y a eu déjà bien trop de dessins du prophète, cela suffit, on a atteint un point critique. » Mais personne ne l'entend.

« J'ai voulu combattre la peur, explique-t-elle, et puis, maintenant, c'est moi qui ai peur. »

De son côté, Jon Wellington, le créateur de la page Facebook « Everybody Draw », commence lui aussi à se distancier de l'affaire. « Ne comptez plus sur moi, allez voir ailleurs. »

Notant ce recul soudain de leurs héros, la presse montre les dents, elle grogne, elle jappe. Les États-Unis aiment les héros qui s'enivrent de vitesse et se plantent en voiture, grisés par le succès, ou meurent d'une overdose à vingt-sept ans ; les Janis Joplin, Kurt Cobain et Jimi Hendrix, enfants du pays qui s'éteignent en pleine gloire. Pas les défaitistes qui rebroussent chemin, qui comptent leurs billes et craignent l'échafaud.

On fustige sa couardise. Kathleen Parker, une éditorialiste du Washington Post, *constate : « C'était une bonne idée, mais elle aurait dû la soutenir plus fermement, et de façon plus responsable. » Alex Spillius, du* Daily Telegraph, *commente : « Personne ne devrait reprocher à Norris de se retirer de ce bazar, parce que cette situation génère un climat d'incertitude. N'importe quelle menace peut disparaître soudainement ou persister pendant des décennies, comme pour Salman Rushdie. La controverse sur les caricatures de Mahomet publiées dans le* Jyllands-Posten *a mijoté pendant des mois avant d'exploser violemment. » William Wei, du* Business Insider, *est beaucoup plus critique, allant jusqu'à préciser dans son article au vitriol que « l'artiste se dégonfle ».*

9

Bourdonnements

On lui promet de lui écraser le crâne entre deux grosses pierres, de l'énucléer avant de jeter ses yeux aux chiens, de lui arracher la langue avec une pince avant de la lui faire bouffer, d'appliquer le fer rouge sur sa chatte, de l'enfermer dans une cage en fer, que l'on hissera à l'extérieur, à dix mètres du sol, jusqu'au moment où les corbeaux auront fini de la picorer tout entière.

On défigurera Grace (quand elle lit le prénom de sa fille, elle est prise d'une brusque nausée), on lui jettera de l'acide et on l'inondera d'essence avant de la faire flamber.

On l'attachera sur un lit, un rat sur le ventre, jusqu'au moment où le rongeur, affamé, se mettra à dévorer ses intestins.

Ils ont trafiqué sa photo sur laquelle, le visage souriant, les dents immaculées, elle porte son bonnet de lutin. Ils ont ajouté à côté d'elle par un photomontage trois hommes encagoulés de noir et une corde autour du cou. Ils ont écrit : « The likeness of dead Molly. »

Les augures macabres planent au-dessus d'elle, comme des corbeaux qui claquent des ailes. Le lent poison, distillé dans son cerveau, pénètre dans son corps, ses membres, son sang.

Elle n'aurait jamais pensé que les images puissent avoir une telle portée.

Comme un retour de boomerang, son agressivité graphique lui est rendue au centuple.

Elle apprend à vivre avec la menace, qui bourdonne à ses oreilles comme des acouphènes.

Dans sa maison, des nids de frelons vrombissent contre la vitre ; et ce murmure s'introduit, bien après qu'elle a éteint son ordinateur, par son conduit auditif, dans son cerveau, fait écho, la poursuit encore et encore toute la journée, toute la nuit, sans répit, jusque dans son lit.

Elle ne dort plus. Elle accepte que Rachel monte dans son lit, pose sa tête sur sa cuisse. Mais c'est la chienne qui s'endort en grognant et en bavant – car Rachel, très agitée depuis quelque temps, aboie même dans son sommeil – et Molly qui reste éveillée, pendant cinq, six heures d'affilée.

Les jours de chance, elle s'assoupit pendant deux heures. Mais la plupart du temps, elle ne dort plus, ne se réveille plus. Elle n'est qu'un fantôme à l'affût des bruits de la nuit.

Un matin, elle entend carillonner à sa porte. C'est devenu suffisamment rare pour l'inquiéter. Elle se précipite dans la cuisine, attrape un couteau.

Personne. Elle baisse les yeux, glapit. Il y a un écureuil mort sur le paillasson. Il est dépecé, les muscles à vif, l'œil fixe la regarde. Du bout de son chausson – car elle ne sort plus –, elle le retourne. Des asticots blanchâtres grouillent au niveau du cou. Elle hurle comme une possédée.

— Grace Norris ?

— Oui ?

Grace se retourne.

Elle est assise sur le parapet dans la cour de récréation de la Bertschi School, en train de coiffer Lily.

Shirley lui a appris à faire des tresses afros.

Elle lâche la natte, surprise par ce vouvoiement inhabituel.

— Le proviseur aimerait vous voir, ça ne vous ennuie pas de me suivre, maintenant ?

— Mais... Pourquoi ?

— Ne t'inquiète pas, répond l'adjointe, en souriant, brusquement revenue au tutoiement. Rien de grave.

Lily lui serre le bras affectueusement.

En suivant cette femme, Grace a l'intuition obscure d'aller vers un tribunal populaire. La dernière fois, pourtant, qu'elle s'est rendue ici, avec sa mère, c'était pour écouter la directrice lui proposer de sauter une classe.

L'adjointe reste sur le pas de la porte, Grace se demande si elle doit avancer, mais la directrice de l'école est au téléphone, elle a de grandes créoles aux oreilles qui claquent sur le combiné quand elle leur fait un signe de la main, comme pour dire « J'en ai pour une seconde, asseyez-vous ». Elle a un léger tic dans l'œil.

Dans l'air, circulent les nanoparticules de la gêne, de la honte.

La directrice pose son téléphone devant elle, elle croise les doigts, les ongles peints en rouge écarlate, elle est très calme, et elle esquisse une moue désolée.

Elle a entendu parler de l'affaire, et vu le visage de sa mère, à la télévision. Elle assure Grace de son soutien. Elle ne peut, cependant, prendre le risque de soutenir le nom Morris dans le journal de l'école, par conséquent elle ne peut prendre le risque (répète-t-elle, en plantant la dague de son regard dans celui de Grace) de publier ses deux articles dans le journal.

Elle doit également adopter des mesures pour la sortie de fin d'année. L'école peut être prise pour cible, et elle ne peut, encore une fois, risquer de mettre une classe en danger… Tout en sachant, précise-t-elle en baissant les yeux, que Grace n'y est personnellement pour rien.

Elle s'arrête brusquement de parler quand Grace, livide, s'affale sur la chaise.

— Je suis une pestiférée, une paria.

La directrice contourne alors son bureau, s'approche d'elle, lui touche le bras, maladroitement – cette maladresse étant le prix à payer pour maintenir une certaine distance et ne pas être accusée d'un rapprochement inadapté avec une élève.

Grace rentre à la maison, elle claque la porte d'entrée, Rachel aboie, et elle hurle.

Elle jette sa besace débordant de livres sur le canapé, attrape la pile de magazines dont elle commence à déchirer les couvertures, en furie, avant de les lancer à l'autre bout de la pièce.

Puis elle s'effondre sur elle-même.

Mais qu'est-ce qu'elle a fait pour avoir la mère la plus conne de tout l'État de Washington ? Non seulement elle doit supporter son ADN pourri, son sens de l'humour minable, sa présence horripilante à la maison, mais en plus elle va être virée du lycée.

— Tu ne penses qu'à ta gueule. Tu as fait ça,

justement au moment où j'allais signer dans le journal du lycée, tu ne VEUX pas que je réussisse, lui hurle Grace. Tu ne veux pas que je sois aimée.

— Quoi, qu'est-ce que tu racontes, marmotte Molly.

— Pestiférée ! Je suis une paria ! répète encore et encore Grace.

Les parents refusent que leurs filles se promènent à côté d'elle dans la rue ou qu'elle vienne à la maison. Trop dangereux, si une bombe éclatait, ou une fusillade, tout le monde serait tué.

— Tu m'as mise dans la merde totale !

Molly prend son visage dans ses mains. Elle pense à cette scène du 20 avril, dans la cuisine, quand Grace l'a incitée, titillée ; mais elle le sait bien, elle est la seule responsable, Grace est mineure, et en outre, les mères doivent supporter l'ingratitude de leurs filles.

— Ce n'est rien, je t'assure, je vais rattraper le coup.

— Ah, mais comment, c'est trop tard, pauvre idiote.

Il n'y a ni horaire ni pause. Ce qui survient en Occident se décuple en Orient, chargé à bloc de toxines, qui se multiplient au Sud. Le réseau est saturé, la Toile colonisée.

Ça s'appelle la mondialisation de l'humour.

En s'allongeant sous la couette ce soir-là, Molly pense à Shirley, qui passe parfois des journées entières à détatouer des clients au laser... Il n'existe rien, elle le pressent, rien, à ce jour, qui puisse effacer, même dans la douleur, la portée de son geste.

Comme un médecin, devant les progrès dévastateurs de la maladie, expérimenterait sous le coup de la panique un nouveau remède, le 1er mai, elle reprend son premier dessin, le poster des objets, qu'elle rature rageusement comme un enfant.

« Moi, la caricaturiste, je n'ai jamais voulu lancer cette page. » « Ça n'a jamais existé. » « Je ne suis qu'une caricaturiste. » Et elle barre, rature encore, ivre de rage et de remords, avec son stylo à bille rouge, comme si elle était une « contre Molly ».

***

Alors, Molly il semble que tu ne parviennes plus à rien ? Incapable de contenir ton ironie, pas fichue de composer avec les autres, tu es certes née dans le pays de la liberté d'expression, celui des sourires aux dents blanches ; mais tu en as oublié que ce continent est aussi peuplé d'individus qui s'excusent en permanence, mais ne lèveraient pas le petit doigt pour vous défendre. Désolé... So sorry... *Cette fausse bienveillance est un joker qui permet de tenir l'autre à distance, le fou, l'étranger, le pécheur.*

Le 20 mai, une page Facebook contre Molly est créée, « The Ban Everybody Draw Mohammed Day », entraînant 106 000 adhésions en quelques jours.

On assiste clairement à une guerre. Les deux armées en présence se défient avec arrogance – mais les « anti Molly » sont plus nombreux, et bien plus déterminés que les « pro Molly ».

10

Feux

Le 21 mai, en allumant la télévision, à moins qu'elle ne l'ait pas éteinte, car l'écran plat déverse son flot d'images non-stop, elle découvre, ébahie, qu'elle est l'objet de manifestations colossales, et quasiment d'émeutes, à Islamabad ou Karachi, au Pakistan. Ce sont des foules entières de fidèles qui battent le pavé, agitent des drapeaux, brandissent des pancartes et hurlent son nom. « À mort Molly Norris, à mort l'Amérique. » « Mort à YouTube, mort à Facebook ! »

On embrase les rues avec des feux de joie, on y jette des panneaux à son effigie. C'est un bûcher pour une sorcière. Elle s'imagine, marchant, jambes raides, vers la guillotine, sous les crachats. Même quand elle ferme les yeux, son imaginaire est gangrené.

Elle approche de l'écran, qu'elle caresse doucement, comme pour les calmer ; leur dire que non, vraiment, il y a malentendu ; elle recule hébétée. Elle voudrait se cacher dans un trou de souris, ou partir à l'autre bout du monde, mais pour cela il faudrait réinitialiser son cerveau, comme dans ces jeux vidéo où vous changez simplement d'avatar à chaque nouvelle partie.

À la question de Dave Ross : « Êtes-vous certaine de vouloir faire cela », elle répondrait NON, évidemment. Elle pleurerait, elle crierait « Empêchez-moi bon sang ! » et supplierait le bon Dieu de la ramener dans le passé pour modifier sa trajectoire.

Pourrait-elle avoir une seconde chance ?

Dans la rue, un scooter démarre en pétaradant, elle se jette en arrière, elle a cru être touchée.

Elle se tapit dans son bureau, elle n'ose plus ouvrir son ordinateur, son téléphone reste muet. Quand il sonne, c'est un journaliste, qui lui propose une interview d'une voix obséquieuse, mais les manifestations de soutien et coups de fil amicaux se comptent sur les doigts d'une main. Et maintenant il est étrangement silencieux, au moment où elle aurait tant envie de pleurer dans son petit micro.

Elle se retrouve à la maison, l'après-midi, les mains entre ses genoux, comme si elle s'interdisait d'attraper un stylo, la gorge nouée, tentant de respirer pour retrouver son souffle.

Elle appelle Mike. Il est sur répondeur. Elle l'imagine, dans son bureau, relisant un article en mâchouillant son chewing-gum antinicotine en se balançant sur sa chaise, jetant un œil à son téléphone, avant de détourner le regard. Elle en a parlé à Mark.

— C'est dégueulasse, si c'est vraiment ça, mais ça ne m'étonne pas de cet enfoiré.

Mark lui a promis de venir la voir, de lui prêter son téléphone, juste pour voir s'il décroche enfin. Elle redoute de se livrer à ce test. D'avoir la confirmation que le monde entier la lâche.

Son nom serait donc damné.

Pour juguler l'hémorragie, Facebook, YouTube ont été interdits par la Haute Cour de Lahore, au Pakistan. Mais les manifestations continuent, car l'humain ne peut être bloqué d'un simple clic, lui.

Molly se dit qu'elle va partir. Elle va attendre la fin de l'année scolaire, et va s'évaporer, loin d'ici, avec sa fille. C'est alors qu'elle commence à penser à Paris, mais oui, Paris la fait rêver, comme tous les Américains cultivés. Paris, la ville des artistes, ses petites ruelles éclairées par les lampadaires, ses belles pierres. Paris qui vous serre dans ses bras.

Elle pourrait peut-être, non pas se faire oublier des autres, c'est impossible, mais s'oublier elle-même. Le voyage, cet exil à la petite semaine. Si seulement cela pouvait desserrer le nœud dans sa gorge. Elle ne peut plus rien avaler de solide.

Elle se couche le soir, le cœur battant, apeurée, elle se réveille à la prime aube, terrorisée. Elle ouvre en tremblant son ordinateur, elle est en apnée quand elle clique sur son site et découvre la flopée d'insultes. Le soin qu'ils ont pris à retoucher sa photo, à lui maculer le visage de sang. Les images lui donnent l'idée d'un raffinement dans la torture. C'est un travail de pro, ils prendront leur temps. Ils l'auront.

Le pharmacien n'a fait aucun problème pour lui vendre du Xanax.

— Si quelqu'un en a besoin, en ce moment, c'est bien vous. Mais n'en abusez pas, a-t-il ajouté, comme s'il craignait un passage à l'acte.

Un policier, contacté après l'affaire de l'écureuil dépecé sur son paillasson, lui a conseillé de sortir le moins possible.

— Voulez-vous une protection policière ? lui a-t-il suggéré. Je peux en parler à mon chef.

Elle a glapi d'un rire sonore. Un garde du corps ? Mais non, on n'en est pas là.

Elle se pensait tellement plus forte que ça. Elle se déçoit. Elle est à l'écoute du moindre bruit, et même Rachel, qui s'est mise à claquer des mâchoires la nuit, la terrifie.

Sur les conseils de Dennys, qui reste, malgré tout, le père de Grace et son meilleur ami, Molly téléphone à Mme Ming, une masseuse-hypnothérapeute, qui officie dans l'International District. Molly s'est dissimulée sous un chapeau et des lunettes de soleil. Elle pénètre dans une arrière-boutique derrière un rideau de perles rose et bleu de petite facture. Autant l'épicerie empeste le dimsum, autant le salon, parfumé à la fleur de Tiaré, lui semble somptueux.

Une minuscule Chinoise, tassée sur elle-même, coiffée d'un petit chignon gris, l'installe sur une table de massage recouverte d'un beau drap blanc, où elle a éparpillé quelques pétales rouges et roses. Molly s'est débarrassée de la totalité de ses vêtements, et tandis que la Chinoise la masse, partout et même au niveau de l'entrejambe, elle se met à pleurer. Elle sanglote sans discontinuer pendant quarante-cinq minutes.

Ensuite Mme Ming lui parle, doucement, elle reste immobile, ses bras, ses jambes sont lourds comme de la fonte. Elle s'est comme dissoute dans une matrice bienveillante. Cette femme est en train de l'exorciser.

Elle aimerait tant ne plus sortir de l'intérieur d'elle-même.

Mais la peur revient, à peine a-t-elle mis le pied chez elle.

Le lendemain, la porte d'entrée carillonne. Cette fois, elle attrape Rachel par le collier et, le cœur battant à rompre, elle pense sa dernière heure arrivée.

— Ce n'est que moi, Molly, lance Simbad, le coursier.

— Ah, Simbad ! Simbad !

Elle tourne la clé.

— Rentre vite.

Le regard fuyant du jeune homme la glace.

Alors elle joue les guillerettes, s'excuse pour l'accueil – elle est un peu trop à cran, en ce moment.

Elle tente un sourire, alors qu'elle pue la mauvaise sueur. Elle connaît bien Simbad ; il a souvent fréquenté les soirées d'été de Molly.

— Je n'ai pas d'herbe en ce moment. Mais je peux te proposer une tisane au gingembre ou un thé matcha.

— Non, non, répond-il vivement. J'ai d'autres livraisons, murmure-t-il avec le ton que l'on adopte face à une grand-tante qui essaie de vous dévergonder. J'ai tellement de choses à faire. Rien à voir avec toi, hein, Molly.

— Fous-moi le camp, chuchote-t-elle, en claquant la porte.

Maintenant, elle sait à quoi ressemble la solitude, celle des malades qui attendent dans une chambre d'hôpital la personne qui viendra relever le dossier de leur lit, qui sonnent de longues minutes sur leur boîtier avant qu'une infirmière renfrognée ne vienne les délivrer.

Avec le couteau à pain, elle tranche la ficelle qui rassemble son courrier de ministre. Il y a de plus en plus de lettres, de moins en moins de journaux, et il y aura des menaces de mort, elle le sait déjà, elle les voit déjà. Une enveloppe carrée d'un joli vert amande lui fait de l'œil.

C'est une carte, illustrée d'une petite bonne femme toute ronde qui envoie des ballons en forme de cœur. Elle ressemble à la marraine de Cendrillon. Tout le journal a signé. « On pense à toi, Molly, remets-toi bien. » « Notre affection », a écrit Maris. « Love, love, love »... Comme un mantra. Un mot gentil qu'on adresse aux accidentés de la vie, une manière de les écarter définitivement de vous.

Piètre consolation, Grace est plus gentille avec elle, maintenant, depuis qu'elle a décidé de vivre principalement chez son père. Hier, elle est rentrée du lycée directement ici, elle a dormi dans la maison, elle a même préparé un guacamole bien épicé, accompagné de chips mexicaines réchauffées au four qu'elles ont grignoté – surtout Molly – en regardant un épisode de *Vampire Diaries.* Si seulement... Si seulement toute cette connerie pouvait servir à la guérir. S'il y avait un sens à tout cela.

Molly remue les journaux et voit son visage sur plusieurs une. Tiens, c'est qui, cette justicière de mes deux ? Comment s'est-elle illustrée ? Quelle gloire ! Elle est passée de la rubrique « Art » à la rubrique « Société ». Par pur masochisme, elle tape son nom dans Google pour vérifier le flot d'informations.

Sur un blog, elle lit que les artistes sont des soldats. Qu'elle est aussi idéaliste que les fervents croyants. Qu'elle obéit à une transcendance. Elle lit quelque part qu'elle est une *kamikaze.*

***

À ce stade de mon enquête, je découvre un billet daté du 23 juin 2010 publié sur le Top Notch Web Portal Blog, dont le titre ne manque pas de me surprendre. « L'Express Tribune *de Karachi (Pakistan), a demandé à Molly Norris d'illustrer un article pakistanais sur l'interdiction de la burqa en France. »*

Sur son website, Molly Norris écrit : « Ces dernières semaines ont été cauchemardesques. Quand des journalistes frappaient à ma porte, j'allais me cacher et aujourd'hui je sursaute toujours quand le téléphone sonne. J'ai perdu du poids et je prends des anxiolytiques. Je n'aime pas attirer les foudres d'une seule personne, alors, vous pensez, quand il s'agit de la moitié de la planète !

J'étais si bouleversée par cette affaire, poursuit Norris, que j'ai fini par contacter une mosquée par e-mail. Ils m'ont conviée à leur conférence annuelle, Seerah, qu'ils ont initiée après l'histoire des caricatures danoises, il y a quelques années. Là-bas, tout le monde a été absolument adorable, on m'a rassurée, protégée... » Molly ajoute qu'elle a accepté de produire un petit documentaire sur le port du voile – hijab ou burqa – aux États-Unis ; et que, à la demande d'une autre mosquée, elle veut organiser un forum sur l'art occidental et l'art musulman.

C'est dans ce contexte qu'elle a accepté, bien entendu, d'illustrer l'article du Pakistan Express Tribune. *Le dessin, composé de deux parties, représente d'un côté une femme portant un hijab, la bouche recouverte de tissu, et de l'autre, une cocotte parisienne, le visage recouvert d'une voilette. La légende ? « Autorisez le voile, mais interdisez le chapeau à voilette ! » Questionnée par le blogueur Comic Riffs, elle a expliqué : « J'ai été surprise et ravie d'avoir été embauchée pour fournir quelques illustrations. Je me suis sentie honorée. »*

En tout cas, elle a déployé des efforts surhumains pour se faire pardonner, jusqu'à préciser, sur son site, qu'elle allait s'efforcer de mieux connaître des musulmans afin de les intégrer dans sa culture et ses dessins. Dans son désespoir, elle aura même, précise l'article du blog, rallié la page « Anti Mohammed Day »...

11

La liste

11 juillet

LE CIEL ÉTAIT SI BLEU, CE JOUR-LÀ. Un ciel bleu Pacifique, comme il peut l'être en plein été à Seattle. Après avoir longuement mûri son projet pendant la nuit, Molly a téléphoné, à 8 h 10, à Dolly, responsable des pages locales du *Seattle Weekly*.

— Oh, Molly… Je pense tellement à toi, si tu savais…

Dolly a un visage pointu, une voix minérale, des cheveux blonds presque blancs, des cils pâles, des montures en métal transparent. Elles se sont si souvent moquées gentiment de Dolly la petite souris, Dolly l'écolo, si prévisible. Dolly est l'une des rares journalistes intégrées à la Rédaction. Elle voit Mike tous les jours, elle a bon cœur, elle va l'aider.

— J'aimerais t'inviter à déjeuner, j'ai besoin de te voir aujourd'hui. Mais n'en parle à personne.

Elles se sont donné rendez-vous au Little Oddfellows,

la cafétéria de l'Elliott Bay Bookshop, la plus belle librairie de Seattle, avec son parquet qui craque, ses fauteuils en cuir élimé et ses grandes tables de cuisine en bois sur lesquelles les écrivains dédicacent leurs œuvres.

Il n'y a aucun autre lieu au monde dans lequel Molly se sente aussi protégée. Elle a appris récemment que les Japonais, ces princes de la délicatesse, avaient un mot pour ce délicieux sentiment de sécurité que procuraient les milliers de livres : le *tsundoku.* Ce jour-là, elle a pourtant l'impression que les sourires du vendeur, à l'entrée, sont moins chaleureux.

Elles commandent un granola, une assiette de fromages, des linguine au pesto ; un serveur vient leur apporter la camomille bio de Dolly, et un grand latte. Molly a un débit précipité :

— Il faudrait que le journal écrive quelque chose sur moi, oui, je suis désolée de le dire, mais j'ai besoin de votre soutien à tous ! Il faut préciser que je suis amie de l'Islam.

Molly agrippe la main de Dolly.

— Tu sais quoi ? Je pense même qu'on devrait lancer une pétition dans tous les journaux. Il faut que tous les Américains s'impliquent dans cette histoire. Ça pourrait être génial, une pétition.

Dolly tourne sa cuillère dans son mug, affreusement gênée. Elle s'apprête à dire qu'il y a deux jours, une réunion particulièrement houleuse a été consacrée à l'affaire. L'ensemble des journalistes s'est scindé en deux, entre ceux qui ont pris la défense de Molly et réclamé une forme d'engagement du journal à ses côtés, et ceux qui considéraient qu'elle s'était jetée dans la gueule du loup. Au vote à main levée, Molly avait perdu.

Au moment même où Dolly se demande comment elle va se tirer de cette situation, le téléphone de Molly vibre – un numéro masqué. Dolly hoche la tête vigoureusement (« T'inquiète, j'ai le temps »), visiblement soulagée.

Molly prend l'appel. Elle entend « sécurité intérieure », elle entend « marshal », « agent ». Elle bouche son oreille droite de son index pour échapper au brouhaha. On lui demande si elle est chez elle, non, elle est dehors, dans une librairie, avec une « amie proche », fait-elle en adressant un clin d'œil à Dolly.

— Rentrez immédiatement, lui dit l'homme, enfermez-vous, et rappelez-moi au numéro que je vous enverrai par SMS.

Elle se souvient d'une amie à qui l'on avait demandé de s'asseoir avant qu'on ne lui révèle le résultat de sa biopsie. On lui annonce ce jour-là que son nom figure sur la hit list du magazine *Inspire.*

Molly ne réagit pas. Hit list ? Quel est ce magazine ?

— *Inspire.* C'est le magazine d'Al-Qaïda, et vous êtes sur la liste des personnes à abattre. Salman Rushdie, ça vous dit quelque chose ? interroge l'agent. Stéphane Charbonnier, le directeur de *Charlie Hebdo. Charlie Hebdo,* ça vous dit quelque chose ? Les caricatures ?

Son cerveau patine. Elle ne parvient plus à relier le mot à sa signification.

— D'après nos informations, cette menace est à prendre très au sérieux.

—...

L'agent articule chaque mot pour les faire pénétrer. Elle est en danger, elle doit rester à la maison en attendant le dispositif de sécurité.

— Attendez, tout va s'arranger. Mon journal va lancer une pétition et...

— Écoutez-moi. Sortez le moins possible. Verrouillez les issues, Éloignez-vous des vitres. Fermez les stores et les rideaux, restez confinée à l'intérieur.

Elle demande d'une voix blanche :

— Et mon chien ? Il doit sortir tous les jours, pour faire pipi, je suis obligée de...

On lui raccroche au nez.

À la maison, elle allume son ordinateur, et tape « *Inspire* » dans Google. Elle atterrit sur une liste de portraits dans des tons sépia : « *The medecine prescribed by the Messenger of Allah is the execution of those involved.* »

Elle papillote des yeux, et derrière ses larmes, voit défiler tous ces noms :

Geert Wilders, fondateur du « parti pour la Liberté », qui a proclamé qu'il détestait l'Islam, Morris Sadek, égyptien-américain copte, Carsten Juste et Flemming Rose, rédacteurs au *Jyllands-Posten*, qui a publié les fameuses caricatures, Kurt Westergaard, le plus célèbre illustrateur du *Jyllands*, Lars Vilks, artiste suédois connu pour ses œuvres provocatrices, Stéphane Charbonnier, le directeur de *Charlie Hebdo*, Terry Jones, qui a brûlé le Coran, Salman Rushdie.

Elle aperçoit son nom, tout en bas, aux côtés de celui de Ayaan Hirsi Ali, une activiste hollandaise d'origine somalienne. Elles sont les seules à apparaître sans photographie. Molly se persuade que, dans son malheur c'est bon signe. Elle saura, un peu plus tard, que c'est parce que toutes deux ne portent pas le hijab.

Elle a froid, des pieds à la racine des cheveux.

Elle tourne sur elle-même, autour du bureau, comme une guêpe prise au piège se cogne aux parois d'un verre.

Elle téléphone à Mike, dont le répondeur s'enclenche après cinq sonneries. Elle a vu Dolly, dit-elle, et lui a parlé de cette pétition. Elle a acquis une telle notoriété aujourd'hui, ajoute-t-elle non sans honte, que cela pourrait même faire doubler les ventes. Elle termine pour l'appâter, en lui disant que, s'il la rappelle, elle lui apprendra un truc de fou.

Elle raccroche, ferme les yeux, elle s'imagine être téléportée autour de la table, avec le bip de la machine à café, le parfum du pur arabica, et celui du gâteau à la carotte.

Mike ne l'a pas rappelée, il lui a répondu par mail. « J'espère que tout va se calmer pour toi, Molly. On prie pour toi, on espère te voir bientôt en réunion. Tu as pensé à ton nouveau dessin, pour la une ? »

Elle est émue. Mike n'a pas le courage de l'appeler, mais le désire encore. Elle en rirait de bonheur. Parmi ses terreurs nouvelles, il y avait celle de n'être plus jamais publiée.

La nuit d'après, elle rêve, comme dans la scène de *Charlie et la chocolaterie*, qu'une cohorte d'écureuils enragés se jette sur elle. Elle se réveille, en plein effroi, sent la crise d'angoisse arriver, comme une ombre folle. Elle se précipite dans la salle de bains, elle cherche, ne trouve pas sa boîte de Xanax, remue l'armoire à pharmacie, tombe enfin sur une boîte de comprimés à base de valériane, mélisse et passiflore, dont elle avale six gélules. Elle émet de petits sanglots rauques, qui la soulagent. Heureusement, Grace dort toujours les écouteurs dans les oreilles. Elle aimerait se glisser auprès d'elle, se réfugier dans ses bras. Mais une mère ne fait pas ça.

Elle saisit son portable, hésite, compose le numéro de Dennys.

— Non, tu ne me déranges pas, dit-il. Mais je pense que Grace doit revenir vivre à la maison. Quelque temps.

Molly lui demande de se taire. Et s'ils étaient sous surveillance téléphonique ?

— Tu vas me prendre pour une folle, mais ça m'est passé par la tête.

Les murs, autour d'elle, ont une sale tête de traître.

Le 13 juillet, il fait un temps magnifique, mais Molly est chez elle, rideaux tirés, confinée pendant trois jours, date à laquelle elle se verra attribuer un garde du corps. Cet après-midi-là, elle n'en peut plus.

Elle enfonce sur son crâne un bob à carreaux et pose sur son nez de larges lunettes de forme aviateur. Dans le dressing de Grace, elle récupère ses sandales à talons compensées, et empoigne la laisse de Rachel... Avant de se souvenir que sa chienne est bien trop reconnaissable.

Quand le bouledogue se rend compte qu'elle restera à la maison, elle jappe en faisant les yeux doux. Mais Molly demeure sourde à ses gémissements. Elle ferme la porte, passe par le jardin, rase le mur avant de monter dans l'autobus. Elle a bien conscience de sa folie, mais elle ne peut plus rester à la maison.

Shirley lui ouvre la porte, la serre très fort dans ses bras.

— Tu as une petite mine, assieds-toi. Tisane citron-gingembre très sucrée ?

— Du scotch, de la vodka, n'importe quoi, pas du thé !

— D'accord, ma grande. Les grands moyens. Un petit pétard, aussi ?

Molly secoue la tête. Non, pas ça.

La tatoueuse file dans sa cuisine, avec son téléphone. Elle déplace ses deux rendez-vous de l'après-midi, discrètement. Ne pas faire flamber l'angoisse.

Toutes les deux finissent la bouteille de scotch, Shirley fait le clown en sortant ses nouvelles perruques. Elle en a maintenant neuf ; sa dernière acquisition est une paire de nattes toutes roses, à la tyrolienne, accessoirisées de nœuds argentés. Elles piquent une crise de fou rire phénoménale. Molly a l'impression qu'elle va se mettre à vomir.

—Tu sais quoi ? hurle Shirley. Quand je sens que le mec a un peu peur, je l'accueille avec ma perruque rose et ma dent de pirate. Le mec est totalement tétanisé de trouille.

— Ça, alors ça, c'est pas gentil, oh non, vraiment pas, glousse Molly.

Avant de partir, la caricaturiste déplie le document qu'elle a planqué dans la poche de son jean – c'est la liste du magazine *Inspire.*

Oui, raconte-t-elle, elle a eu un coup de fil du FBI, oui, c'est une menace très sérieuse, hoquette-t-elle.

Oui, c'est ce qu'on appelle une *fatwa.*

Shirley la fixe de son regard bleu, bouche ouverte, mâchoire déglinguée. Elle regarde la bouteille vide, la lance de toutes ses forces pour la faire exploser contre le mur d'en face.

Elle attrape à nouveau son amie dans ses bras et toutes les deux se mettent à pleurer.

— Maman…

— Molly… ? Mais… il est deux heures et quart.

—Je sais, maman.

— Laisse-moi trois secondes, je me lève.

Molly se rend compte immédiatement que c'est un geste fou, qui ne va pas l'aider à aller mieux. La dernière fois qu'elle a réveillé sa mère, elle devait avoir deux ans...

— Maman, je vais raccrocher, excuse-moi, je ne voulais pas...

Le silence se prolonge, au bout du fil.

Molly fond en larmes.

— Je crois que c'est désespéré, maman.

— Je viens te voir demain. Après mon cours. Ça n'est pas comme s'il était arrivé quelque chose à Grace, je t'assure, il y a plus grave...

— Envoie-moi un texto, sur le chemin, et puis un autre quand tu es devant ma porte. Ne sonne pas, s'il te plaît. Je ne supporte plus les sonneries.

***

Assez vite, j'apprends que Molly Norris a bénéficié du dispositif Witsec, Witness Security Program, un programme de « protection de témoins » élaboré par le FBI, destiné à protéger ceux ayant témoigné dans des affaires de mafia, sont menacés de mort. Mis au point en 1970 par Gerald Shur, il propose aux témoins, comme à quelques personnalités très menacées, de « disparaître » pour recommencer une vie nouvelle. La personne qui accepte d'entrer dans ce programme va à jamais changer de nom, de vie, d'identité, de profession. Elle sera délocalisée dans une autre ville, et souvent un autre pays.

C'est le département de la justice, par l'intermédiaire de son Office of Enforcement Operation (OEO) qui autorise l'admission dans le programme de ceux dont la vie est en danger. L'OEO organise un entretien préalable pour expliquer au protégé le déroulement des opérations, sans entrer dans le détail de la vie qui l'attend. Tout doit rester secret jusqu'au dernier moment, pour prévenir le risque de fuite.

Une chose est sûre : on doit être consentant pour entrer dans le programme de protection de témoins.

Le Bureau des marshals coordonne l'entretien préparatoire directement avec le procureur ou l'organisme d'application de la loi qui a demandé la protection. Ce dernier doit fournir une copie de l'évaluation de la demande, et du degré de menace. Après l'entrevue préliminaire, le Bureau des marshals fait à son tour sa recommandation quant à savoir si le témoin éventuel doit être placé ou non dans le programme. Sa recommandation est transmise à l'OEO. Il est dès lors interdit au témoin de retourner dans sa ville d'origine. Selon les chiffres, aucun témoin qui a suivi scrupuleusement ces consignes n'a été tué.

C'est donc ce que l'on va proposer à Molly Norris. Pourquoi n'a-t-elle pas simplement bénéficié d'une protection policière comme Salman Rushdie ou, en France, Zineb El Rhazoui ? A-t-elle vraiment fauté au point d'avoir été « abandonnée » en quelque sorte par son pays ? C'est une question qui sera posée par nombre d'internautes.

En France, un programme à peu près équivalent existe, toutes proportions gardées, car nous n'avons pas les mêmes moyens que les États-Unis. J'en entends parler par une juge d'instruction au tribunal de Lyon, Nathalie Andreassian.

— Ce programme, pris en charge par le SIAT (Service interministériel d'assistance technique du ministère de l'Intérieur), créé par la loi du 9 mars 2004, permet aux « criminels repentis » et à leur famille de bénéficier d'une protection policière et de mesures de réinsertion. Pour bénéficier de ce statut, la personne doit avoir averti les autorités, et surtout, permis d'éviter la réalisation d'une infraction (la mort, un

acte de torture ou de barbarie) et, le cas échéant, avoir contribué à identifier les auteurs ou complices de ce crime.

Depuis le décret du 17 mars 2014, précise la juge d'instruction, ce dispositif réservé aux repentis a été étendu aux témoins. Le recours à l'identité d'emprunt relève de la compétence du président du Tribunal de grande instance de Paris, sur requête du président de la Commission nationale de protection et de réinsertion. La création des identités d'emprunt est totalement prise en charge par le SIAT. À ce jour, il semble que cela concerne très peu de monde... Et pas forcément un cas semblable à celui de Molly N.

Disparaître à jamais. Molly a-t-elle eu le choix ? Je ne pense pas.

Zineb El Rhazoui, la journaliste libre et passionnée, ex-plume de Charlie Hebdo, *menacée de mort, a refusé la solution de la disparition. C'est du moins ce qu'elle a affirmé à l'animateur Olivier Delcroix, dans une émission télévisée.*

Pour revenir à l'origine de la fatwa contre Zineb, il faut remonter au 13 septembre 2009, date à laquelle la jeune femme, après avoir fondé le MALI (Mouvement alternatif pour les libertés individuelles) lance une opération « coup de poing » en plein ramadan, où elle s'insurge contre ce jeûne. Quelques jours après, un communiqué officiel est émis au journal de 20 heures, au Maroc : une première fatwa est prononcée contre la jeune femme. « Pendant dix jours, suite à ce message qui incitait à me trouver et à me tuer, je suis entrée en clandestinité, explique Zineb. J'ai retiré la batterie de mon téléphone, je me suis déconnectée, je me suis terrée dans l'appartement où je vivais alors. »

Par crainte de représailles, elle se réfugie ensuite en Slovénie, où elle commence à écrire pour Charlie Hebdo... *Elle respire enfin. Elle apprend à nouveau à marcher dans la rue sans se retourner, à ne plus prendre son téléphone avec elle sous la douche – pour pouvoir appeler les secours au cas où on l'agresserait.*

J'ai retrouvé, sur Internet un billet paru le 22 septembre 2009 dans le blog Afrik.com, rédigé par Stéphanie Plasse, « Depuis jeudi, Zineb, ancienne journaliste franco-marocaine, a disparu »...

Zineb a vécu une année entière en Slovénie. La coïncidence me trouble : Molly et Zineb se sont croisées dans leurs « disparitions ». Au moment où Molly s'évapore, Zineb, elle, rentre à Paris, en France (aux alentours de septembre-octobre 2010). « J'avais besoin, explique-t-elle, de rejoindre ma sphère intellectuelle, mes amis... Charlie Hebdo *m'avait engagée, et Charb m'avait même trouvé un logement. »*

Quelques années plus tard, après l'attentat contre Charlie, *en janvier 2015, auquel elle a échappé par miracle, la fatwa contre Zineb se durcit. Au lendemain du carnage, elle se voit proposer une protection personnelle, un dispositif qui ne l'a pas quittée depuis.*

« Beaucoup de gens de mon entourage m'ont dit "Pourquoi tu n'irais pas à l'autre bout du monde, changer de nom, d'apparence, de métier ? Ça suffit maintenant ! Tu t'es assez battue, laisse tomber." Mais si je faisais cela, reprend Zineb, si je partais et abandonnais cette lutte, c'est comme si j'étais morte ! »

Car oui, Molly, elle, est morte. Partie du jour au lendemain. Sans dire adieu.

12

Le passeur

SA DISPARITION DÉBUTA par un coup de téléphone. Était-elle bien Mme Molly Norris ?

Quelques minutes plus tard, comme s'il lui avait suffi de traverser le trottoir, un homme de haute taille, vêtu d'une parka noire, assez épaisse pour la saison, sonne. Il est accompagné d'un autre individu, plus petit, moustachu et roux, coiffé en brosse, qui stationne devant la porte, dans un état de vigilance manifeste. À voir sa main sur sa ceinture Molly en déduit qu'il est prêt à dégainer dans la seconde.

Quand l'agent avance vers elle, elle a l'impression d'être une minuscule élève devant un chef d'établissement. Il se présente, il s'appelle David Gomez, il lui tend la main assez chaleureusement, puis son ton devient beaucoup plus déterminé. Est-ce qu'elle sait que son portrait circule sur le Dark Web, maculé de sang, avec une corde autour du cou, soumise à des supplices invraisemblables. Molly glapit, d'une voix suraiguë, qu'elle le sait bien, évidemment.

— J'en ai eu tous les jours, des menaces, si vous pensez que j'y fais encore attention...

L'agent la somme de l'écouter. Sa voix grave résonne, ses mots percutent les quatre murs, comme une série de gongs. La menace est à prendre extrêmement au sérieux. Une protection policière, même lourde, n'y suffirait pas.

Il observe une pause.

Le FBI, en accord avec la présidence des États-Unis, oui, Barack Obama, lui propose d'intégrer le programme Witness Security ; de changer de nom, d'identité, de métier, de pays, de tout quitter, de disparaître.

Molly, pâle comme un linge, aimerait demander pourquoi ces mesures ridicules, mais les mots sont aspirés par le mélange de frayeur et d'étonnement qui tourbillonne en elle.

Elle parvient enfin à bégayer, elle a payé depuis huit mois maintenant. Elle n'est pas Eichmann, elle n'est pas Mengele, elle n'est pas une criminelle de guerre.

Qu'on la laisse en paix, vivre, ici, dans sa ville.

L'officier la transperce de son regard, comme si à travers elle, il voyait l'infini.

Vous ne pourrez plus, lui dit-il, faire un pas devant l'autre sans six officiers de sécurité, vous ne pourrez plus travailler nulle part, tout le monde vous fuira de peur de prendre une bombe en plein cœur. Vous serez bloquée dans votre safety room, tremblant à chaque bruit, que dis-je, les bruits n'existeront plus, il n'y aura que des déflagrations, et le moindre gazouillis d'oiseau sera, comme par un porte-voix maléfique, transformé en un vacarme assourdissant.

La méfiance va vous ronger de l'intérieur. Vous en perdrez le sommeil, et nous avons toutes les raisons de penser qu'ils arriveront à leurs fins. Vous vivrez avec une escouade d'agents de sécurité, deux chauffeurs et deux voitures au cas où l'une tomberait en panne. Vous ne pourrez plus jamais aller aux toilettes seule.

Tandis que Molly parvient tout juste à tirer une chaise pour s'y affaler, David Gomez sort de son sac une liasse de documents imprimés.

Tout est expliqué ici. Il vous faudra choisir une ville. Paris, Bruxelles, Rome. Sydney.

— La règle numéro un de notre programme, c'est le cloisonnement. Les personnes protégées ne doivent en aucun cas entrer en contact avec leurs amis, leurs proches, les membres de la famille. Votre mari (votre ex-mari puisque vous êtes divorcée) ignorera l'endroit où vous habitez. Vos amis aussi.

— Vous plaisantez.

Elle se relève, se tient à la chaise.

L'officier la regarde durement, sans ciller. Il est du FBI, il ne plaisante pas.

Mais non, on ne tue pas quelqu'un comme ça, c'est impossible. Molly argumente, tente de gagner du temps, comme si c'était lui qu'il fallait convaincre. Comme si l'arme qu'il détenait sous sa veste, accrochée à sa ceinture, était là pour la tuer et non la protéger.

— C'est un malentendu, ils vont s'apercevoir qu'ils se sont trompés, j'ai fait amende honorable. Je me suis excusée.

— Trop tard, répond-il, on ne peut pas rembobiner. Ça brûle de partout.

— Et si je refuse ?

— Vous devenez une cible fixe. Et ils tirent très bien.

Il l'attrape par les épaules, elle, si frêle entre ses mains, la fait asseoir à nouveau.

Il y avait actuellement des centaines de milliers de

personnes qui voulaient sa peau. Elle pouvait croiser, demain, cet après-midi, à l'intersection de sa rue, à la boulangerie où elle achète son pain, à la librairie où elle adore fouiner du côté des comics, à Pike Place où elle aime les huîtres, au parc Volunteer où elle sort son chien tous les matins, un homme, habile, mais aussi une femme, un enfant, animé par la seule envie de la tuer, qui sortirait une arme blanche de sa poche.

Il y avait des centaines de milliers de candidats au suicide, désireux d'enfiler un gilet explosif, qui allaient la traquer en permanence, surveiller ses itinéraires, son emploi du temps, puis, dans quelques semaines, quand elle n'y penserait plus, s'approcher d'elle, dans la rue, dans un musée, au parc, n'hésitant pas à sacrifier sa fille, tous ses amis, et leur propre vie.

Il y avait des centaines de milliers de guerriers, ceux qu'on nomme kamikazes, qui avaient entendu l'appel proclamé d'en haut. En Occident, on faisait cas de sa pauvre existence, mais ailleurs, qu'elle comprenne bien, une vie, ça n'était rien au regard de l'idéal pour lequel on se battait. Et que c'est ce qui faisait justement la beauté de ce geste.

Alors l'information s'infiltre dans tous les pores de sa peau, et c'est un souffle glacial qui pénètre en elle, de haut en bas, jusqu'au bout de ses orteils gelés.

Quatre jours après, le marshal revient – toujours accompagné de l'homme roux coiffé en brosse. Ils ont les bras chargés de cartons, et d'étiquettes rouges. Molly et Grace doivent étiqueter tout ce qu'elles veulent emporter, on les conduit à Washington dans un premier temps. Elles y resteront jusqu'à leur transfert, mais elles ne pourront plus entrer en contact avec leurs amis ou leurs parents.

— Emportez le moins de choses possible, précise

l'homme. Dépêchez-vous, s'il vous plaît.

Pur sadisme. C'était suffisamment difficile, ne pouvait-on pas la laisser faire le deuil de sa vie d'avant ?

Non, la mort n'a que faire du deuil, réplique le marshal. Vous avez signé, vous obéissez aux règles. Sinon, vous serez soumise à la loi de la peur.

— Je reviendrai, n'est-ce pas ? s'enquiert Molly. Ne serait-ce que pour dire au revoir à mes amis. Ce n'est qu'un demi-départ, j'en suis sûre.

L'officier, muet, lui a tourné le dos. Il l'attend.

Grace tape partout de ses poings, la traite de conne. L'agent du FBI attrape sa fille par les poignets, fermement mais doucement, et exige, en la regardant droit dans les yeux, qu'elle prépare quelques affaires là, tout de suite. Il y a bien des choses auxquelles elle tient, elle ne reverra pas ses amis de sitôt. Car elle aussi est la cible des menaces, oui, elle doit partir avec sa mère. Elle va prendre son téléphone, son ordinateur, quelques vêtements et livres auxquelles elle tient.

Il s'adresse ensuite à l'homme en faction.

— Tu t'occuperas du chien, je les emmène.

Molly se retourne, effarée. Ils ne vont pas en plus lui retirer Rachel !

— Le chien est bien trop reconnaissable, vous n'allez pas l'emmener au bout du monde.

Molly s'assied sur le canapé, en larmes, Rachel pose sa grosse tête sur ses cuisses, surprise par les gouttes qui tombent dru sur son crâne. Grace approche, toute colère éteinte, elles restent toutes les trois, comme trois femelles liées par le malheur, sous les grondements de la chienne.

Elle aimait sa ville à la passion : les bars ouverts la nuit, les cafés où l'on dégustait une clam chowder à toute heure, le sourire des gens, leur regard qui jamais ne vous jugeait. Elle aimait l'iode des plages « dog friendly », elle aimait même les places les plus touristiques, comme le Gum Wall, le célèbre mur rempli de chewing-gums de toutes les couleurs, que les touristes collaient soigneusement dans l'espoir de revenir un jour à Seattle.

Quand Molly avait emmené Grace, pour la première fois, dans cette *ghost alley*, elle avait précisé que les fantômes y avaient laissé leur empreinte multicolore. La petite avait jubilé. Les fantômes mâchent des chewing-gums, maman ? Mais tu racontes n'importe quoi !

Mais bien sûr que si, avait alors répondu Molly. Pour ne pas mourir, ils nous envoient des signes, de l'autre monde ; des indices aussi ténus qu'un cil ou une rognure d'ongle, une bulle de chewing-gum. Parfois, avait-elle ajouté, ils se réincarnent en papillons – oui, comme ceux de la serre du Pacific Science Center – qui viennent chuchoter à notre oreille leurs petits secrets.

Rentrée à la maison, elle avait déroulé un paper board sur la table de la cuisine, qu'elles avaient toutes deux peuplé de spectres, vêtu de draps de toutes les couleurs, embrassant tous les murs de la ville. Elle n'était pas loin de considérer cette fresque – épinglée sur le mur de la cuisine – comme la plus belle réalisation de sa vie. Il suffisait qu'elle y jette un coup d'œil pour entendre résonner les rires d'enfant.

Comme ces jours étaient doux.

C'est tout cela qui lui revint en mémoire tandis que, le visage collé contre la vitre, elle pleure dans la voiture blindée qui l'emmène vers l'aéroport.

DEUXIÈME PARTIE

CACHÉE

13

Going ghost

On a tous une bonne raison de croire aux fantômes. Entre les défunts qui n'ont pas eu le temps de mourir en nous, ceux qui ont emporté leurs secrets dans la tombe, toutes les familles ont un « esprit » qui poursuit sa course flottante au-dessus d'elles.

Chez les miens, l'ombre d'une tante fauchée à trente-trois ans d'un cancer du sein, sœur jumelle de ma mère – plane sur les femmes de la famille. Ni tout à fait la même, ni tout à fait une autre, cette jumelle inconnue était une seconde mère.

J'ai passé mon enfance sous son regard ; elle reposait dans un cadre en cuir façonné, sur le piano : tête légèrement inclinée, de trois quarts, cheveux noirs relevés en chignon, vêtue d'une légère robe à fines bretelles, accessoirisée d'un sautoir à trois rangs. Sur cette photographie, elle esquisse un sourire lumineux – celui que, sans le savoir ce jour-là, elle a ravi à sa jumelle le jour de leurs trente-trois ans.

Dès que je sortais de ma chambre, je la voyais. Elle me suivait de son regard de Joconde, sans me lâcher. Aujourd'hui, elle n'a pas changé de place. Dans le salon, sur le piano, tournée vers le couloir. Elle apparaît aussi dans l'album photos de famille. Sur de nombreux clichés, les deux sœurs sont indiscernables : quatre ans, vêtues à l'identique, avec leur petit bonnet de fourrure blanche et leur manchon. Vingt ans : vacances en Corse, vêtues d'un maillot de bain deux pièces à balconnet, l'une debout sur un rocher, l'autre assise ; comme les deux parties d'un unique organisme. Photographies magnifiquement composées, toujours dans une complémentarité parfaite. Images du bonheur.

J'ai vu il y a peu de temps, à la National Gallery à Londres, le portrait des deux filles de Gainsborough, The Painter's Daughters. *Le portrait est déclaré « inachevé » – l'artiste n'ayant pas eu le temps de travailler leurs deux corps – de telle sorte que leurs deux visages, ont l'air d'être sortis d'un unique tronc, comme deux siamoises. Ce portrait me semble au contraire parfaitement terminé.*

L'évidence saute aux yeux : les deux sœurs auraient pu, ensemble, traverser n'importe quel enfer. Mais le destin s'est montré cruel, et aucun paradis n'a jamais pu combler la solitude de la survivante.

Quand nous ouvrions les albums remplis de ces précieuses photographies en noir et blanc que l'on glissait entre quatre petits coins – et quand je les feuillette encore aujourd'hui –, comme on transgresse un interdit, je posais la question « C'est toi, maman ? Ou c'est ta sœur ? ».

« C'est ma sœur », répondait, laconique, notre mère. Face aux questions embarrassantes des enfants, les parents pensent s'en sortir aisément, en usant alternativement du silence ou d'un ton comminatoire. C'est méconnaître la curiosité insatiable des plus tenaces. Les questions se pressent à la porte des secrets. « Morte à trente-trois ans mais pourquoi ? Mais pourquoi tu dis "disparue" ? Ça t'a fait de la peine ? Tu étais où ? Elle était comment, malade ? Qu'est-ce que tu as ressenti ? Elle était devenue

maigre, décharnée ? Et son corps, il était comment ? »

Je me souviens avoir posé cette question cruelle.

Certains prétendent que les écrivains ont été confrontés à un secret de famille. Dans mon métier, quand on m'esquive, je reviens à la charge. Je ne lâche jamais.

Où était-elle, celle qui lui ressemblait tant ? Et pourquoi avait-elle aussi creusé en moi un tel vide ? La curiosité pour cette tante allait devenir une curiosité pour le monde.

J'ai longtemps cru qu'elle était simplement… partie de l'autre côté de la Terre. Dans l'album de famille, aucune photo d'elle malade, aucune des différentes étapes de métamorphose qui sont aussi, peut-être, les étapes du deuil.

Elle s'était comme gazéifiée.

Aujourd'hui, le portrait est toujours là – il n'a pas bougé depuis bientôt soixante ans – hormis le pied en carton qui, maintenant, bringuebale. Je l'ai soulevé délicatement il y a peu. À l'arrière, la photo abrite d'autres portraits de défunts – ceux qui lui ont succédé. Oncles, tantes, et mon père, en 2012.

Comme dans une mise en abyme, chaque mort réveille d'autres morts. Chaque fantôme en appelle un autre. « She goes ghost » : en lisant ce titre, le 7 janvier 2015, qui sait ce que ces quelques mots ont fait résonner en moi ?

Molly s'est évaporée.

Elle n'a laissé aucune empreinte, aucun indice. Je n'ai eu d'autre choix que de basculer dans la fiction.

***

23 septembre 2010, Vanves

Le 23 septembre 2010, à 18 h 40, l'officier de sécurité Doris – Delphine sur son passeport –, allongée sur son lit, caressait la tête de Lacrymo, son chartreux de quatre mois, en souriant béatement. Elle s'était connectée, comme toujours de retour de mission, sur *Cloches du tibet*, un programme audio qui mixait clapotis, gazouillis d'oiseaux, vibrations basses et gong tibétain. Elle voguait en plein cœur du Pacifique, sous le regard plissé d'un moine affable quand son téléphone vibra dans sa poche. Lacrymo miaula faiblement, les oreilles plaquées vers l'arrière.

— Tu surréagis, mon chéri. C'est juste le boulot.

« Dossier MN à disposition, lien présent dans ton mail, bon courage pour la mission », lut-elle.

La DGSI. Son cœur fit un bond. La première rencontre avec une « perso » était toujours excitante. Mais celle-ci s'avérait carrément exaltante.

Doris avait vingt-neuf ans, un père français, une mère américaine qui avait quitté Detroit pour devenir « au pair » à Paris. La jeune femme, bipolaire, était tombée amoureuse quasi instantanément d'un gardien de la paix, et avait donné naissance à une fillette d'un tempérament aussi placide que le sien était volcanique. Aujourd'hui, quand Doris s'observait dans le miroir au réveil, elle se trouvait jolie mais banale : cheveux châtains aux épaules (la couleur la plus terne, la longueur la plus universelle), taille moyenne (un mètre soixante et onze), yeux noisette un peu tristes – ceux de sa mère –, nez droit un peu long. Seule concession à la fantaisie, son sourire à fossettes. C'était tout son charme.

Après une première année de droit avortée, elle avait enchaîné les missions de sécurité dans les concerts et les discothèques avant de passer le concours d'officier de police. Assez rapidement, elle s'était portée volontaire pour un service d'élite : la protection des personnalités et VIP. Elle y avait été reçue brillamment.

— Vos fiches d'évaluation sont dithyrambiques, avait souligné celui qui allait devenir son chef.

Elle avait souri – puis cherché le sens du mot dans Google.

Doris vivait depuis deux ans en proche banlieue parisienne, dans une minuscule maison de ville ouverte sur un jardinet. La location était humide, les murs recouverts de papier peint tabac, décollé par endroits, mais elle avait immédiatement signé. Le loyer était modéré et le chaton qu'elle envisageait déjà d'adopter aurait son coin de verdure.

En une heure, elle avait glané sur Le Bon Coin un guéridon en rotin fatigué sur lequel elle avalait (rarement) ses repas, un canapé en tissu chocolat, une armoire à glace dont la double porte grinçait quand elle ne la fermait pas à clé. Seul son matelas à mémoire de forme était neuf – un queen size – acheté chez Conforama à huit cents euros en solde. On ne mégote pas avec le sommeil dans nos métiers, l'avait prévenue son chef. Doris avait toujours obéi à ses chefs. Et puis, elle aimait paresser au lit, y travailler, regarder ses séries, lire et manger. Allongée, elle avait une vue directe sur les deux uniques posters qu'elle avait punaisés : David Bowie et Pink Floyd.

Quinze jours plus tôt, convoquée pour un rendez-vous au siège de la DGSI, à Levallois-Perret, elle avait subi un premier feu de questions. Avait-elle une bonne résistance au manque de sommeil ? Couraitelle parfois ? Salle de sport ou jardin ? Pourquoi sa mère avait-elle quitté à dix-huit ans les États-Unis ? De quoi était-elle décédée ? Avait-elle une famille ? Un enfant ? (L'officier avait levé les yeux de sa feuille, ahah, je plaisante mademoiselle !)

Il avait ensuite réduit le rythme des questions, tout en la scrutant. Pouvait-elle emménager, sur un claquement de doigts, dans le centre de Paris ? Demain ? Avait-elle les épaules assez solides pour assurer la protection d'une personnalité extrêmement menacée ?

Il avait refermé la chemise et l'avait fixée, sans sourire cette fois.

— Ici, les missions ont plus d'importance que les hommes.

— Je le sais bien.

— Vous le *savez*. Mais êtes-vous vraiment prête à ça ?

Elle avait pensé alors à sa maison, aux murs éteints assortis à la couleur de ses cartons de déménagement, à ses moments de solitude, et à sa mère disparue.

Elle avait hoché la tête.

L'officier l'avait raccompagnée à la porte.

— Vous vivrez en plein cœur de Paris, à côté d'un grand jardin. J'espère que vous accepterez. Vous avez l'âge idéal pour ça.

Pour quoi ? Pour mourir ?

Doris se leva d'un bond, récupéra son ordinateur portable sur le guéridon, cala trois oreillers derrière elle, écarta le chaton miaulard d'un gentil coup de coude, et cliqua sur le lien dans son e-mail.

Le dossier MN, expliquait la documentaliste, allait lui arriver en deux parties : l'affaire des caricatures, puis les informations personnelles – interviews, fichier « perso », contenu du blog de la caricaturiste – tout ce qui avait été effacé sur le Net.

— Welcome, Maureen, murmura Doris.

Pas une criminelle. Juste une dessinatrice qui avait mal tourné, à moins qu'une cartooniste, avec son damné sens de l'humour, ne tourne toujours mal. Les Motoons – puisque c'est ainsi que l'on qualifiait les dessins de Mohamet – relevaient-ils de la diffamation et de l'insulte ou bien de la simple liberté d'expression ? C'était là toute la question, et ça n'était certainement pas à Doris de trancher.

Elle alluma une Marlboro de la main droite et déroula l'écran de la main gauche. Elle entra trois mots de passe, puis vit défiler sous ses yeux une liste de plusieurs articles de presse. Molly Norris y apparaissait très à l'aise, blaguant, osant les jeux de mots, parlant d'elle comme une « timide décoincée par l'art », aimant l'humour facile, affublée d'une forme de dyspraxie géographique – capable de se perdre pendant des heures partout, même près de chez elle.

Merde.

Dans un hors-série du *Stranger* consacré à Seattle, Molly affirmait qu'elle ne quitterait sa ville pour rien au monde, même si elle avait passé la première partie de son enfance à New York, auprès de ses parents enseignants et chercheurs. « Pour me faire déloger de la grosse pomme, mes parents m'ont raconté que l'urbaniste qui avait dessiné Central Park était le frère de celui qui avait créé le Volunteer's de Seattle. J'ai pleuré, le jour où j'ai comparé les deux ! (rires) »

Molly évoquait aussi son amour pour les musées de la ville, l'Experience Music Project, la salle consacrée à Kurt Cobain – le carnet de notes de Jimi, la moto de Prince. Elle avait adoré aussi le département consacré au film d'horreur, où on pouvait contempler la hache de *Shining*, la petite caméra et les fagots de bois de

Blair Witch Project. « Pourtant, disait-elle, je suis une trouillarde pathologique. »

On n'est pas sortis de l'auberge.

Dans un quatre-pages du *Seattle Times,* intitulé « Cartoonist's secrets », elle répondait du tac au tac :

The Seattle Times : Sage ou rebelle ?

Molly Norris : Une rebelle triste jusqu'à l'âge de cinq ans. Puis gothique de douze à vingt-cinq ans. On me trouve parfois sinistre, mais c'est parce que j'aime le silence. Si on ne s'enferme pas dans une bulle pour créer, on est en prise directe avec le tapage du monde.

TST : Précoce ou « late bloomer » ?

MN : Petite, je gribouillais toutes les émotions qui me traversaient. Mes œuvres étaient pleines de colère et de ressentiment ! Quand j'ai loupé mon premier examen de ski, j'ai dessiné « Caca sur la neige ». La colère est constructive. Vous connaissez Simone de Beauvoir, la féministe française ? Dans *Mémoires d'une jeune fille rangée,* elle parle de ses crises de rage. Vous voyez où ça l'a menée.

Une féministe, merde.

TST : La plume ou le pinceau ?

MN : Les deux, mon capitaine. Il m'arrive même de sculpter des pâtés de sable sur Rainier Beach avec ma fille. Si vous m'enfermez dans un placard, j'agonise sous vos yeux. Mon proverbe favori, c'est « Va voir ailleurs si tu y es ». Quand j'ai écrit un article, je n'ai qu'une envie, me remettre au dessin... Et je ne vous raconte pas tous les projets que j'ai en tête pour transgresser encore les limites de ma petite personne. Il faut que je bouge tout le temps. Enfin dans ma tête. Parce que le sport et moi, ça fait deux.

TST : Bonne ou mauvaise mère ?

MN : Exécrable. Je suis une mère désespérément orgueilleuse. J'ai la fille la plus merveilleuse qui soit.

(Amazing, soupira Doris. Quelle purge, cette femme ! Quelle prétentieuse.) Elle est beaucoup plus douée que moi au même âge. Elle dessine aussi, elle joue du piano, Chopin, Liszt, Debussy. Pendant des heures et des heures. On ne peut pas l'arrêter.

Bordel.

TST : Chien ou chat ?

MN : Allergique aux chats, totalement bouledingue. Les faces écrasées ont quelque chose d'émouvant, ils ont l'air coupable alors qu'ils sont si mignons, l'innocence même ! La mienne s'appelle Rachel, tout comme le cochon fétiche de Seattle. Elle est têtue comme un âne, flemmarde, elle se plaque de tout son long sur le sol quand il faut sortir, elle hurle à la mort quand la sonnette de l'entrée retentit, elle rote, pète et ronfle la nuit, elle pue la mort quand il pleut mais je l'adore. Quand je l'ai achetée, elle n'était pas plus grande que mon avant-bras, qui est très court.

Doris fit glisser le trackpad pour cliquer sur la partie consacrée à l'affaire :

« Le cas de Molly Norris et la mort de la liberté d'expression », titrait un article de blog.

« Cette femme a voulu exprimer sa solidarité avec le monde libre – et n'a récolté en tout et pour tout qu'une mise à mort, écrivait le blogueur. Vous connaissez le proverbe ? Le poète a dit la vérité, qu'on lui coupe la tête ! Personne n'a levé le doigt pour la défendre. Aucune levée de boucliers, pas de marches de soutien en sa faveur. »

« En s'évaporant, interrogeait un journaliste, n'a-t-elle pas aussi disparu de la conscience politique américaine ? »

Un autre blogueur évoquait alors la vie future de la caricaturiste. « Comment vivra-t-elle désormais ? Avec quelles personnes s'associera-t-elle ? Ne sera-t-elle pas obligée de se fondre dans un cercle restreint pour survivre ? »

Sans blague.

Doris pilonna sa cigarette sur le rebord d'une assiette. Elle se demanda si Molly avait consommé de l'ecstasy, des drogues de synthèse ou du cannabis (en vente libre à Seattle) avant de lancer son foutu concours.

Jetons un coup d'œil à vos dessins, madame N.

Elle consulta le site, désormais fermé au public, mollynorris.com, s'arrêta sur une nature morte réalisée sans perspective, dans les tons verts et jaunes, « Le Green Meth Lab », le pastiche d'un laboratoire de méthadone. Ici, la « came », c'était le bio, papier de toilette rustique, panier de mamie, filtres de café hypoallergéniques, serviettes de toilettes rêches de la tante Gladys, médicaments génériques, carnets en papier recyclé, livres d'occase, bref, tout ce qu'on peut trouver de plus naze dans un magasin bio. C'était pas mal vu pour ironiser sur le décalage entre les pauvres, accros à la méthamphétamine, et les hipsters fortunés des centres-ville.

Subtil.

Le reste lui déplut. Beaucoup de visages expressionnistes, narines dilatées, traits porcins, bouches ouvertes, lèvres vermillon, rides et bajoues spectaculaires. Certains étaient parcourus de tics (évoqués sur le dessin comme des vaguelettes). Un poster intitulé « Souffrez-vous des effets du stress postmoderne » épinglait quatre portraits de femmes de tous âges, agitées de tics, droguées au centre-ville. Les couleurs primaires l'agressèrent, et les mimiques aussi.

Elle, elle aimait la grâce d'un Mucha, les gracieusetés des impressionnistes, le charme des Nabis. Elle détestait Schiele, Basquiat, la danse contemporaine criarde et gesticulante, ceux qui se la pétaient en prétendant réinventer le réel.

Sa mission ne consistait pas à apprécier l'artiste. Encore moins de faire ami-amie avec elle. Protéger, c'était tout le contraire. L'amour entraînait toujours une faille dans le dispositif de sécurité – elle l'avait bien intégré.

Sur son valet de nuit, tout était prêt. Son jean, sa veste, son mince gilet pare-balles, Son arme, dans sa ceinture en cuir, un Glock de petit calibre. Petite fille, elle préparait toujours ses vêtements avant de partir pour l'école le lendemain matin – elle avait été si tôt livrée à elle-même. Et ça n'était pas près de changer.

19 h 30.

Elle ouvrit la porte bringuebalante du placard, et laissa glisser du cintre une petite robe noire au-dessus du genou, qu'elle accessoirisa avec ses sandales à plateforme de dix centimètres en velours noir. Elle entreprit méthodiquement sa transformation de Doris en Delphine. Chignon haut, yeux de biche, rouge à lèvres coquelicot, un petit air Amy Winehouse. Elle se plut enfin. Elle jeta un dernier coup d'œil dans le miroir en pied : jambes longues et minces, mollet musclé où il fallait, profil impeccable.

Elle attrapa Lacrymo, l'étreignit contre elle, et caressa du bout de l'index l'intérieur si doux de ses oreilles.

Elle ne pourrait pas l'emmener. Pas pour l'instant.

Elle ajusta sa capuche, histoire d'avoir la paix jusqu'à la station Malakoff-Plateau de Vanves, claqua la porte.

Aucun de ses proches, pas même son père, n'était

au courant. Pour eux, elle était toujours Delphine. En faisant claquer ses talons dans le noir, Doris se dit qu'elle savourait là son dernier jour de liberté.

14

Chambre de sécurité (1)

28 septembre 2010, rue Mouffetard, Paris 5ᵉ

LA VOITURE BLINDÉE PILA au pied de l'immeuble. Molly réveilla Grace, qui s'était assoupie sur son épaule pendant le trajet.

— Ma chérie, c'est dur, oh oui, je sais, mais tu vas te rendormir très vite.

Les mêmes mots. Elle prononçait les mêmes mots quand elles rentraient de la campagne, en plein milieu de la nuit, sur la route embouteillée de Fall City, à trente-cinq minutes de Capitol Hill.

Molly ne savait même pas ce qu'il adviendrait de ce refuge perdu au milieu de la forêt, près d'une rivière où, aux beaux jours, on venait tremper ses mollets. Elle ne savait pas ce que son 4 x 4 aux sièges en cuir clair allait devenir non plus. Il suffisait de tirer sur le fil pour faire apparaître une ribambelle de regrets. Ne pas se laisser aller. S'endurcir.

Elle ajusta sa capuche en serrant les lacets. Faire profil bas. Sa vie entière serait désormais consacrée au degré zéro de l'existence. La survie. Sur l'autoroute A1, le chauffeur avait changé de vitesse – ralentissant, accélérant – à plusieurs reprises.

— Conduite aléatoire, Simple vérification, avait-il expliqué, devant le visage surpris de Molly.

Et maintenant, sur le bitume, elle brûlait, et sa combinaison en coton mélangé bleu marine lui collait horriblement aux cuisses. Elle se demanda si c'était le décalage horaire, ou la trouille.

Elles n'avaient quitté Seattle que depuis cinq jours... Mais cela se comptait en réalité en années-lumière. Ronald McArthy les avait conduites en silence vers l'aéroport, où ils avaient tous les trois attrapé un vol vers Washington, le siège du FBI. Plongée dans un profond état d'hébétude, Molly se rappelait simplement qu'elles avaient suivi l'agent sans mot dire, au pas de course, passé plusieurs portiques de sécurité, laissé leurs téléphones à l'accueil, dans un petit casier verrouillé par un code.

Elles avaient finalement été accueillies par deux hommes et une femme, dans un bureau vide et propre comme un miroir.

On leur conseillait de quitter le territoire.

On lui avait donné le choix : Bruxelles, Rome, Paris ?

Elle avait pensé aux ruelles qui vous embrassent, aux vieilles pierres rassurantes, elle avait répondu Paris.

À la question « Pourquoi » (puisque, maintenant, elle devait répondre de tout, comme pour un interrogatoire policier), elle avait rétorqué qu'elle y avait séjourné, baby-sitter, à dix-neuf ans, dans le 16e arrondissement. Elle fut soulagée quand elle n'eut pas à répondre à la question « Combien de temps », car elle n'y était restée que deux mois, souffrant d'un intense mal du pays, mais comment ne pas l'avoir à dix-neuf ans, quand on n'a jamais quitté ses parents ? Depuis, elle avait toujours rêvé y retourner. Elle avait, enfin, ajouté qu'une vieille tante y vivait encore, sans doute.

La femme, derrière le bureau, l'avait fixée d'un air sévère.

— La tante n'est pas un prétexte. Vous êtes désormais une clandestine. Seuls ceux qui ont signé le protocole Witsec sont au courant. Vous, votre fille, votre officier de sécurité – on est en train de recruter une jeune femme – et votre agent référent, celui qui fera la jonction entre votre identité passée et la présente. Et qui réglera les problèmes d'ordre matériel. Même si vous vivez au coin de sa rue, votre tante ne doit jamais le savoir. C'est bien compris ?

Elle avait tendu son passeport, son permis de conduire, sa carte d'assurance, le passeport de Grace, tout était passé à la choucrouteuse.

On lui avait dit qu'elle était entrée dans l'acte deux de sa vie : son roman.

— Construisez votre histoire, inventez votre légende.

On avait épluché ses photos publiques. On lui avait conseillé un changement capillaire, coupe courte, permanente, couleur, perruque dans un premier temps. On lui avait suggéré quelques injections d'acide hyaluronique, voire une rhinoplastie – au niveau du cartilage, rien de plus efficace, une génioplastie, au niveau du menton, ou un rehaussement des pommettes par lipolifting léger (prélèvement de sa propre graisse réinjectée au niveau des joues).

Une femme en uniforme bleu marine et blanc était venue lui présenter postiches, turbans, et lentilles de contact de couleurs, de deux marques différentes, dans deux petites boîtes discrètes.

Grace avait enfin tourné la tête, intéressée, et avait demandé s'il existait une couleur mauve. Elles avaient observé la jeune femme leur expliquer le mode d'emploi. Molly, elle, n'avait jamais réussi à approcher le doigt de son œil. C'était pour cela, avait-elle expliqué, qu'elle avait toujours conservé ses lunettes.

— Raison de plus pour vous y mettre, avait rétorqué la jeune femme.

— Promis, je le ferai en arrivant en France.

Elle n'y croyait pas.

Tapie en elle, l'incrédulité – comme un animal assoupi – se réveillait d'un bond parfois au beau milieu de la nuit, souvent en pleine journée : « Hey Molly ! Debout ! Tu peux reprendre une activité normale. C'était une blague. »

Il lui fallait alors deux longues secondes pour réaliser qu'il n'y avait pas de quoi rire.

L'agent fédéral avait poursuivi son monologue. Elle avait dès aujourd'hui un nouveau nom : mêmes initiales, phonétique proche de son nom de baptême. Par sécurité.

Il leur avait tendu à chacune leurs nouvelles cartes d'identité, en articulant :

Maureen Naught.

Gabrielle Naught.

« Inventez-vous un passé », leur avait-on dit.

« Écrivez un journal intime, ça vous aidera. Entre six et dix ans, au moins. C'est important. Commencez dès le voyage en avion. Vous aurez un peu de temps. Et vous verrez : certains témoins l'ont constaté, l'écriture est un excellent moyen de réinitialiser sa mémoire. »

Un homme au visage sombre, derrière le bureau, avait pris la parole. Elles allaient devoir se méfier dorénavant de tout le monde, de ceux qui allaient se prétendre leurs amis, du boucher du quartier, du coursier, du nouveau serveur dans le café où elles s'arrêteraient, de la petite mamie peinant sur sa canne, qui demanderait son chemin. Quand on les questionnerait, elles devraient répondre par d'autres questions. C'était une tournure d'esprit.

Il avait ensuite fixé Molly, plus précisément, dans les yeux, sans ciller une seconde.

Le temps jouerait contre elle. Jamais ils ne se lasseraient. L'usure érode la plus belle des vigilances, avait-il dit, comme s'il récitait un poème.

— Pour rendre votre vie supportable, vous oublierez. C'est humain, tout le monde s'efforce d'oublier la menace. Et c'est ça, le plus grand risque, car les prédateurs filent leur cible pendant un an, dix-huit mois avant d'agir.

Il disait « cible », « proie, « prédateur », et Molly entendait les balles siffler à ses oreilles. Se méfier, toujours garder le contrôle, proscrire toute substance psychoactive y compris l'alcool.

On allait lui fournir un ordinateur vierge, un téléphone à carte.

Internet serait nettoyé au Kärcher. On allait supprimer le moindre détail. Tout ce qui permettrait de la localiser, poids, taille, âge, enfant, mari, ses endroits favoris, ses tics et manies allait disparaître.

Les courriers allaient transiter par eux, les mails aussi. Tout serait lu avant d'être adressé aux destinataires. D'ici un mois, elle serait autorisée à téléphoner à ses proches une fois par semaine, sur une ligne spéciale. Mais pas avant.

Est-ce que tout cela était clair ?

La voiture repartie, Molly se retrouva là, sur le trottoir, avec ses trois valises, son adolescente maussade et un quasi inconnu, Peter, son agent référent. La nausée. La rue était envahie de jeunes gens bruyants qui se prenaient par la main, riaient, fumaient. C'était comme dans un film. Un film qui se déroulait sous ses yeux, sans elle. Un cauchemar.

Elle fixa Peter, l'air hagard. Pourquoi personne ne réagissait ?

Est-ce que la Terre n'était pas en train de trembler ?

— Vous avez neuf heures de décalage dans les pattes, Maureen.

Il indiqua un portail de peinture bleue, écaillé.

— Il faut rentrer maintenant.

— Où sommes-nous ?

— Dans le 5e arrondissement de Paris.

Elle tourna la tête. Il y avait des crêperies, un glacier, un restaurant de fondue, un restaurant grec, et toutes ces odeurs mêlées lui retournaient le cœur.

— Maman, ça pue, geignit Grace, comme si elle avait lu dans ses pensées.

— Rentrez vite dans le hall, vous n'êtes pas sécurisées ! répéta l'agent.

Elle sangla son sac à dos sur ses épaules, tenta d'attraper la main de Grace, qui esquiva son geste. Elles se hissèrent de marche en marche, dans une cage d'escalier à l'ancienne décorée d'un tapis bleu épais. Molly avançait avec des semelles de plomb. Devant elle, dans l'escalier, elle voyait les cuisses minces de sa fille qui dansaient de marche en marche, ses cheveux longs, bien peignés, qui volaient sur ses épaules.

Grace voulait être la première à entrer dans la nouvelle maison, la première à jeter son sac sur le lit – « C'est MOI qui choisis ma chambre. Tu me dois bien ça. »

Je t'en prie, ma chérie, appuie bien sur le nerf de la culpabilité…

L'appartement était biscornu et le sol, dallé de tommettes rouges souvent fêlées, de hauteur inégale. Elle se demanda si c'était l'humidité, le charme des appartements parisiens. Comme une ombre, elle suivait l'officier, transformé en agent immobilier, qui ouvrait les portes les unes après les autres, avec un mot gentil. Et même s'il n'y avait ni « petit salon », ni véranda ni fumoir ou boudoir, elle avait l'impression d'être un pion glissant sur le plateau du Cluedo.

Il frappa de la phalange contre les vitres – elles étaient blindées, en polycarbonate, elles ne craignaient rien, même si le canon était dirigé vers sa tempe ou sa nuque. Le pire que l'on puisse craindre, précisa-t-il, c'était quelques éclats de verre, mais l'effeuillage était résistant.

— Y a une *security room* ? demanda Grace.

— *Security room* ? s'enquit Molly.

— Mais tu sais bien, maman, c'est la « *panic room* », un genre de bunker. Tu peux rester à l'intérieur pendant des jours, avec de la bouffe dans les placards. Et même s'ils t'ont repérée, les balles ne pénètrent jamais à l'intérieur.

— Mademoiselle a regardé beaucoup de séries, sourit l'officier.

Grace lui jeta un bref regard avant d'annoncer qu'elle allait tester les lits.

Molly haussa les sourcils, incrédule, sa tête tournait. Elle se laissa tomber sur le canapé, en velours côtelé vert défraîchi, qui semblait d'un autre âge. Elle se demanda pourquoi le plafond lui semblait encore plus bas. Sans doute les poutres, peintes en marron foncé…

Ça tremblait encore sous ses pieds, elle ne pensait qu'à cela.

Il tenta de se montrer enjoué. Elle serait bien. Il y avait beaucoup de petits marchés, des librairies, des bibliothèques, des magasins de spécialités régionales. Un quartier qui ressemblait au sien.

— Vous plaisantez j'espère !

Elle repensa brusquement aux propos de Mike, en réunion. L'hybris, le péché d'orgueil humain, puni par la déesse de la vengeance. Cet appartement microscopique qui l'étranglait, cette cellule de moine, c'était le châtiment de Nemesis.

L'officier s'assit lui aussi, en face d'elle, et sortit un dossier bleu pâle de sa sacoche. Il était temps de les informer de ce qui les attendait.

On l'avait inscrite à la Sorbonne, place du Panthéon, pour ses cours de civilisation – quatre heures par jour, de 9 heures à 13 heures. Cela durerait deux mois. Avec son niveau de langue en français, déjà correct, et cette immersion totale, elle arriverait vite à se faire comprendre.

On lui avait déniché un garde du corps bilingue. UNE garde du corps, précisa-t-il, dans un pâle sourire.

Le programme de protection prévoyait l'équivalent de soixante mille dollars pour l'année, donc, pour ce qui la concernait, trente mille dollars pour six mois – ce qui, n'est-ce pas, constituait un bon pécule pour se mettre en selle. Ensuite, évidemment, elle devrait travailler.

— Ne vous inquiétez pas (il leva la main droite, comme pour anticiper la question que Molly s'apprêtait à lui poser), nous vous avons trouvé un job.

Elle occuperait un emploi de bibliothécaire dans une bibliothèque municipale. Le lieu où elle serait affectée disposait d'un fond important d'ouvrages bilingues. Elle pourrait répertorier la documentation anglophone. Elle y serait totalement en sécurité.

Sa fille était inscrite, comme elle l'avait demandé, dans un bon lycée, quai des Célestins. Il baissa son regard vers la feuille : un établissement de mille trois cents élèves, beaucoup d'anglophones, des cours en langue anglaise, cent pour cent de réussite au bac. La cantine serait réglée par leurs soins, pendant deux mois.

Il observa une pause avant de poursuivre, à voix basse.

Gabrielle était-elle au courant ? On allait scanner ses amitiés, son emploi du temps, elle saurait tenir sa langue ? Elle n'allait pas gaffer sur son prénom ? Molly l'interrompit sèchement. Il n'y avait personne de plus fiable qu'elle. De toute façon, quoi qu'il arrive, est-ce qu'il avait imaginé une seconde qu'elle partirait sans Grace ? Gabrielle, reprit l'officier. Grace était morte, elle aussi, il fallait s'entraîner à dire Gabrielle.

Comme si elle avait entendu qu'il était question d'elle, l'adolescente apparut soudain dans le couloir exigu, les traits tirés et les yeux gonflés.

— Je prends cette chambre, là, à côté de la tienne. Elle est plus lumineuse. Je vais me coucher.

— Impossible, c'est la chambre d'amis, fit l'officier.

— Ah, la bonne blague. Parce qu'on a des amis ?

— Elle est destinée à votre officier de sécurité.

Grace alias Gabrielle regarda longuement l'officier. Puis sa mère. D'un air hostile et écœuré. Puis elle se leva et fit claquer la porte.

— *Fuck* cette bicoque qui pue le moisi et le rance.

Molly soupira :

— L'adolescence.

L'agent écarta les deux bras, dans un geste

d'impuissance et de fatalité, ce que Molly traduisit par : elle s'y fera.

— Parlons maintenant d'elle, votre officier de sécurité. Dans un premier temps, elle va vivre avec vous vingt-quatre heures sur vingt-quatre, dormir ici. Elle se fera remplacer si besoin.

Molly secoua la tête, balaya d'un bras l'espace devant elle, indiquant l'appartement, exigu, les poutres, les chambres, la cuisine, minuscule.

— Mais bon Dieu, ça sert à quoi, alors ?

— Comment ça ?

— À quoi ça sert d'entrer dans ce foutu protocole Witsec, si c'est pour vivre dans une prison virtuelle, chaperonnée vingt-quatre heures sur vingt-quatre ?

L'agent gratouilla l'angle droit de sa moustache.

— Ce sont les consignes. Pendant les premiers mois, c'est indispensable. Doris, c'est son prénom, accompagnera d'abord Gabrielle, au lycée, le matin, histoire de vérifier que tout est OK. Puis, quand les cours commenceront, à la Sorbonne, elle s'occupera de vous. Ensuite… (l'agent tira le bout de son oreille), on évaluera la situation.

Les adolescents trop protégés étaient susceptibles de craquer les premiers. Il allait falloir desserrer l'étau, progressivement.

Molly continuait à hocher la tête. Elle entendait le bruit de la rue en sourdine, les tintements des verres et quelques chants en langue française. Au dehors, la vie se poursuivait, les gens riaient et s'enivraient. Mais elle n'avait plus droit à un gramme d'innocence. Molly pensa brièvement à Édith Piaf et Barbara, que sa mère lui avait fait écouter si souvent. Elle eut envie de pleurer.

Mais l'épreuve n'était pas terminée, il fallait maintenant répéter.

— Oui, je m'appelle Maureen, j'ai trente-six ans, ma mère est française, j'ai été élevée à Brooklyn, puis j'ai suivi mes études à la Brown University. Je suis ici pour retrouver ma tante, malade d'un cancer, et recommencer une nouvelle vie. Parce que ma tante est malade. Cancer du sein métastasé. Elle est soignée ici. Mon mari est mort.

— Mort de maladie ?

— Accident de la route.

— Où travailliez-vous ?

— À la bibliothèque publique.

— Celle de New York ?

— Non. Brooklyn.

— Où déjeuniez-vous ? À la cafétéria ?

— Il n'y a pas de cafétéria. Au jardin botanique et l'hiver, dans une salle mise à disposition.

— Quels arbres ?

— Des cerisiers japonais.

— Des enfants ?

Elle hésita.

— Euh...

— Enfin... Sur cette question, vous ne pouvez pas hésiter un quart de seconde ! gronda l'officier.

Molly eut un geste agacé de la main

— Une fille, et un fils, resté à Brooklyn avec son père.

— Un chien ?

— Non. Je déteste les chiens.

Elle répéta, encore et encore.

Elle était exténuée, elle était debout depuis – combien de temps, déjà ? – quinze heures ? Elle s'était à peine assoupie dans l'avion – la cabine d'Air France était glacée, elle s'était entortillée dans deux couvertures, et Grace en avait obtenu trois, mais qui pouvait dormir dans le froid et la peur ?

Elle avait fini, à bout de nerfs, par renoncer au sommeil, pour regarder *Peau d'âne*, une comédie musicale jouée par l'actrice française Catherine Deneuve, et, assoiffée de sens dans cette existence désormais absurde, elle avait songé qu'elle aussi était une princesse comblée par la vie, avant de devenir une souillon camouflée sous une peau d'animal mort, pour échapper à la malédiction suprême.

Une sonnerie grêle retentit, elle sursauta, le cœur battant la chamade.

— Si vous réagissez ainsi, on n'est pas sortis de l'auberge, lança d'une voix froide l'officier de police.

Il se leva, lentement, comme si son corps pesait une tonne, et approcha son visage de l'œil-de-bœuf.

— C'est votre ange gardien.

***

Comment vit-on sous protection ?

Sur les conseils d'une secrétaire d'État au gouvernement, je contacte Anne-Cécile, officier de sécurité depuis dix ans. Nous échangeons quelques SMS, je lui fais part de mon projet. J'ai besoin de savoir comment elle travaille, à quoi ressemble sa vie. Elle demande l'autorisation à son supérieur hiérarchique et accepte, quelques mois plus tard, de me rencontrer. Nous nous retrouvons pour déjeuner dans un restaurant thaïlandais, derrière une grande baie vitrée, non loin de la Closerie des Lilas, sur le haut du boulevard Montparnasse.

Anne-Cécile, trente-quatre ans, a un joli visage encadré de cheveux châtain clair bouclés qu'elle lisse en une queue-de-cheval, des perles sobres gris anthracite aux oreilles, un pull à col roulé noir et des yeux gris vif, mais impénétrables. Elle ressemble plus à une jeune entrepreneuse qu'à un garde du corps. C'est bien ce que j'avais en tête. Qui peut encore se laisser piéger par le stéréotype de la femme baraquée aux épaules de déménageur ! Ce que j'avais imaginé d'elle, pour avoir conversé quelques minutes au téléphone, c'était ses gestes calmes, mesurés, et même rassurants. Je ne me suis pas trompée.

Anne-Cécile, soumise au secret professionnel, se confie, non sans réticence mais en toute sincérité. Elle sait dire non quand il le faut.

— À dix-sept ans, me raconte-t-elle, je dévorais des séries télé et des romans policiers. J'ai décidé de tenter le concours de police l'année du bac. Je voulais faire du terrain, porter une arme, arrêter les malfaiteurs !

Elle rit de sa fausse naïveté. Elle réussit brillamment. Elle intègre l'école de police de Fos-sur-Mer, puis la brigade de nuit de Boulogne-Billancourt. Après dix ans de bons et loyaux services à la BAC (Brigade anti-criminalité), à sillonner les rues de Paris la nuit, à menotter des délinquants, arme au poing, elle se porte candidate à la protection des personnalités – un service d'élite réservé aux meilleurs.

— Il a fallu repasser des tests, raconte-t-elle sans fausse modestie : tests de conduite, course à pied, boxe, natation – au cas où la personnalité serait en train de se noyer... Ensuite, si on est admis, on suit une formation technique de protection.

Rapidement, elle se voit confier des missions d'envergure. Elle a déjà protégé des chefs d'État, elle est même restée deux ans au service d'un Premier ministre, trois ans au service d'une secrétaire d'État, et, plus récemment, au service d'une ministre exposée médiatiquement. Visible, donc visée...

Anne-Cécile s'amuse de son gabarit et de son allure frêle.

— Au premier coup d'œil, on me prend pour une amie de la « cible » ou une assistante plus qu'une protection. Surtout

quand ma « personnalité » mesure un mètre quatre-vingt-quinze et exerce la profession de basketteur, comme cela m'est déjà arrivé...

Mais le principal, ce ne sont pas les muscles, c'est la rapidité, l'adaptation à la situation. La préparation en amont... Dans notre service, nous ne sommes qu'une trentaine d'officiers de sécurité femmes sur sept cents hommes. C'est un métier difficile, il faut être hyper disponible, et répondre à la seconde à la demande de la personnalité. Nombre de femmes quittent la fonction quand elles envisagent de fonder une famille.

Anne-Cécile parle de la personne à protéger comme un « personnage » – ce qui m'amuse :

— Rien de sa vie ne m'est étranger. Je passe tout au crible : mari, enfants, amis, amants. C'est ainsi que débute toute mission. Par la connaissance la plus intime de l'autre.

J'ai envie de lui répondre que c'est ainsi, aussi, que je débute l'écriture d'un roman.

— On accompagne la personne partout... Pour faire les courses, dans les rayonnages du supermarché. On est son ombre... pour chaque instant de la vie ! On les accompagne aux toilettes – on reste derrière la porte, précise Anne-Cécile en souriant. Quand la « perso » descend dans un hôtel, nous dormons dans la chambre d'à côté. Et quand il s'agit d'un président, on se relaie devant sa porte. C'est ce qui s'est passé avec Sarkozy. Anticiper, c'est le maître-mot... L'exercice est donc aussi intellectuel que physique. Le problème, ajoute-t-elle, c'est que les agresseurs, eux aussi, veillent en permanence. Ils font des repérages, détectent les failles du dispositif... Les moments où l'attention risque de se relâcher. Il faut toujours être aux aguets. C'est une guerre silencieuse, entre nous.

— Mais... Vous risquez votre vie, vous aussi. N'avez-vous pas peur de mourir ?

Elle cille, à peine :

— Je sais que je peux mourir. Quand je pénètre dans un hall d'immeuble, si un tireur est embusqué, la balle est pour moi.

Quand je lui demande pour quelle raison, au fond de son cœur, elle a voulu exercer ce métier, elle me répond, avec un sourire de première communiante, que les décharges d'adrénaline ne lui déplaisent pas. Elle a vécu des moments incroyables, visité des expositions en avant-première à côté d'ambassadeurs, fait sa valise en urgence pour accompagner une de ses « VIP » à la montagne ; s'est astreinte à un rythme de sportive (un footing par jour) pour protéger une ministre. Elle est entrée dans le port de Saint-Tropez sur un yacht, a fréquenté des restos gastronomiques hors de prix, mais a dû aussi s'infliger nombre de navets au cinéma.

— Il y a des liens qui se créent forcément. Des affinités. Protéger quelqu'un exige un grand sens de l'anticipation, poursuit Anne-Cécile. Avant une sortie dans le monde, il m'arrive d'aller en « recueil », pour m'assurer que la « perso » ne risquera pas sa vie.

Anne-Cécile indique la vitre derrière laquelle nous sommes installées.

— Jamais je n'aurais choisi ce restaurant ! On est entourées de baies vitrées, le risque est énorme de recevoir une balle.

Elle sourit, jette un coup d'œil à sa montre, attrape son sac. Elle doit y aller.

J'éteins mon dictaphone. Je conclus, en rangeant mon appareil :

— Heureusement, vous n'avez pas eu à protéger quelqu'un d'aussi menacé que Molly Norris.

En face de moi, elle émet un petit rire sibyllin.

— Ah ! Mais bien sûr que si, ça m'est arrivé ! Une femme TRÈS menacée.

Il est assez habituel, après avoir éteint notre dictaphone, que la vérité, les confidences surgissent. Je me laisse moi-

même aussi piéger ! Quand j'éteins mon ordinateur, il arrive que le mot, celui que j'avais sur le bout de la langue, me vienne enfin.

Je suis à deux doigts de rallumer mon appareil.

— Comment ça ?

— J'ai même assuré la protection de quelqu'un de la bande de Charlie Hebdo.

J'ai l'impression qu'un ange gardien (nous en avons tous un, j'en suis certaine, pour nos romans) m'a mise sur le chemin d'Anne-Cécile.

J'insiste pour qu'elle me raconte, en quelques minutes, mais elle doit partir.

— Une autre fois, promet-elle.

Je me lève en même temps qu'elle, je me trouve soudain très petite en face d'elle.

— Cette femme, dont vous avez assuré la protection, est-ce qu'elle était menacée pour les mêmes raisons que Molly Norris ?

Elle hoche la tête.

— Oui, mais elle, elle a refusé de changer d'identité. Elle a préféré faire face.

Les officiers de sécurité sont-ils fiers de leurs « personnalités » comme des parents peuvent l'être ?

Anne-Cécile me promet une autre rencontre. Nous prenons date, elle sur son téléphone, moi sur mon agenda. Et je la laisse partir à son rendez-vous avant de réunir mes affaires, de régler l'addition et, surtout, de rassembler mes esprits. J'ai déjà hâte d'être au prochain rendez-vous.

15

Le goût de l'eau

Paris, rue Mouffetard

L'ÉDREDON ÉTAIT EN ÉTAIN, son corps pesait une tonne, elle avait à nouveau huit ans et était couvée d'un œil anxieux par sa grand-mère. Cet hiver de 1988, Molly avait glissé son minuscule index à travers le grillage de la cage des ouistitis et s'était fait mordre. La fièvre brutale qui l'avait saisie quelques jours après avait plongé la famille Morris dans l'angoisse. Et si c'était la rage ? Les analyses avaient conclu à une simple fièvre.

— Il faut apprendre à suivre les consignes, miss ! avait tonné le pédiatre, soulagé. Sur la cage des singes, il est bien indiqué qu'ils peuvent mordre, je le connais, ce zoo ! Ne recommence pas tes bêtises.

Du fond de son lit, la Miss avait promis.

Pendant cinq jours, Molly dormit quinze heures

d'affilée, n'ouvrant les yeux que pour se traîner jusqu'au petit évier, en face de son lit, avaler deux gorgées d'une eau qui avait un goût de vieux caoutchouc – à croire qu'il fallait se réhabituer à tout, même à la saveur de l'eau – avant de se glisser à nouveau sous la couette.

Les bruits lui parvenaient comme des murmures étouffés : ronronnement de la cafetière, clappement sec de la capsule percée par la machine, porte claquée par Grace quand elle partait au lycée, écho des talons dans la cage d'escalier, dont elle se demandait, à moitié somnolente, s'il s'agissait de sa fille – avait-elle acheté de nouvelles chaussures ? – ou de sa garde du corps – n'était-elle pas censée être « son ombre » ?

Elle avait jugé Doris au premier regard : froide, effacée, la main ferme masquant une réelle fadeur. L'œil scrutateur de la jeune femme lui déplut tout de suite.

Molly avait toujours haï la promiscuité. Un test réalisé dans un magazine féminin avec Shirley, un de ces soirs d'été sur la terrasse après une bière de trop, lui avait appris que son périmètre intime de sécurité était plutôt proche culturellement de celui d'une Japonaise que d'une Américaine.

Molly n'avait jamais aimé, enfant, dormir chez ses petites amies – et plus tard, chez ses amants. Quelle que fût l'heure elle insistait pour rentrer chez elle. Quand il avait fallu employer une nourrice à plein temps pour sa fille, elle avait, sur une vingtaine de jeunes filles, sélectionné la plus « transparente ». Quinze jours plus tard, la jeune fille, pourtant parfaite, était congédiée, et Baby Grace avait élu domicile chez une nourrice à côté de la maison.

Tout cela, elle ne l'avait pas dit à l'officier du FBI, et qu'est-ce que cela aurait changé ? Elle était bien obligée, c'était écrit noir sur blanc sur le protocole Witsec, de supporter cette présence – pendant quelques mois, au moins – « jusqu'à ce que les choses se tassent », avait lâché l'agent. Qu'est-ce que ça signifiait, au juste ? Était-il réellement possible d'évaluer le degré de menace à laquelle elle était confrontée ?

Si encore elle avait eu la certitude que c'était efficace. Cette jeune femme frêle était-elle seulement digne de confiance ? Que se passerait-il si un assassin cagoulé percutait Doris avec un silencieux et venait se glisser dans sa chambre ?

Qu'ils viennent donc et qu'on en finisse, concluait-elle avec cynisme. Et, disparaissant sous l'oreiller, elle se rendormait aussi vite.

Le cinquième jour, elle se leva à 16 heures et fit couler l'eau dans la baignoire sabot.

Elle prit place sous le robinet en cuivre travaillé, jambes repliées – mais pourquoi donc tout était-il si minuscule ici, tout, même les baignoires ? Malgré les heures de sommeil, elle était à peine reposée. Elle aurait tant aimé s'offrir une séance d'hypnose chez Mme Ming ou aller chez un de ces psychiatres parisiens pour demander si son état était normal. Aller voir qui ? Pour dire quoi ? Qu'elle vivait désormais en clandestinité ?

Peu avant 17 heures, elle entendit des pas dans l'escalier. Grace ouvrit la porte, escortée de Doris. Molly avait enfilé un peignoir en éponge trop grand pour elle, et enturbanné ses cheveux dans une serviette moelleuse.

L'adolescente la toisa, des pieds à la tête.

— T'as fini de comater ? Y en a qui ont la vie cool, tout de même. On embarque les autres dans un cauchemar, et hop, ni vu ni connu !

Elle marqua une pause.

— Ma parole, au concours de la mère la plus nulle, t'as bien cartonné, toi !

— Suffit ! cria Molly.

Les yeux de Doris vrillèrent de l'une à l'autre.

— Dans trois jours, annonça la garde du corps, je vous accompagne à la Sorbonne. Vos cours débutent à neuf heures, vous vous souvenez, Maureen ?

Molly secoua la tête, comme si elle cherchait à réveiller son nouveau cerveau. Mon Dieu. Comment oublier que, dans une autre vie, elle se levait à 6 heures, sous le cri des mouettes et des corbeaux, bercée par l'iode du Pacifique, seule et libre ? En rentrant dans sa chambre, qu'elle ferma à double tour, elle sentait les larmes brûlantes couler sur ses joues.

Elle n'était pourtant pas la seule à qui ce genre d'événements arrivait.

Tous les ans, des individus disparaissaient. Trop de dettes, trop de conneries, trop de souffrances, et se réinventaient, à l'autre bout du monde, comme des plantes à rempoter.

Combien d'hommes étaient partis après la naissance d'un enfant ? Récemment – quelle coïncidence –, Shirley lui avait offert la traduction anglaise d'un roman de l'Italienne Elena Ferrante, *Poupée volée*, qui racontait la fuite d'une mère de deux petites filles. Une mère en difficulté, tout comme (avait-elle pensé alors) celle de Shirley, et dans une moindre mesure, tout comme Molly elle-même. Cette femme était partie s'enfermer dans une petite ville italienne, au bord de la mer, et avait fini par voler une poupée abandonnée sur une plage.

Le soir dans son lit, elle fermait les yeux et retrouvait Seattle. Les personnages de la ville flottaient au-dessus d'elle. Shirley et sa tignasse. Dennys courant après Grace, après avoir lâché la selle de son vélo. Son père, avec ses gros gants de jardinier, sectionnant une tulipe rouge et jaune avec son sécateur avant de l'agiter sous son nez :

— Respire, Molly, ce parfum, tu ne le trouves pas au marché, crois-moi !

Elle faisait venir à elle les images d'écureuils qui grignotaient les fleurs d'amandier ; les embruns du Pacifique, ces bains de mer frisquets sur les longues plages de Rainier Beach, à trente minutes à peine par le Link train. Elle faisait venir à elle ce ciel bleu acier du Pacifique, quand le vent chasse les nuages ; les soirées douces de septembre, sur le Waterfront, à contempler les bateaux pour touristes.

Et ces couchers de soleil roses, avec en toile de fond les neiges éternelles.

Tout cela avait été englouti dans un monde parallèle.

Le matin du 4 octobre, enfin, Molly se traîna jusqu'à la cuisine, un peu avant 7 heures, et, soulagée de voir que Doris n'y était pas, mit en route la cafetière après quelques tentatives infructueuses, et pesta contre les modèles à capsules qui répondaient tous à différents modes d'emploi. Elle versa une goutte de lait dans son mug, savoura une gorgée comme on prie, puis, la tasse à la main, retourna sur la pointe des pieds dans sa chambrette.

Elle alluma son nouveau MacBook Air, fourni par le bureau de Washington, prit une grande inspiration avant de plonger dans sa vie antérieure. L'affaire des caricatures.

« Vous avez peut-être remarqué que nous n'avons

pas, cette semaine, de une de Molly Norris, avait écrit Mike. Tout simplement parce que Molly n'est plus. La talentueuse dessinatrice se porte bien, Dieu merci.

Mais, sur le conseil ferme des agents du FBI, elle a dû devenir "fantôme". Elle a déménagé, changé de nom et d'identité. Plus jamais elle ne publiera de dessins ici, ou dans *City Arts.* Elle a intégré le protocole Witsec, désormais... Elle tente d'échapper à la fatwa émise à son encontre, après son dessin ''Everybody Draw Mohammed Day''. »

Quel pathos, il n'a pas pu s'en empêcher.

Elle poursuivit sa lecture par des articles plus polémiques, conservateurs et même franchement antimusulmans. Molly attrapa sa tête entre ses mains : elle était devenue pour certains opportunistes le porte-drapeau des réactionnaires, ceux qui se plaignaient de leur « belle civilisation perdue ». Quelle horreur.

Le journaliste Michael Cavna, lui, était à l'initiative d'une pétition pour défendre Molly, Trey Parker et Matt Stone, les créateurs de *South Park.* L'un des cosignataires était Arsalan Bukhari, spécialiste des relations entre l'Amérique et l'Islam. Il expliquait avoir rencontré la dessinatrice peu de temps auparavant.

« Nous sommes devenus amis. Elle est l'une des personnes les plus sincères que j'aie eu la chance de rencontrer. » Molly sourit, derrière ses larmes, se rappelant cet homme en costume gris clair, affublé de petites lunettes de myope, qui l'avait accueillie à son bureau. Il avait passé un grand nombre de coups de téléphone, envoyé tous les mails possibles. Il s'était démené comme un beau diable...

Elle fut surprise de lire, ici et là, certains propos hargneux, et même violents à son encontre. Comme s'il avait suffi qu'elle disparaisse pour raviver la polémique. Pourquoi avait-elle été si imprudente ? Ce n'était pas de l'audace, c'était de la connerie. Ne pouvait-on pas laisser les fidèles vivre leur foi ?

Même ceux qui l'avaient défendue faisaient preuve d'une agressivité blessante. Elle découvrit deux comics strips particulièrement affligeants. « Molly, a true story » mettait en scène une petite bonne femme ridicule, avec ses cheveux noués en deux macarons au-dessus du crâne et sa robe de fillette. Une niaise, en somme. « Un jour, Molly se réveilla avec une idée géniale. Et si tout le monde se mettait à dessiner l'apparence du prophète ? » L'histoire s'achevait par la métamorphose de Molly en fantôme. Vêtue d'une burqa, elle devenait une ombre parmi les ombres.

La seconde mettait en scène une stupide poule qui caquetait : « Buck buck. » Le titre du dessin pastichait le sien : « Everybody Draw Molly Norris Day ». On avait écrit : « Will the real cartoonist please stand up ? » On voyait la poule s'ériger en chef de la rébellion, puis de vignette en vignette renoncer, tête basse. Progressivement elle disparaissait – le dernier gallinacé avait revêtu une burqa qui le recouvrait de la crête à l'ergot.

On la traitait de gourde. On la comparait à une volaille de basse-cour. On lui tordait le cou.

Elle serra les poings, les mâchoires, une boule obstruait sa gorge.

Sans doute avait-elle crié, car Grace se mit à chanter à tue-tête, comme pour couvrir ses sanglots.

***

En famille, je parle d'elle de plus en plus souvent. Au dîner, je fais état de l'avancée de mon roman.

Quand je trouve enfin son âge, j'exulte comme si j'avais déniché un code nucléaire. On me regarde d'un œil las. Ma fille, qui prépare l'épreuve de philosophie du bac, m'oppose « idéalisme kantien », « impératif catégorique ». Chacune ses préoccupations.

Visage fermé.

— J'en ai assez de ta Molly.

Une femme qui écrit est toujours une moitié de mère. Si un homme déserte le foyer pour aller travailler, une mère qui écrit à la maison ne vaut pas mieux. Elle n'est qu'une mère en pointillé, une présence-absence en continu. Que mes enfants me pardonnent d'avoir été toujours un peu ailleurs ; occupée par d'autres personnages qui venaient frapper à la porte, enceinte d'autres Molly qui m'ont délogée quelque temps de ma préoccupation maternelle. Alors que nous brossons les cheveux, fredonnons une berceuse ; alors que nous embrassons, câlinons, quelqu'un d'autre vit en nous ; une jumelle veille en permanence derrière notre épaule. C'est l'autre, cette femme bis, qui observe, qui écoute, celle qui, déjà, commence à écrire.

Nos proches décèlent alors dans nos yeux un je-ne-sais-quoi qui nous tient à distance. Cette ombre, c'est l'histoire, ce sont les enfants que nous élevons à côté des nôtres.

Je tiens à mon héroïne comme à ma chambre à moi ; une chambre qu'il me faut verrouiller, de temps en temps, même si les enfants y tambourinent.

Quelle outrecuidance de désirer autre chose que sa « part de destin » ? Quelle arrogance. C'est ce que, ce jour-là, en débarrassant la table, je dis à ma fille – tentant de réconcilier ma préoccupation d'écrivain et ma mission de mère.

— Tu sais, pour moi, cette femme incarne parfaitement le mythe grec de l'hybris, la démesure, cet orgueil, dont ont fait preuve Prométhée, Icare, Tantale…

La mythologie a du génie. Elle sait nous parler de nous, de nos peurs et de nos angoisses. Elle sait réconcilier les générations. Ce mythe de l'hybris m'a toujours beaucoup parlé, moi qui ai constamment été hantée par cette « sortie de route », cet impétueux désir d'écrire.

— Elle ne l'incarne pas plus que n'importe quel artiste ! rétorque ma fille tout à trac. Tous les créateurs sortent du rang. On l'a étudié dans La Naissance de la tragédie.

Nietzsche… Nietzsche opposant Apollon, son sens de l'harmonie et de la mesure, à Dionysos, le Dieu de l'ivresse et de la transgression… Les créateurs lui doivent une fière chandelle.

Quand mes enfants ont débuté la philosophie, je leur ai, à chacun, raconté l'histoire des trois métamorphoses de l'esprit, le chameau, puis le lion, et enfin l'enfant créateur. Ce mythe me poursuit, m'a toujours poursuivie. L'esprit subit trois métamorphoses, il est d'abord chameau, il dit « oui », c'est le devoir, puis il se transforme en lion, il envoie tout promener, il dit « non » comme un enfant de deux ans. Enfin, il se transforme en enfant créateur. Molly n'est-elle pas restée au stade du lion ?

— Naissance de la tragédie ! On ne peut pas mieux dire concernant Molly. Merci de m'y avoir fait penser !

Toute création inaugure une rupture irrémédiable par rapport au réel. Tout créateur court le risque d'être châtié. La déesse de la vengeance attendait sa proie, dans l'ombre.

16

La frange

GRACE TRÉPIGNAIT.

Elle avait beau presser le pas, ralentir, freiner pile devant un rétroviseur pour recoiffer sa frange toute neuve, stationner pendant de longues minutes devant une vitrine de mochetés en jersey, commander une crêpe au Nutella « toute fraîche s'il vous plaît » qu'elle abandonnait dans une poubelle après deux bouchées, vérifier scrupuleusement la monnaie rendue, ELLE était toujours là, sur ses talons.

Cette fliquesse qui dégageait de mauvaises ondes, puait la clope et le parfum bon marché.

Fuck.

Cette boloss la collait en permanence. Ça lui serrait l'estomac. Et au lycée, ils allaient bien s'en apercevoir, un jour ou l'autre. Chaperonnée à quatorze ans, quelle honte. Elle avait imaginé une autre escorte – un jeune mec musclé et mal rasé – et rêvé d'une autre maison, d'autres rues. Ces noms impossibles à prononcer, cette crasse sur les trottoirs. Même la pluie était nulle.

Il y avait une seule chose positive : sa nouvelle allure. Gabrielle était plus jolie que Grace. Son châtain terne avait été illuminé par des mèches blond platine. Mais la vraie métamorphose avait débuté quand le coiffeur lui avait coupé une frange qui mettait en valeur ses yeux. En deux coups de ciseau, elle était passée de gamine sans charme à adolescente stylée. Même le coiffeur en était resté médusé.

— Vous avez de faux airs de Françoise Hardy ! s'était-il enfin exclamé. Et avec cet accent américain vous allez faire fureur, ma belle.

Elle avait demandé qu'il lui écrive le nom sur la petite carte du salon. Elle était rentrée à la maison, avait regardé les photos de *Salut les Copains*, écouté « Message personnel » et « Tous les garçons et les filles de mon âge » qui l'avaient fait pleurer. Elle se demanda si elle avait l'air aussi désespérée que la jeune femme *so sixties*, mais avait décrété aussitôt que Françoise deviendrait sa Française de référence. Avec Simone de Beauvoir, dont sa mère se gargarisait, qu'elle fustigeait devant Molly mais admirait en silence.

Elle trouva plus supportable, soudain, de vivre à Paris, au milieu des gens qui puaient la clope et faisaient la gueule.

Quand elle avait posé la question à Doris, l'officier de sécurité avait haussé les épaules :

— On n'est pas des Amerloques, c'est tout.

Elle avait grimacé :

— *Sooo amazing ! Soooo cute !*, puis avait ajouté : Cesse de comparer avec les États-Unis. Je pourrais moi aussi regretter ma vie d'avant, quand je protégeais l'ambassadeur de France au Liban et que je profitais de visites privées de grands musées, quand je vois ce trou à rats.

Grace l'avait regardée avec respect.

Le jour de sa rentrée en classe de troisième, le

4 octobre, Doris l'accompagna devant le portail de l'école Massillon et s'écria « Waow ! ». Grace aussi en eut le souffle coupé : la façade de cet hôtel particulier était ornée de motifs baroques, et le portail était encadré par deux sculptures de sphinx. Elle n'avait jamais vu ça.

Avant de tourner les talons, Doris lui souhaita bonne chance d'un ton sarcastique, qui serra le cœur de l'adolescente.

Grace avança, les mains froides, la besace cognant contre sa hanche, au milieu d'une foule de lycéens qui s'attrapaient par la taille ou s'adressaient des clins d'œil. Une solitude glacée tomba sur elle.

On ne la voyait pas. Le pire, c'est qu'elle devait s'en réjouir.

On l'avait prévenue : le projecteur sera braqué sur toi le premier jour, comme sur tous les « petits nouveaux » du monde, mais ton défi, ensuite, sera de faire profil bas. Elle se demanda si l'inspiration vestimentaire de Françoise Hardy – elle portait maintenant un jean pattes d'eph et un petit haut blanc moulant à col roulé – était une bonne option, au milieu de tous ces jeans slims et déchirés.

C'est en cours de littérature anglaise qu'elle fut présentée :

— Gabrielle – Gaby –, venue de Brooklyn, déménagement pour raison familiale. Je compte sur vous tous pour l'aider à s'intégrer, dit le professeur, un homme d'une quarantaine d'années, coiffé d'une minuscule queue-de-cheval grise et vêtu d'une chemise à carreaux. Tenez, Gaby, Justin sera votre coach comme convenu pour les cours de maths et physique. Dans la classe, vous avez aussi quelques compatriotes, Eliott vient de New York.

Le professeur adressa ensuite la parole à une fille

assise au deuxième rang, cheveux longs d'un magnifique noir corbeau, sourcils assez épais, le nez droit très légèrement retroussé, les lèvres écarlates. Elle était extrêmement jolie. Elle était vêtue d'un T-shirt gris et de Doc Martens bordeaux. Un éclat cruel dans ses yeux contrastait avec son sourire éclatant.

— Serena, tu fais une petite place à Gabrielle ?

La jeune fille ramena vers elle les cahiers qu'elle avait déposés à côté d'elle.

— Welcome, fit-elle, d'un ton neutre.

— Merci, chuchota Grace, qui s'en voulut aussitôt.

Un piteux merci pour un simple welcome.

À la récréation de 10 heures, elle s'adossa contre un mur, trop grande, pataude. Elle avait l'impression très désagréable d'avoir été ajoutée sur la photo de classe.

Les images de la Bertschi School lui revinrent en mémoire ; le portail sobre en bois peint, le petit garage à vélos où elle attachait sa bicyclette, la devise de l'école, « *Creative, confident, compassionnate* », et surtout les profs affables et bienveillants qui vous encourageaient à grand renfort de SMS. Il était 1 heure du matin à Seattle, Sasha, Nathaniel, tous ses amis étaient au fond de leur lit. Plus tard, ils se lèveraient pour se rendre à l'école, et, s'il ne pleuvait pas, ils allaient tous se retrouver pour un pique-nique au parc Cal Anderson, à la frontière de Pine et Pike Streets, cet adorable square, avec ses pelouses, sa fontaine et son skate park. Elle avait débuté le skate peu de temps auparavant, elle adorait ça, mais elle avait oublié sa planche. Et comment circuler ici, dans ces ruelles sineuses ?

Elle adorait Capitol Hill, ses friperies, notamment Rove, où elle entraînait parfois sa mère, qui grommelait dès qu'elle regardait l'étiquette. Aujourd'hui, elle n'avait plus que son vieux jean taille haute des années quatre-vingt. Dans la panique, elle avait oublié tout le reste, elle n'avait pas même salué ses amis. Sans doute l'avaient-ils tout simplement oubliée.

Elle retint si fort ses larmes que sa mâchoire se crispa.

Elle pensa au conseil de Doris et leva les yeux.

Elle n'aurait jamais imaginé les petits Français comme ça. Le nez sur leur portable. Étaient-ils sur Facebook ? En train de chercher son nom, son profil ?

La trouille lui mordit le ventre. Ce qu'ils étaient cons, ces agents. Ils avaient voulu les faire disparaître, soit, mais n'avaient pas imaginé une seconde que l'invisibilité sur Internet était suspecte.

Merde.

Au loin, elle vit Serena se diriger vers elle d'un pas ferme dans ses Doc Martens, les cheveux dansant sur ses épaules. Elle était escortée d'une autre fille, plus petite, aux cheveux blond filasse jusqu'aux épaules.

Son corps se raidit. Elle ne savait pas pourquoi, cette Serena lui inspirait une méfiance absolue.

« Tu t'appelles Gabrielle, tu ne dis que le strict minimum. Tu réponds aux questions en posant des questions. Si tu ne sais pas, tu ne réponds pas. Si tu inventes, tu notes sur ton calepin pour mémoriser. Tu dois tout mémoriser, ne jamais commettre la moindre erreur. »

— Tu fais ta timide ? Viens avec nous, dit Serena. Elle, c'est Sophie, elle vient de Londres.

— Vous êtes là depuis longtemps, à Massillon ?

— T'as un accent de folie, admira Sophie. J'adore ton prénom, Gaby.

— Moi j'adore sa silhouette, renchérit Serena, comme si Grace n'était pas là. Je grossis rien qu'à regarder un cookie. Elle désigna ses cuisses : regarde ces culottes de cheval. Puis, à Grace : Pour une Américaine, tu assures. T'habites où ?

— Dans le 5e. Et vous, vous habitez à côté ?
— Oui, mais quelle rue ?
— Vous savez où sont les toilettes ?
— Tu prends le couloir de gauche, dans l'entrée. Tu vas déchanter. Je préfère encore faire pipi dans ma culotte.

Grace adressa une petite grimace et fila. Son cœur battait à rompre.

Dans le couloir, elle se cacha derrière un casier et pianota sur son téléphone :

Le nom de la rue, c'est quoi ?

Doris répondit aussitôt :

Rue du Pot-de-Fer ! Tu ne le sais pas encore ?
Ce nom ridicule ?!
Justement. Mémorise. Lis-le cinq fois, récite-le trois.

Elle ajouta :

Tu rentres seule, tout à l'heure, je m'occupe de ta mère.
Enfin une bonne nouvelle !

Dans la cour, Serena et Sophie la regardèrent revenir vers elles.
— Elle est trop bizarre, cette fille… chuchota Serena
— Ça m'étonnerait pas qu'elle soit Asperger, renchérit Sophie.
— À mon avis, elle n'habite pas le 5e, il faudra qu'on la piste un de ces quatre. D'accord ?

À l'heure du déjeuner, Grace tenta d'échapper à Serena en s'installant à une table près de la fenêtre, à l'écart du brouhaha, mais la brune adolescente vint s'asseoir à côté d'elle.
— Je t'indiquerai les bons plans. Il y a un Franprix tout proche. On achète des sandwiches et on déjeune

sur une table, à l'extérieur. Ou dans le square d'à côté.

Serena ouvrit la bouche, découvrant une pâtée vert clair.

— Tu ne manges rien ?

— Je suis encore décalée, j'ai pas faim, mentit Grace.

— Ici, c'est dégueu, tu t'y feras, ne t'inquiète pas. C'est comme le bruit. Au bout d'un moment, on ne l'entend plus.

Serena l'informa de la routine du lycée. Ici, c'était bien simple, c'était une prison, même si un prof était absent, il était interdit de sortir. La cantine était ignoble, surtout les pizzas, ils arrivaient même à rater les frites et les glaces au chocolat. Tous les samedis matin, il y avait des devoirs sur table, et tous les vendredis, une heure et demie de culture religieuse. Pour tous. Eh oui, même pour les non cathos. Elle avait vraiment tiré le gros lot en venant ici.

Grace saluait chaque nouvelle catastrophe d'un haussement de sourcil.

Serena poursuivait, en désignant une bande de garçons de la pointe de son menton.

— Tu vois le brun super mignon ? C'est Nathan. Ne te mets jamais avec lui pour les exposés, il te bouffe la laine sur le dos. En plus il a une haleine de chacal. Oui, je sais ce que tu penses : « C'est dommage il est mignon. » Mais c'est comme ça. Ça s'appelle le réel, comme dirait M. Fleury, notre prof de philo.

Elle picora d'autres haricots verts, et, la bouche pleine, poursuivit :

— L'autre, là, beaucoup moins mignon, Vincent, tu vois ? Oui, les petits yeux, le nez de boxeur. Tu peux y aller, pour les exposés, il est super fort. Sinon, tu as aussi le connard fini : Joshua, devant, là, blond, yeux bleu glacier. Il s'est tapé toute l'école.

Grace écoutait, l'estomac noué. Serena était parvenue en moins de quinze minutes à lui pulvériser son moral déjà en miettes.

Sa nouvelle amie se leva et lui indiqua la poubelle. Elle semblait réjouie d'avoir déprimé quelqu'un.

Les cours suivants furent encore plus perturbants. En mathématiques, Grace regardait les équations défiler au tableau noir, à une vitesse stupéfiante – elle avait l'impression de dégringoler un escalier qui s'enfonçait dans le noir.

Au moment de repartir, à 16 heures, elle se fit héler par une voix masculine. Elle n'osa pas se retourner. Pourvu que ce ne soit pas l'Américain.

C'était son coach, Justin, un grand type blond-roux, avec des cils transparents. Il était hors d'haleine, comme s'il avait couru.

— Hey, toi.

— Oui ?

— Ça va ? T'as compris quelque chose au cours de maths ?

— Les maths sont déjà une langue étrangère. Alors, en français…

— Tu as besoin d'aide ? Ou pas ? s'impatienta le garçon.

— T'as des penchants sacrificiels ?

— Oh calmos ! rit-il. Tu es venue ici à cause du job de tes parents ?

— Tu penses que j'aurais choisi ce lycée de merde ?

— Ah, bon, excuse-moi, Signora Autista. Je voulais juste être sympa.

Il plissa les yeux.

— Sympa. Tu connais le concept ?

Il tourna les talons et partit sans dire au revoir.

Pourquoi s'était-elle montrée si agressive ? On

l'avait tellement mise en garde. Était-ce normal de devoir répondre à cette fichue question, « Pourquoi es-tu ici ? Est-ce à cause de tes parents » ?

Elle n'eut qu'une envie, rentrer dans cet appartement aux vitres blindées, se fourrer au fond de son lit, et regarder une bonne série jusqu'à la fin des temps.

Et ce n'était que le premier jour.

Grace traversa le salon comme un éclair, sans un regard pour Doris qui bondit du canapé, la main sur la ceinture.

— Préviens quand tu rentres !

Elle déboula dans la chambre de Molly qui, casque sur les oreilles, écoutait une leçon en français. Près du lit, une table de bridge recouverte de feutre vert – qui semblait venir tout droit d'une brocante – avait été transformée en bureau. Il y trônait une barquette de sushis au saumon, à peine entamée, une petite fiole de sauce brune que Grace attrapa d'un air dégoûté avant de la reposer.

Molly tourna la tête vers sa fille et retira prestement son casque.

— Ma chérie, comment s'est passée ta journée ! C'était bon, la cantine ?

— À l'image de cette vie de merde.

Molly se rembrunit.

— Je n'ai même pas su si c'était du poisson ou du porc. J'ai tout jeté. J'avais une mère, et maintenant j'ai DEUX FLICS.

— Chut

— Non pas chut. Maintenant, j'ai besoin de savoir… On en a pour combien de temps ? Un an, deux ans ? Parce que, là, sérieux, je vais réfléchir avant de décider si la vie vaut la peine d'être vécue. Tu l'as mise où, ton arme ?

Molly hochait la tête :

— Tu ne peux pas parler comme ça. Ça va s'arranger, je te promets.

Elle gardait soigneusement pour elle ce qu'on lui avait dit : cela pouvait durer des années – dix ans, voire plus. Elle tenta de faire diversion.

— Tu sais, j'ai enfin réussi à mettre mes lentilles ! C'est pas plus compliqué que ça, finalement.

— Félicitations, t'es vraiment surdouée.

— Doris a demandé à la pharmacie. Ils ont du bleu-mauve, dans une autre marque. Ça te dirait ?

Silence.

Elles entendirent Doris tirer la chasse d'eau.

— Et il faut l'entendre pisser en plus ? Elle pue la clope, elle a un parfum cheap, les deux mélangés, c'est horrible.

— Je ne l'aime pas tellement non plus, murmura Molly. On m'a dit qu'on pouvait changer si elle ne nous convenait pas.

— T'as gardé le ticket de caisse ? gloussa l'adolescente.

Molly lui adressa un clin d'œil fourbe, elles émirent le même petit rire étouffé, tandis que Doris continuait à fredonner dans la cuisine.

C'était un instant de complicité mère-fille, un simple sarcasme partagé, mais pour Molly, ça valait de l'or.

— Oh, ma grande, chuchota Molly, ça me fait tant de bien de rire avec toi.

Devant le miroir, au-dessus du bureau, où elle s'ingéniait à replacer sa frange, Grace soupira, excédée.

La magie était retombée. Mais pendant un quart de seconde, *ça* avait existé.

À travers la porte de la cuisine, Molly les entendit rire, un matin. Grace demandait, de sa voix sirupeuse.

— Tu penses que, avec la pointe d'un couteau, je pourrais me faire une petite fossette, comme toi ? Elle est trop cool. J'aurais adoré.

Elles se tutoyaient.

— Assez déliré, la miss, répondit Doris (« la miss », fulmina Molly en tendant l'oreille). Si tu es en retard, tu ne pourras pas discuter avec Serena avant les cours.

Le cœur de Molly se serra un peu plus, car personne ne lui avait parlé de Serena. Était-ce une nouvelle amie ?

Molly aurait tant voulu être Doris, emmener sa fille au lycée. C'était impossible. Elle en concevait une jalousie qui lui faisait honte – et cette honte la clouait chez elle, dans sa chambre. Elle se recroquevillait sur elle-même comme une amoureuse éconduite, à l'affût du moindre indice, regardant sous ses yeux éclore une complicité naissante entre la garde du corps et sa fille.

Un après-midi, ce double rire si agaçant retentit dans l'escalier qui menait à la maison. Elles rentraient d'un petit tour du quartier – Grace avait projeté de préparer le repas du soir, et Doris, qui lui avait soufflé la recette de la quiche au saumon inratable, avait proposé de l'accompagner à la supérette pour faire ses emplettes.

Elle entendit Doris épeler la liste des ingrédients, que Grace reprenait, en français, comme dans un écho.

— Une pâte feuilletée, de la truite fumée, du cheddar, de la crème fraîche, une belle salade. On va la préparer avec une ratatouille. Tu sais ce que c'est, une ratatouille ?

Elle lui dicta les termes à noter sur la liste. Aubergines, poivrons, tomates…

— Avec ça, releva Doris, tu vas te faire des copains, crois-moi.

Quelle conne, mais quelle conne.

Quelques minutes après leur retour, Grace, les joues roses et les yeux brillants, surgit dans le salon où Molly faisait infuser une tisane au gingembre et au citron.

— Maman !

Elle se précipita vers sa mère, la serra dans ses bras – comme quand elle était petite. Aujourd'hui, Molly lui arrivait au niveau de l'épaule.

— J'aimerais tellement qu'on ait un petit chat, lui dit Grace. Un petit chat à câliner, je me sentirais tellement mieux.

— Un chat ? Mais… fit Molly. Un CHAT ?

— Un chat, c'est super gentil, discret… Doris m'a parlé du sien. Il a quatre mois, elle m'a montré des photos, tiens, regarde. C'est un chartreux, il est tout gris, elle dit qu'il est doux comme du velours.

— Oui, mais… répéta Molly.

— Il s'appelle Lacrymo. Nous aussi on pourrait trouver un drôle de nom. Motoon, ou bien… C'est quoi le nom de ton flingue, déjà ?

— Glock, répondit Doris. C'est un Glock.

— Glock ?! Mais c'est ridicule.

Molly croisa, à l'autre bout de la pièce, le regard impassible de Doris. Orgueil, provocation, insolence, décrypta-t-elle.

— S'il te plaît, maman, insista Grace. Doris connaît quelqu'un qui peut nous donner le petit frère de Lacrymo. On n'aura à payer que la puce électronique et les vaccins. Et on n'aura pas besoin de le sortir. Pas comme un chien, tu vois ?

Cette femme lui volait tout.

Molly se sentit traversée par un violent courant électrique. Ses mains commencèrent à trembler, elle se retint à la table en Formica.

Est-ce qu'elle pensait seulement à Rachel ? Elle savait qu'elle ADORAIT sa chienne. Et elle n'avait pas prononcé un seul mot sur RACHEL depuis qu'elles étaient arrivées.

— Tu n'as jamais demandé ce qu'était devenue ma chienne ! s'écria Molly. Tu t'en fous complètement !

Elle se leva, fit quelques pas vers sa chambre, saisit la poignée de la porte.

— Je savais que les adolescentes étaient ingrates, mais à ce point !

— Je savais que les mères étaient dingues, mais à ce point !

Et tandis qu'elle s'assit sur son lit, les larmes coulant sur ses joues, sa fille hululait, derrière la porte :

— MIAOUUUU MIAOUUU, ouaf, ouaf ! Ouaf !

Doris répondit quelque chose – que Molly ne parvint pas à entendre.

17

Cyrano

C'EST UN MERCREDI MATIN. En sortant d'une interminable et délicieuse douche chaude, emmitouflée dans son peignoir, la tête enturbannée dans sa serviette, Molly entend son portable sonner.

— Maman, peux-tu m'acheter d'urgence un livre. MAINTENANT.

Molly soupire.

Décidément, Grace a une mémoire d'oisillon.

— On est mercredi, Doris est à sa réunion. Je ne peux pas sortir.

— Oui, mais j'en ai besoin, répond l'adolescente. Un commentaire à rendre demain.

Molly proteste. Grace supplie. *Cyrano de Bergerac,* d'Edmond Rostand, éditions Hatier. Elle lui donne l'adresse de la librairie.

Molly bougonne, s'habille d'un pantalon de jogging enfile son bonnet.

Elle écrit à Doris :

J'en ai pour 20 minutes, j'achète un livre pour Grace.

Au moment où elle claque la porte, elle ressent un brusque coup au cœur.

Mes clés.

Panique.

Elle secoue son sac. Ouf.

Sans ses clés, elle est morte. Comme une alpiniste qui perd une chaussure en pleine escalade du K2, comme une petite vieille de quatre-vingt-quinze ans sans sa canne.

En se hâtant dans la rue Mouffetard, les muscles rigides, elle se sent nue. Elle se formule cette remarque, *quand on est seule, on sent le vent.*

Elle suit les indications de Grace, dépasse la première école maternelle, le Franprix, le cinéma L'Épée de bois, reconnaît l'enseigne Picard Surgelés, Jeff de Bruges, puis la deuxième école maternelle. Elle jette un coup d'œil à son écran.

« Au niveau de l'église Saint-Médard, tourner à droite. La librairie est perpendiculaire à la rue Mouffetard, entre un marchand de fruits et une boutique de fringues. »

Elle a trouvé. L'Arbre à lettres. La librairie semble minuscule, mais quand on pousse la grille, on envisage la profondeur.

Elle respire.

Il y a du monde, dans l'entrée, au niveau des nouveautés – *La Carte et le Territoire* de Michel Houellebecq lui saute aux yeux. Elle en a entendu parler, à la radio, elle aimerait tant le regarder, mais elle n'a pas le temps, elle gagne rapidement la salle du fond – rayon classiques. En prononçant *Cyrano de Bergerac,* trois « r » pour une Américaine, un sacré défi, elle craint de se trahir.

Le vendeur lui rapporte le livre :

— Éditions Hachette. Pour Hatier, il faut aller chez Joseph Gibert.

Elle en pleurerait.

Elle le garde tout de même en mains, et s'accorde cinq minutes supplémentaires, attrape un album de Stephanie Blake, au rayon jeunesse, couverture rouge, elle adore Stephanie Blake, elle repense à ses écureuils et commence à le feuilleter.

C'est alors qu'elle sent son regard, sur son cou.

Elle se retourne.

Il porte une veste en cuir, des cheveux coiffés en une queue-de-cheval.

Il ne cherche même pas à la fuir, il l'observe avec impudeur.

Il doit avoir dix-sept, dix-huit ans. Brun, type oriental, peut-être arménien, beau, yeux très noirs, mal rasé. Il mastique un chewing-gum en la fixant, et, soudain, glisse sa main sur son ventre. Une bombe. Mon Dieu.

Le souffle coupé, elle court vers la sortie, heurte une pile de livres, murmure un vague pardon et remonte chancelante, la rue Mouffetard – Pâtisserie fine, Picard, deuxième école, première école – jusqu'à l'immeuble. Elle tremble comme une feuille.

Trois tentatives avant de parvenir, en immobilisant son poignet de la main gauche, à composer le code, elle s'effondre sur le canapé. En larmes.

Le soir, à table, elle leur dit :

— Je dois vous parler. Il y avait quelqu'un, dans la librairie. Un jeune homme. La menace était là.

Grace a un drôle de sourire.

— Il était comment ? Avec une raie sur le côté ? Pas bien rasé, c'est ça ? Avec de grands yeux noirs ? Genre dix-sept ans ?

Molly la fixe.

Un trouble l'envahit comme une vague, inonde son cœur, submerge son cerveau. Ses pensées s'enchaînent à la vitesse de l'éclair. Grace a manigancé ça. Grace l'a entraînée, dans cette librairie, un mercredi matin.

D'où vient le danger ? D'ici, ou d'ailleurs ?

— Merde, merde ! crie-t-elle.

Doris pique nerveusement de sa fourchette le morceau de poulet en observant la jeune fille.

— Gabrielle, il va falloir qu'on ait une petite discussion toutes les deux.

***

« Lancez-moi sur les fantômes, je peux tenir des heures », affirme la romancière Marie Darrieussecq.

Je me demande pour ma part s'ils ne sont pas le seul et unique objet de la littérature, si tous les écrivains ne sont pas finalement des « ghostwriters ». Nous pensons choisir le sujet de nos livres, mais ce sont eux qui nous élisent.

Une nuit d'insomnie – encore une – j'entends, à la radio Simonetta Greggio, la romancière italienne, parler de ces histoires qui ne nous laissent pas dormir. « J'aimerais tellement écrire ce roman, facile, un amour d'été, sur la plage. Mais quelque chose, une petite voix en moi, m'amène sur un autre territoire. Et je ne peux pas m'y soustraire », raconte la romancière.

Chaque fantôme choisit son créateur, le hameçonne, le taraude, clins d'œil, chiquenaudes, petites tapes sur l'épaule – ce que nous, nous pensons être des indices –, puis l'habite. Obstiné, il ne le lâchera pas, conscient du fait que sa seule sépulture, c'est l'écriture. Il n'aura la paix, dans sa course blanche, que le jour où il pourra se réfugier entre les quatre murs d'un livre.

Écouter, tendre l'oreille, vibrer à l'unisson. Accepter d'être l'otage de ce mystère. Et en rendre compte, avec le maximum d'honnêteté. Telle est la mission de l'écrivain. Peu importe si le sujet est complexe, ou dangereux. Bien au contraire : cette difficulté entraîne un surcroît d'excitation, et nourrit la fameuse nécessité intérieure.

Dans Un roman russe, *Emmanuel Carrère brise un tabou familial en menant l'enquête sur le « fantôme qui hante sa famille », son grand-père maternel, disparu à l'automne 1944, sans doute exécuté pour faits de collaboration. Ce faisant, il contrevient au désir maternel de garder l'affaire secrète. C'est ainsi : plus on nous défend d'approcher, plus on met de cœur à l'ouvrage ! « J'ai reçu en héritage l'horreur, la folie, et l'interdiction de les dire. Mais je les ai dites, conclut l'écrivain. Et c'est une victoire. »*

J'ai essayé d'oublier Molly pendant deux ans. Un autre sujet m'appelait – l'histoire d'une mère qui ne parvient pas à faire le deuil de sa fille, disparue dans un crash aérien. Une autre histoire de fantôme qui sera publiée sous le titre Manger dans ta main *chez Albin Michel. Molly était repartie dans les limbes. J'ai entamé l'écriture d'un autre roman, qui évoque également la disparition d'un jeune homme mort-vivant… Jusqu'au jour où une amie me parle de sa fille, partie en séjour linguistique à Seattle.*

Et c'est ainsi que Molly s'est rappelée à moi – discrètement. C'est ainsi qu'elle a franchi à nouveau les cercles de l'oubli, l'un après l'autre, pour ressurgir à ma conscience et m'accaparer tout entière.

18

Toboggan

MA DOUCE SHIRLEY,

Je suis tombée dans une faille spatio-temporelle, je m'accroche à des parois vertigineuses, de toute la force de mes ongles, mais je dérape. On m'a dit que j'avais provoqué un « tsunami ». Cette métaphore m'agace, tout est prétexte à un tsunami, tu ne trouves pas ?
Je n'ai rien vu venir sauf que les répliques, là, n'en finissent pas.
On m'a dit « C'est ça ou être morte ».

Oh, Paris a un charme fou. Bien sûr. Mais quel bordel ! Des rues enchevêtrées, des ruelles, qui montent qui descendent, qui donnent le tournis. On dirait des toiles d'araignées tissées par des insectes hystéros. C'est plein de porches, de cachettes, de vieilles pierres. Je voudrais que tu voies Notre-Dame : elle est si âgée, si fragile, qu'elle donne envie de pleurer.
La première nuit, je me suis réveillée en sursaut, tout bougeait autour de moi ! Je me suis dit « C'est vraiment pas la peine de quitter l'Ouest américain si c'est pour me taper un tremblement de terre ici ». Et puis,

j'ai ouvert la fenêtre, j'ai vu les pierres de l'immeuble en face, le sympathique petit auvent, le lampadaire en fer forgé.
Je me suis sentie en sécurité. Tu sais, j'aurais adoré cette ville, si je n'y avais pas été cloîtrée.

La nuit dernière, j'ai fait un rêve dingue.
Je dessinais de longues mains élégantes aux ongles pointus, pour tes collections de tatouages. Tu penchais ta tête vers moi, et tu t'exclamais : « C'est bon, ça, ma grande ! Je vais le poster sur mon site. Tu veux bien travailler pour moi ? Tu vas te retrouver sur les mollets de Seattle ? C'est trop chou, non ? » Tu éclatais de rire, avec ta canine de pirate, tu me serrais dans tes bras. Tu ne peux pas savoir comme je pense à toi ; à vous tous. Mon corps est ici, tout le reste est ailleurs.
Tu te souviens de tes débuts ? Ce kit de prêt-à-tatouer, que tu avais déniché sur eBay ? Si les gens savaient ça : la plus célèbre tatoueuse de Seattle a fait fortune parce qu'elle n'avait pas les moyens de s'offrir une séance dans un salon de la ville !
Tu te souviens comme l'art t'a sauvé la vie ?
N'oublie jamais ça.

Je tiens la peur en laisse, ma vieille, j'essaie de la mater, mais elle jappe.
J'ai peur de rentrer chez moi dans le noir alors que je pensais avoir allumé la lumière, peur de voir la lumière allumée alors que je pensais l'avoir éteinte. Peur du frôlement des rideaux dans le salon quand le vent s'y engouffre, même quand ils ne bougent pas, peur quand Doris s'immobilise, la main sur son étui, bien campée sur ses jambes comme un cow-boy ; peur de sortir du taxi.

Mon escort girl, Doris, n'aime pas les terrasses, les scooters qui accélèrent brusquement, les bouchons de champagne qui sautent et les mecs qui te regardent d'un peu trop près. Elle déteste l'inattendu, tout ce que tu aimes, toi, au fond. Ah, j'oubliais, elle n'aime pas les parapluies qui réduisent le champ de vision. Ne pas aimer les parapluies, à Paris !

Il y a deux jours, elle m'a accompagnée à la Sorbonne. Cours de langue et civilisation : cadeau du gouvernement, c'est pas génial, tout ça ? Il paraît que j'ai de la chance : cette année, les cours magistraux ont lieu dans l'amphithéâtre Richelieu, avec un vrai Puvis de Chavannes au mur. Merci qui ? Merci Barack ! Je m'assieds sur un banc raide comme une chaise d'église, et je me fais pitié. Tu me connais, j'installe mon petit cahier, mes petits stylos et je ne parle à personne.
En conférence de rédaction, tu me prenais pour une pétasse prétentieuse, jusqu'au jour où tu m'as enfin comprise – « Tu ne sais pas mentir, tu es sauvage. » Comme j'ai aimé ce mot dans ta bouche ! Ma seule et vraie amie...
Une couturière est installée en face de l'immeuble. Elle gagne sa vie en faisant des ourlets, mais sa passion, c'est les robes de mariée. Elle s'appelle Christina, elle est brésilienne. Je suis entrée chez elle, pour réparer la fermeture Éclair du jean de Grace. Elle m'a demandé d'où je venais : je lui ai dit de la côte ouest. Merde. En deux secondes à peine, j'avais dérapé.
Heureusement que j'ai pas dit Seattle.
La fille la plus loyale et sincère au monde est obligée de mentir non-stop pour survivre. Elle n'est pas belle, la vie ?
Tu sais ce qui me fait le plus de peine ?
C'est que ce dessin était une vraie merde. Si je pense à ça, j'ai envie de me buter direct avec mon arme, et comme je ne sais pas tirer, bonjour la boucherie.
Je t'embrasse, ma douce.

PS : Je ne t'envoie pas cette lettre. J'écris pour ne pas devenir folle.

Molly. Ouaf ouaf.

19

Maison de paille

UNE NUIT, MOLLY BONDIT DE SON LIT. Il y avait mais oui, mon Dieu, *des pas*, dans la cage d'escalier. Elle dressa l'oreille. Non, non, *c'était là, tout près*, dans l'appartement ! Un œil à son téléphone : minuit moins le quart.

Elle vérifia de la main droite : elle portait ses lunettes sur son nez. Elle avait sombré dans le sommeil sans s'en apercevoir.

À tâtons, les mains glacées, le souffle court, elle empoigna le tiroir de sa table de chevet. Le fameux Glock – mon Dieu, quel nom d'opérette – était là, mais elle ne savait plus comment s'en servir. Elle avait suivi trois leçons, à Washington, avant de s'envoler pour Paris, et avait tout oublié.

Elle resta terrée, là, l'œil fixé sur la poignée de la porte, imaginant qu'elle allait fracasser la nuque de l'intrus, comme dans un mauvais roman policier. Le miroir, en face d'elle, lui renvoyait un visage clownesque, les cheveux sales et emmêlés.

Après dix interminables minutes, elle sortit de sa chambre en rasant les murs.

Doris et Grace étaient là, dans la cuisine. Sa fille, debout contre le frigo, dévorait un pot de crème glacée à la cuillère. Molly était partagée entre la colère et le soulagement.

— Ah ? Mom ! On ne t'a pas réveillée au moins ?

— Bien sûr que si ! riposta Molly.

— Je l'ai emmenée faire un tour, murmura Doris. On a cru que vous dormiez.

— JE dormais. Vous n'avez pas à sortir avec ma fille. Vous n'êtes pas payée pour ça.

— Vous ignorez pour quoi je suis payée.

— Et si quelqu'un était venu pendant que je dormais ? Pendant que vous étiez dehors ? Vous auriez eu l'air con !

— Il faudra apprendre à vous servir de votre arme.

Grace visa la corbeille et y lança le pot de carton vide.

— Ben ouais. T'aimes tellement ça. Les gros mecs armés. C'est ton kif, non ? Je comprends pas pourquoi tu l'utilises pas.

Molly les observa, toutes les deux, leurs yeux fatigués, leurs demi-sourires sarcastiques, elles n'avaient pas l'air très heureuses.

— Maureen, ajouta doucement Doris. Il va falloir recommencer à sortir, j'y veillerai. Si vous restez cloîtrée, vos peurs risquent de s'amplifier.

Molly cligna des yeux. Quelle drôle de fille. Une philosophe cachée sous une apparence si banale. Sa colère tomba d'un seul coup.

Elle suivit alors le conseil de Doris.

En deux enjambées, elle était rue Mouffetard, dans ce village de poupées rempli d'étudiants, de petits commerces, de crêperies, de restaurants japonais, de marchés permanents, aux étals remplis d'ananas, de raisins ou de fraises. C'était différent de Pike Place, mais tellement mignon.

Elle adorait les bonnes baguettes de pain croustillantes, elle admirait les étals de fromages, brie truffé, chèvre fourré aux grains de raisins au rhum. Tout était si sophistiqué, si goûteux. Il fallait en convenir.

Place de la Contrescarpe, quasiment en face de chez elle, elle trouvait refuge dans une librairie, à l'Arbre voyageur, feuilletant debout tous les livres en français – mais aussi en anglais, jusqu'à oublier la présence de son ange gardien. Puis elle levait les yeux vers la vitre et voyait le front buté de la jeune femme, à l'extérieur dans la rue, fumant patiemment ses Marlboro.

Doris, censée veiller sur elle comme une ombre légère, lui rappelait qu'un gros nuage noir planait au-dessus d'elle en permanence.

Elle était dans la maison de paille. Chez le dernier petit cochon. Le souffle d'une explosion pouvait tout emporter. Et cette Doris, nonchalante, presque engourdie, que valait-elle en cas de danger ? À voir la lenteur de ses gestes, quand elle allumait sa cigarette, préparait son café, retirait les cheveux un à un sur sa veste, Molly se demandait si elle saurait dégainer à temps.

Et puis, un soir, un peu après 21 heures, la sonnerie de la porte retentit. Une fois, deux fois.

On insistait.

Doris souffla, de sa voix grave :

— Salle de bains. Vite.

Molly poussa Grace par les épaules dans le fond de l'appartement mais, entre-temps, aperçut Doris sortir son pistolet, actionner le barillet et se coller, l'arme au poing contre la porte. Où était passée la jeune femme apathique ? Elle était rapide comme un félin.

La sonnerie à nouveau, à trois reprises, puis une voix d'homme :

— Bonjour, c'est la tournée des éboueurs, il y a quelqu'un ?

Doris se mordit les lèvres, Molly se pinça le nez.

Toutes les trois attendirent que l'éboueur ait tourné les talons pour exploser de rire.

— La criiiiiise, s'écria Grace. Le kiiiiif. Je vais faire pipi dans ma culotte !

Molly émit une sorte de hennissement, d'autant plus libérateur qu'elle avait soudain compris que Doris était à la hauteur.

***

Le jour de ma seconde rencontre avec Anne-Cécile est arrivé. Cette fois, je lui propose de prendre un verre, et pourquoi pas un dîner léger au Rosebud, un café-bar-jazz un peu désuet à Montparnasse, rue Delambre. C'est un de mes endroits fétiches, un petit cocon chargé d'histoire où Simone de Beauvoir et Sartre se retrouvaient. J'aime les tables rondes, les affiches années trente au mur, les serveurs sont vêtus à l'ancienne, avec leur chemise blanche et leur nœud papillon.

Je m'installe dans le fond de la salle, à côté d'une jeune fille qui prend des notes, l'air concentré, sur son cahier à spirale.

Il y a encore peu de monde, il est tôt. Je me souviens encore des volutes de fumée avant l'interdiction du tabac dans les espaces publics. Aujourd'hui, on respire mieux. La porte de l'entrée s'ouvre, Anne-Cécile passe son visage, prudemment, je lui fais signe, elle approche.

— Je connais ce lieu, dit-elle. J'y suis déjà venue en recueil, pour une de mes personnalités !

— Alors ? C'est un « bon lieu » ? Pour un rendez-vous ?

Elle sourit.

— Pas de baie vitrée, et vous avez choisi la bonne place. Loin de la porte d'entrée.

— Je progresse !

Nous commandons une assiette de champignons et de pommes de terre sautées, et du thé – Anne-Cécile est en mission, elle ne me dira pas pour qui.

Je me demande si elle a son arme sur elle – je n'ose pas lui poser la question. Vu sa minceur, je doute qu'elle porte un gilet pare-balles. Peut-être est-il dans sa voiture, comme elle me l'a dit. Peut-être va-t-elle recevoir un texto d'une de ses « perso », qui aura envie de sortir, de se rendre à la boulangerie ? Je le sais car elle m'a prévenue : elle risque à tout moment de devoir interrompre notre rendez-vous.

Je me décide à parler :

— Alors, Anne-Cécile, cette femme extrêmement menacée ? Comment votre mission a-t-elle débuté ?

La jeune femme réfléchit.

— J'ai entendu dire, un jour, qu'elle recherchait un officier de sécurité femme. Je me suis portée volontaire. Elle était en Uclat 2 : c'est un nom *de code pour indiquer le degré de menace. En niveau 2 : la menace n'est pas extrême, mais elle est soutenue.*

Anne-Cécile vit, dès lors, avec cette jeune femme. Comme son ombre.

— Je ne vous donnerai pas de précision sur le nombre d'officiers de sécurité, mais nous sommes relayés auprès d'elle, à chaque minute de son existence.

Sa vie a changé à jamais. Pourquoi ? Parce qu'elle a décidé de défendre, elle aussi, la liberté d'expression.

— Elle est courageuse, son combat est admirable.

Anne-Cécile l'accompagne partout. Aux émissions de télévision, dans la rue, au café, au jardin... Deux mois après sa prise de service, la menace est reconsidérée à la baisse.

— Elle est passée en Uclat 3, ce qui signifie un véhicule, moins de personnel, juste un chauffeur – qui n'est pas agent de sécurité.

Anne-Cécile me le confie : elle n'a jamais « senti » autant le danger. Son visage s'assombrit. Le bout de ses doigts tremble un peu.

— Il y avait des regards menaçants sur elle, des regards qui s'attardaient.

— Quoi encore ?

— Difficile de vous expliquer précisément. Mais c'est l'une des missions les plus usantes et les plus anxiogènes de ma carrière.

— Avez-vous eu peur ?

— Non, répond Anne-Cécile, après un silence. Mais je ne parvenais plus à dormir. J'étais en hypervigilance en permanence.

Je la regarde.

— Pensez-vous que vous ayez pu inhiber vos craintes, au point de ne ressentir qu'un vague et persistant malaise ?

— C'est bien possible. Une chose est sûre : il est bon d'être un peu stressé pour rester vigilant. Mais pas totalement envahi par l'angoisse, sinon on est paralysé.

Je lui raconte l'histoire du dodo qui a perdu la capacité de voler car, n'étant plus poursuivi par les prédateurs pendant quelque temps, il ne craignait plus rien. Et c'est ainsi qu'il a finalement disparu.

— Il faut aussi écouter sa petite voix intérieure, ajoute Anne-Cécile. Au moment où j'ai rédigé mon rapport, soulignant que le degré de protection n'était pas suffisant, et que la menace devait être réévaluée, j'ai appris qu'un individu s'était procuré une arme pour la tuer. On est passé en Uclat 2 – la sécurité avait été revue à la hausse.

Elle est réévaluée en permanence, explique-t-elle, et l'a été près les attentats de 2015, et la crise des Gilets Jaunes, fin 2018. Les gardes du corps sont devenus obligatoires même chez ceux qui n'en voulaient pas.

J'insiste – un peu. Est-ce qu'Anne-Cécile, au cours de ses précédentes missions, a ressenti cette même appréhension ? Ce sentiment de mal-être ?

— La première fois que je suis sortie de l'école de police, se souvient-elle, il y a très, très longtemps, j'ai eu l'impression de quitter un foyer – avec ses règles, ses consignes, sa chaleur. Vous quittez l'enceinte de l'école, l'arme à la ceinture. Vous savez que vous risquez de tuer et vous faire tuer. C'est une plongée dans l'inconnu.

Anne-Cécile ne veut pas trop m'en dire. J'ai compris évidemment qui était cette femme dont elle s'est occupée. Cette femme qui, sans être partie à l'autre bout du monde, sans avoir changé d'identité, avait dû tout de même totalement réinventer sa vie.

20

Laboratoire

MOLLY PRIT PLACE près de la porte, comme d'habitude, dans la salle qui embaumait un mélange de poussière et de craie. Elle ouvrit sa trousse et disposa ses stylos par ordre de taille, en écoutant le gai brouhaha envahir la pièce. Comme tous les mardis matin, le cours de la Sorbonne était délocalisé dans un laboratoire de langue, rue des Écoles.

Elle observait les étudiants pénétrer dans la salle, un gobelet de café à la main, quémander une cigarette, du feu, une paire d'écouteurs en état de marche. Elle voyait les amitiés naître sous ses yeux.

Quand un regard s'attardait sur elle, elle détournait les yeux, souriait dans le vide, apparemment imperméable, intérieurement meurtrie.

Elle aimait pourtant ces séances en solitaire : chacun dans son box écoutait son fichier audio, le repassait et reformulait les phrases en français, s'exerçant à rouler ces fichus « r ». Cela exigeait le même sens de la loyauté, quand elle visait à reproduire, petit à petit, avec ses crayons, le dessin qui la hantait. L'effort portait ses fruits, et son vieux fond de français, acquis douloureusement à dix-neuf ans, refaisait surface.

La professeure de français, Rita, frappa dans ses mains, et ses larges créoles tintinnabulèrent.

— C'est très bien, approuva-t-elle avec une pointe d'accent allemand, aujourd'hui, on va laisser les micros et les écouteurs. Je vais vous demander de vous approcher au tableau et de vous présenter l'un après l'autre. Prénom, nom, ville d'origine, pourquoi vous êtes arrivés ici, quel est votre objectif ? Comme un interrogatoire policier. Je veux tout savoir.

Molly sentit ses paumes s'emperler de sueur. Elle qui avait toujours haï les réunions de rédaction et les prises de parole en public, elle n'avait qu'une envie : rentrer la tête dans les épaules et se faire oublier. Elle regarda défiler les étudiants avec un mélange de curiosité et de peur : Maria-Teresa, vingt-quatre ans, avait fui la Colombie avec sa famille pour s'installer en Équateur ; Emmanuella, Italienne, avec ses longs cheveux bouclés châtains et son visage en lame de couteau, issue de la région du lac Majeur, était venue poursuivre ses études d'art à l'École du Louvre ; Elena, Brésilienne, juchée sur ses talons d'au moins onze centimètres ; Maryam, Iranienne de vingt-six ans, avait étudié à l'université George-Washington avant de s'installer comme fiscaliste à Paris. Le plus âgé était Robert, un Canadien de Vancouver, barbu aux yeux bleus, qui flottait dans son jean. Il avait loué sa maison sur Airbnb pour six mois et était venu en France, il y a deux mois, pour suivre son rêve : découvrir Paris.

— Et la langue française, c'est pour le business ?

s'enquit Rita

— Pour la poésie, répondit Robert.

— Ah, c'est beau, ça, sourit la professeure. Et quel âge avez-vous, Robert ?

— Trente-cinq ans, répondit l'homme.

— Ah, c'est donc vous le plus âgé, dit la professeure, en coulant un regard vers Molly, qui grimaça. La caricaturiste ne pensait qu'à une chose : Vancouver, c'est à deux cents kilomètres de Seattle, trois heures en voiture, quarante-cinq minutes en hydravion.

Le mardi suivant, Rita l'apostropha dès le début du cours.

— Dites donc, Maureen, je n'ai pas entendu le son de votre voix ! Vous pouvez rester à votre place, si vous ne voulez pas aller au tableau. Mais levez-vous, tout de même qu'on vous entende.

Molly se leva, à contrecœur, les mains à plat sur sa table, les regards braqués sur elle. Elle se rappelait à quel point sa dernière intervention publique, à radio Kiro, avait été catastrophique.

— Je m'appelle Maureen, j'ai trente-six ans, j'étais bibliothécaire à Brooklyn… J'adorais déjeuner dans le parc, à côté. Je suis venue à Paris parce que ma tante est malade, elle souffre d'un cancer et a besoin de moi. J'ai une fille de quinze ans. Je retournerai très vite dans mon pays.

Le professeur de langue la félicita.

— Vous avez un accent français parfait, Maureen. Je ne veux pas croire que vous ne soyez jamais venue en France !

Molly grimaça à nouveau, en songeant à quel point les sourires sont pratiques quand vous êtes infichu de mentir.

Elle avait pris la lumière, elle s'était fait repérer.

Après le cours, elle sortit à toute vitesse pour

rejoindre Doris, qui, comme à son habitude, fumait à la terrasse de l'Écritoire, un petit café voisin, quand une jeune femme au visage de chat, les boucles brunes sagement domestiquées par un turban, l'accosta. Molly la reconnut : c'était Maryam. La jeune Iranienne lui tendit la main.

— Bonjour Madame « perfect accent ».

— Bonjour, euh... répondit Molly qui regretta, encore une fois, d'être dépourvue à ce point d'esprit de repartie.

Maryam était chaleureuse, bavarde et drôle. Elle parlait vite, ne posait aucune question et se livrait avec générosité. Il suffisait de prononcer un mot pour qu'elle attrape le fil et déroule l'écheveau. Elle lui raconta que sa sœur aînée avait ouvert son cabinet d'expert-comptable depuis deux ans, et que, devant l'afflux de la clientèle, elle avait proposé à Maryam de venir la rejoindre.

— Et voilà comment je me suis retrouvée ici, à aider les Américains à ne pas être saignés à blanc par le fisc ! Et à continuer à parler anglais toute la journée.

— Mais pourquoi ces cours de français ? s'enquit Molly.

— Oh, je suis migraineuse. Un jour à la pharmacie, au lieu de dire « Je veux de l'aspirine », j'ai dit « Je SUIS l'aspirine ». J'en ai eu marre qu'on se moque de moi.

Maryam avait un rire contagieux, Molly s'esclaffa de bon cœur.

Doris avança de quelques pas, l'air manifestement préoccupé, voire anxieux. Molly l'ignora superbement.

— Mais toi, demanda Maryam, ton accent, il vient d'où ?

— Je suis une vraie éponge, mentit Molly. Si tu m'envoies en Russie, je reviens bilingue. Blague à part, c'est ma tante. Elle vit ici.

— Tu peux lui demander de me donner des cours ? Ne fais pas cette tête, je plaisante !

Maryam l'attrapa par le bras – ce qui provoqua un petit mouvement de recul de la part de Molly.

— On va s'échanger nos bons plans. J'ai découvert un pub anglais, derrière la bibliothèque Sainte-Geneviève, place du Panthéon. Le Bombardier, tu connais ? Il y a des petits trésors pour ceux qui ont le mal du pays. Fish and chips, lobster roll...

Molly la dévisagea, mais l'image de son restaurant fétiche, le Lowell's, se superposa soudain au Paris qu'elle avait sous les yeux.

Elle se rappela brutalement la mise en garde de l'agent et secoua doucement la tête, le visage fermé.

— Je sors très peu. Désolée, on m'attend.

Maryam lui tendit la main.

— Salut, Maureeen ! cria-t-elle gaiement. *Don't be too shy!*

Quand Molly rejoignit Doris, la garde du corps, envoya son mégot d'une chiquenaude dans le caniveau. Elle semblait furieuse. Molly, elle, ne pouvait s'empêcher de se sentir gaie.

— Je peux te demander quelque chose ? s'enquit Molly. J'aimerais bien que tu me parles français.

— Je suis payée pour votre sécurité. Pas pour filer des cours. Et on ne se tutoie pas. OK ?

Elle tourna la tête brutalement vers elle :

— Vous avez compris, n'est-ce pas, qu'il fallait aussi vous méfier des femmes ou je dois vous faire un dessin ?

Il y avait des journées magnifiques d'effondrement intérieur, où, dès l'heure du réveil, elle descendait un long escalier en colimaçon, marche après marche, jusqu'au moment où, pensant qu'elle avait atteint le fond, elle plongeait encore un peu. Alors, Molly songeait que la nostalgie était musicale. Comme du Pink Floyd, du Nirvana. Ça commençait mezzo piano, se poursuivait allegro, pour enfin vous exploser les neurones.

Elle sortait de la Sorbonne, contournait la place du Panthéon pour rentrer chez elle, et, le 5e arrondissement étant truffé d'écoles, comme par un malin coup du sort, elle remontait le temps scolaire, débutait sa ronde par un lycée rue Clovis, la poursuivait par un collège pour enfin atterrir devant une école maternelle.

La grille du lycée lui avait déjà pincé le cœur, parce qu'elle imaginait sa fille vivre sa vie de lycéenne exilée, mais le supplice n'avait pas de fin ; elle était ensuite précipitée dans le passé, revoyait l'écolière modèle sortir de la Bertschi School, ses dessins dans son sac à dos.

Le trottoir, exigu – mon Dieu comme les rues étaient étroites et minuscules dans ce pays ! –, grouillait de mères de famille, vêtues de trenchs bien coupés et chaussées de bottes cavalières qui s'embrassaient en souriant. Ces fameuses mamans françaises qui mitonnent des petits plats diététiques et goûteux à leurs enfants.

Elle se souvenait avoir été une de ces mères, à la sortie de la Bertschi School, qui conduisait son enfant d'un coup de voiture à sa leçon de tennis. Elle aurait donné sa vie, maintenant – cette vie qui ne coûtait plus rien –, sa carrière, tous ses dessins, pour se retrouver derrière le portail, le cœur battant en attendant que la porte s'ouvre sur un chapelet de gamins aux joues rouges.

La nostalgie, ce monstre avide qui se repaissait de tout – odeur de pain au chocolat, couleur d'imper, sourire mondain –, venait ajouter à la souffrance de l'exil. Le regret était tentaculaire, géographique et historique. Il aspirait tout et vous laissait sur le flanc.

21

Dennys

DANS LA CUISINE, Doris mâchouillait un quartier d'orange. Le parfum de l'agrume envahit la pièce.

— Le courrier du jour, dit-elle en indiquant du menton la vasque, dans l'entrée.

Molly s'immobilisa, la main sur la poignée de la porte. Et puis, elle l'aperçut.

Une enveloppe format A4, papier kraft.

— Elle vient de Washington, précisa Doris.

— Ah ? fit Molly, d'un air faussement désinvolte.

Lentement, très lentement, elle se dirigea vers le réfrigérateur, empoigna la bouteille d'eau pétillante, se versa un verre aux trois quarts, avant d'attraper enfin l'enveloppe et, comme si de rien n'était, de retourner sur la pointe des pieds dans sa chambre.

Assise sur le rebord du lit, le cœur au galop, elle décrypta le libellé. Une calligraphie penchée, de longues boucles à l'ancienne… La personne avait, semble-t-il, soigné son écriture, et ce détail l'angoissa.

Elle avait peur si souvent peur que son cœur lâche.
C'était Dennys.

Molly,

Vous me manquez tant, toutes les deux. C'est difficile, tu sais, de t'écrire sans savoir où te localiser. Sans pouvoir te visualiser.
Shirley pense que vous n'êtes peut-être plus sur le territoire américain. *Damn it!* On a parlé de ça, hier, devant un poke bowl, tu sais, ton petit resto sur Broadway ? Shirley a commandé celui que tu préfères, le spécial saumon avec double ration de salade de crabe et d'avocat, et une bière. Elle me dit que tu commandes toujours celui-ci.
Je me suis installé sur la banquette en Skaï, tout près de la porte, là où tu aimais t'asseoir. Dans la pénombre, éclairée par cette lueur glauque et mauve, on aurait pu t'imaginer, entrer, saluer tout le monde, avancer près de l'accueil et, de ta voix gaie de celle qui va bientôt se régaler, lancer : « Oui, comme d'habitude, un poke special saumon, avec double portion de crabe et d'avocat. »
En fait, le problème dans votre disparition... Ce n'est pas le vide que vous avez laissé, c'est l'inverse. Votre absence à toutes les deux remplit tout l'espace. Quand j'entends parler d'un accident de la route, un crash, un incendie, je me demande toujours... si vous n'y êtes pas. Dans ce cas-là, les proches sont-ils tenus au courant ? Je l'ignore. (J'en profite pour poser la question au « démineur » qui lira cette lettre.)
Dans la rue, plus d'une fois, j'ai cru apercevoir Grace – tu sais bien, elles se ressemblent toutes, à cet âge – ce physique longiligne de jeune fille en jean, ces cheveux longs et raides. Alors, je m'approche, sourire aux lèvres, dans un état indescriptible... Et, soudain, c'est la douche froide. C'est peu de dire que je déchante. Je vais finir par me faire coffrer pour pédophilie (c'est ce que TOI tu me répondrais, avec ton humour ciselé). Le pire, c'est les jours pluvieux – sous les capuches.

L'autre jour, sur la 11e Avenue, deux femmes se baladaient devant moi, sous une pluie diluvienne, en pressant le pas. Je te jure que je les ai suivies jusqu'au moment où la plus petite s'est retournée de profil. Comment dit-on « bingo », à l'envers ? Merde, sans doute.
J'ai même accepté une conférence à New York, en me disant « Je vais la retrouver ». Et en pensant, au fond, tout au fond de moi : « Ce n'est pas pour avoir une chance de les retrouver en chair et en os, mais c'est pour mieux pouvoir les fantasmer. » J'avais bien raison : je vous ai vues, l'une ou l'autre, une bonne dizaine de fois.
Un couvercle s'est refermé sur Seattle. Personne ne parle de toi, mais tu es partout. Est-ce que je suis devenu fou ? Depuis votre disparition, une rébellion silencieuse est à l'œuvre, comme une marche blanche qui n'en finirait pas. Les drapeaux arc-en-ciel se sont multipliés dans les devantures des boutiques de fringues et des friperies, comme un message subliminal, comme si, à travers la sexualité, on défendait une autre liberté.
Dans ton quartier, deux nouveaux coffee shops se sont ouverts, là où tu aimais tant lire la presse, en sirotant ton latte ! La boutique de jouets pour chiens, tu sais, celle qui propose des biscuits bio, a installé un bouledogue en peluche derrière sa vitrine. Des indices. Rien que des indices.

À l'Elliott Bay Books, récemment, ils ont exposé des fanzines devant la caisse. J'ai cru t'y retrouver ! Je les ai notés : « Seasons of ego », « Prehistoric diet »... Des visages un peu comme tu sais les croquer, des citadins et citadines snobinards... C'était ton style, ton lettrage nerveux, c'était tout toi !
Et même Shirley... Jette un coup d'œil sur ce qu'elle fait. Regarde les mains, les visages qu'elle tatoue... On dirait les tiens ! Je pense qu'elle n'en a pas conscience. Tu sais, une légende prétend que « les disparus ensemencent les jours à venir ». Alors, tu sais quoi ? Ne t'oublie pas non plus.

« Tu ne peux pas empêcher les oiseaux de voler au-dessus de ta tête, mais tu peux les empêcher de faire un nid dans tes cheveux. » Ce proverbe chinois m'a beaucoup aidé pendant notre séparation. Laisse-le résonner en toi. Ne te laisse pas bouffer par la peur.

Je vous envoie tout mon amour,

Dennys

22

Le Bombardier

13 novembre 2010

— VOILÀ, C'EST ICI.

Le 13 novembre, à 13 h 55, Doris s'arrêta devant un bâtiment bétonné, orné de flèches métalliques assez laides d'une couleur que Molly qualifia aussitôt de « choco-caca » en son for intérieur. Sur la façade, elle lut : « Bibliothèque municipale. »

— Tu reprends le travail aujourd'hui.

Ainsi, elle choisit ce jour pour me tutoyer, songea Molly.

Elles pénétrèrent l'une derrière l'autre dans un vaste hall lumineux dont le silence épais était entrecoupé de bips sonores, longèrent la longue table centrale sur laquelle étaient exposées les nouveautés du mois – romans et documents. Des livres, tant de livres, Molly respirait mieux.

— Est-ce qu'ils sont au courant ?

— Personne n'est au courant, s'agaça Doris. Il vous en faut du temps pour comprendre ! Présentez-vous, la femme aux lunettes rouges, là, devant vous. Elle s'appelle Élisabeth, c'est la responsable.

Tiens elle me vouvoie à nouveau.

Molly avança jusqu'au bureau d'une quinquagénaire aux cheveux ras et bruns, et aux demi-lunettes rouges. Quand Molly se présenta, la femme se leva d'un bond derrière sa table et lui serra vigoureusement la main avec un large sourire. Elle avait toute petite, avec des yeux pétillants et des lèvres rouges assorties à ses montures. Un mètre cinquante de gentillesse, talons compris, évaluait la caricaturiste.

— Maureen ! Quel adorable petit accent ! Moi qui pensais que les Américains ne connaissaient pas un mot de notre langue. Je m'appelle Babeth.

La bibliothécaire poussa une lourde porte qui menait au sous-sol. Tout en faisant claquer ses talons sur les marches, elle expliqua à Molly qu'elle régnerait sur le secteur jeunesse, le rayon littérature policière, et surtout, surtout, sur les livres anglophones et bilingues.

— Votre présence est un atout considérable dans notre quartier.

Elle se retourna, avec un haussement de sourcil suggestif :

— On est à côté de Louis-le-Grand et Henri IV, vous comprenez. Les parents d'ici abonnent leurs gamins à des revues anglophones dès l'âge de trois ans.

— Ah oui, oui, je vois le genre ! répondit Molly.

Et elle songea qu'elle avait agi de même avec Grace et les journaux francophones.

Au sous-sol, l'ambiance était assez sinistre, plafond bas, lueur glauque, dalles stratifiées au sol, qui collaient aux semelles comme dans les maisons de retraite. Molly distingua quatre ou cinq lecteurs, assis sur des chaises en contreplaqué.

— C'est calme, admit Babeth, ça va vous changer de Brooklyn ! J'ai hâte que vous me racontiez !

Elle entraîna Molly vers l'arrière, dans un espace délimité par des banquettes en bois clair, égayées par des touches de couleurs vives, poufs et coussins dans les dégradés de jaune et orange.

— J'adore ces couleurs, approuva Molly, pour dire quelque chose.

En semaine, racontait Babeth, la bibliothèque était fréquentée par nombre de retraités et sans emploi, mais le mercredi, ou après les cours, le niveau sonore montait et les gosses jetaient les livres un peu partout.

— Certains viennent tout seuls, sans leurs parents. Il suffit de leur lire des histoires pour les tenir tranquilles. Le reste du temps, vous rangerez les livres venus de la réserve, vous recevrez la responsable des relations bibliothécaires dans les principales maisons d'édition. Vous remplirez la newsletter pour les abonnés. Et on attend de vous des idées d'ateliers. Ici, on aime recevoir les conteurs, mais aussi les illustrateurs.

Elle fit volte-face, un sourire aux lèvres.

— Les gamins adorent dessiner. Récemment on a reçu Charlotte Sjöstrand, vous connaissez ? Une talentueuse illustratrice américaine. Je suis une catastrophe en dessin. Et vous ?

Molly bredouilla :

— Euh… moi aussi…, si faiblement que les mots furent aussitôt pilonnés par les talons de Babeth.

— J'oubliais ! ajouta la responsable. Une fois par semaine, vous aurez l'honneur d'être à l'étage, pour accueillir nos lecteurs.

— C'est génial, bredouilla Molly sans conviction.

Elles repassèrent par le secteur des romans policiers, et thrillers – Stephen King, Patricia Highsmith, Harlan Coben. Elle frissonna. Ce sous-sol était une souricière. Il suffisait que quelqu'un l'accule vers le fond de la salle en pointant une lame sur sa gorge et c'en était fini de Maureen Naught.

Chaque après-midi, Molly s'installait ici pour de longues journées confinées et solitaires – égayées, parfois, par une nuée de têtes blondes, piaillantes et pépiantes. Les poufs s'agitaient alors. Elle distribuait des jus d'orange, faisait défiler les Powerpoint sur son ordinateur, posait un doigt sur ses lèvres en disant « chut », racontait des histoires en anglais, ce qui faisait briller les yeux des parents.

Elle s'aperçut alors que, elle qui avait refusé nombre d'interventions dans les écoles à Seattle, elle adorait le contact avec les enfants. Ils la sauvaient du naufrage des adultes, tout particulièrement de ses collègues qu'elle jugeait moroses, pour ne pas dire sinistres. Elle réalisa qu'elle n'avait pas été affectée dans ce sous-sol par hasard. À part Babeth, personne n'allait pécher par indiscrétion ; cela ne devait pas pour autant endormir sa vigilance. Elle ne devait pas oublier qu'elle n'avait jamais mis un pied à Seattle, et ne savait pas tenir un crayon.

Si ses amis avaient pu voir ça. Molly Norris transformée en rat de bibliothèque !

Les premiers jours, Molly vint nerveusement à bout de ses mornes journées. Elle eut besoin de marcher vite, très vite, dans le quartier – la rue Monge, la rue Lacépède, les quais de Seine, Doris sur ses talons, pour se défouler après ces heures de silence.

Son passé était un creux immense, l'œil d'un cyclone qu'elle devait contourner à pas de loup pour ne pas s'y laisser absorber tout entière. Le jeu consistait alors à s'en approcher de temps à autre, sans y tomber. Elle y parvenait jusqu'au moment où, soudain, par la grâce d'un tatouage sur le bras, l'accent d'une baby-sitter, son ancienne vie revenait l'envelopper comme une vague. Elle ouvrait alors un livre ou faisait mine de ramasser un crayon par terre pour mieux pleurer.

Elle envoyait des textos à Grace. Que faisait-elle ? Serait-elle à la maison quand elle rentrerait ? Quel cours avait-elle suivi aujourd'hui ? Souhaitait-elle de l'aide en philosophie ? En français ? Est-ce qu'un gratin lui ferait plaisir ? Elle commença à fouiner dans le linéaire des livres culinaires et gastronomiques, et à recopier des idées de recettes.

Du temps, elle en avait devant elle. Elle n'était même rien d'autre qu'un concentré de temps et de fatigue. Si le travail n'était pas en soi désagréable, il était exténuant, car il lui fallait puiser en elle la force d'être quelqu'un d'autre.

En outre, plus elle vivait faux, moins elle dormait. Et la fatigue menaçait à chaque instant de faire éclater la bulle fragile où Maureen s'était réfugiée, pour faire ressurgir, par une gaffe, un trait d'humour, l'ironique et éclatante dessinatrice.

Elle espérait qu'avec le temps, Maureen existerait avec grâce et facilité.

Ce qui la terrorisait, ce n'était pas les heures de travail, mais les déjeuners hebdomadaires du mercredi.

À midi trente, il était d'usage de fermer la grande salle et de se retrouver devant son bento ou sa lunchbox, en salle de lecture. La vérité pouvait exploser là, entre échange de recettes et désir d'être aimé. On le lui avait dit, à Washington : « Les territoires hostiles n'en ont pas forcément l'air. Éloignez-vous de tous ceux qui vous plaisent ou s'intéressent à vous. À partir de maintenant, vos amis sont vos ennemis. »

Molly se tenait donc à l'écart, mâchonnant en silence, répondant à demi-mot quand, rarement il est vrai, on la questionnait. On devait la trouver guindée, sur son quant-à-soi, voire maladivement timide, mais elle s'en sortait.

Elle redoutait encore plus les moments avec ses amis de la Sorbonne.

Un mardi midi, Maryam réitéra son invitation à déjeuner à l'Écritoire, juste à côté de l'université.

— Profite un peu de la vie, Molly ! J'ai un nouveau client à fêter, je t'offre le champagne.

Molly, qui reprenait son travail à 16 heures, aurait eu amplement le temps de grignoter avec elle. Terrorisée à l'idée de perdre la tête avec quelques bulles alcoolisées, elle prétexta un énième rendez-vous à l'hôpital auprès de sa tante, et rejoignit Doris devant la librairie des Presses universitaires. Elle se plaignit de sa mauvaise fortune. Elle, déjà déracinée, n'avait même pas la possibilité de se faire des amis ! Et si ça durait dix ans, cette affaire-là ?

— Rien ne vous empêche d'accepter. Il faut juste que vous vous sentiez assez forte pour mentir à ceux que vous aimez. En cas de problème, vous connaissez le code : un simple SMS, et j'arrive.

Elle ajouta :

— Grace se débrouille très bien de son côté. Alors pourquoi pas vous ?

Le sentiment de gratitude lui fit monter les larmes aux yeux.

— Doris... J'ai à nouveau pensé à ce petit chat... Si

vous y tenez tant que ça, pourquoi ne pas l'amener à la maison ? Ça pourrait amuser Grace.

Surprise, la jeune femme tourna la tête vers elle. Ça serait chouette, dit-elle. Vraiment « super chouette ». Et c'était une bonne idée pour brouiller les pistes, car si Molly avait été une femme « à chiens », il était bon de faire de Maureen une femme « à chats ».

— Pour être honnête, répéta Molly, j'ai d'abord pensé à Grace. Elle a toujours adoré les chatons, par esprit de contradiction, on est bien d'accord. Je me suis dit : pourquoi pas Lacrymo. C'est son nom, hein ?

— Vous vous moquez ?

— Moi ? Vous me connaissez mal ! rit Molly. Tiens, et si je lançais une série ? Les aventures de Lacrymo. Lacrymo au cirque, Lacrymo à l'école, Lacrymo devient garde du corps.

C'était la première fois qu'elle reparlait de dessin.

— Ne vous avisez pas de montrer vos gribouillages aux autres.

Molly la regarda. Elle ne pouvait s'empêcher d'éprouver de l'admiration pour cette femme, qui, jour après jour, ne poursuivait au fond qu'un objectif : assurer sa sécurité.

Molly accepta donc de dîner avec Maryam et ses amis au Bombardier, reconnaissable à son auvent bleu décoré d'un joli liseré doré.

— On y sert du pain à l'ail, des burgers, et toutes sortes de bières venues de tous les pays. Il y a un écran géant, lui indiqua Doris, après avoir visité le lieu. On partira à 22 h 30 de la maison, et je vous attendrai au bar incognito. Essayez de vous limiter à une bière, ce serait bien.

Molly promit, soulagée de savoir que la jeune

femme allait l'accompagner. *Mon Dieu, Shirley*, songea-t-elle, *si tu savais ce que je suis devenue...*

Ce soir-là, Molly enfila une robe-chemise kaki d'inspiration saharienne, dénichée dans une friperie de la rue Monge, et chaussa des bottines neuves à talons. Elle se coiffa d'une queue-de-cheval et se maquilla légèrement.

— Bye Molly, hello Maureen, murmura-t-elle, après un coup d'œil dans le miroir de sa chambre.

Elle suivit mine de rien Doris dans le bar, puis rejoignit à leur table Maryam, Robert, Gregory, Emmanuella et Maria-Teresa.

Elle était rodée, maintenant, et posait des questions avant qu'elles ne déferlent. Quand Maryam lui demanda où elle travaillait précisément, elle fit mine de se fâcher.

— Oh, les amis ! On ne va pas parler boulot, non ?

Elle ne confia que deux choses : un mari mort prématurément dans un accident de voiture, une fille de quinze ans, qu'elle promit de leur présenter bientôt.

Elle commanda un fish and chips, et une bière – exactement comme les autres.

Maryam lui indiqua l'écran, dans le fond de la salle, où la BBC 1 était diffusée en direct.

— Tu vois, Maureen, dit-elle, tu ne le sais pas encore, mais ici, c'est le meet up de tous les sportifs soûlards.

— Sportifs en chambre, précisa Gregory. À chaque match de rugby, c'est l'hystérie...

— Et le football, riposta Maria-Teresa. Tu as oublié, Maryam ? L'été dernier, pendant la Coupe du monde, c'était le délire. Et la finale. C'était quand, déjà ?

— Le 11 juillet. Je m'en souviens parce que je suis partie le lendemain en Grèce. On est restés jusqu'à 4 heures. Vous vous souvenez ? La place du Panthéon était remplie de jerricans de bière, il y avait une paella géante et le Panthéon était recouvert du drapeau espagnol.

— Eh, Maureen, ça va ? Tu es toute pâle.

Molly se tint à la table, debout, elle vacillait.

Le 11 juillet, comment l'oublier, elle était avec Dolly, à l'Elliott Bay Books, et elle avait reçu cet appel de l'officier de police. La fatwa.

— Oh la ! fit-elle, suffisamment fort. La bière !

Doris, du côté du bar, tourna les yeux vers elle, la main sur la ceinture.

Molly hocha la tête. La terre se remettait à vibrer. Partir avant que les mots ne la trahissent.

Elle éleva la voix :

— Eh bien, mes jeunes amis, il va falloir que j'y aille. Je n'ai plus vingt ans, moi !

Elle prit congé, récupéra son trench et, ensemble, elles disparurent dans la nuit.

***

« On aimerait que la rupture soit une coupure franche. Bien droite et nette, d'un seul coup, comme le sabre qui décapite. Mais la rupture est une déchirure », écrit la philosophe Claire Marin dans un magnifique essai consacré à toutes nos ruptures. On s'y écorche en y laissant quelques petits bouts de soi.

Les enfants s'ensanglantent les genoux, mais les adultes tombent, eux aussi, de haut. Nostalgie d'un paradis perdu, exil, goût de l'ailleurs… Il n'y a pas de sentiment plus puissant que le désir de retrouver ce qui nous a été repris, sans aucun espoir d'y parvenir. La nostalgie concentre la tristesse, le deuil, le regret, avec une pointe de remords.

« Je veux chanter pour ceux qui sont loin de chez eux/

Et qui ont dans leurs yeux quelque chose qui fait mal » chante Michel Berger. « Celui-là passe toute la nuit à regarder les étoiles, en pensant qu'au bout du monde/ Y a quelqu'un qui pense à lui »...

J'ai beaucoup pensé à Molly quand, il y a quelques mois, à la demande d'un magazine féminin, Version Femina, *j'ai travaillé sur « Ces Français venus d'ailleurs ». Le projet pour cette enquête était de contacter certaines personnalités qui avaient quitté leur pays pour s'installer en France. Quelle émotion.*

Aldo Naouri, le pédiatre libyen, m'a parlé de son arrivée à Paris, ce sentiment d'abandon et d'étrangeté quand on ne maîtrise pas les codes, et cet irrémédiable sentiment d'exil. « En France, je suis libyen, en Libye je suis français, bref, je suis toujours ailleurs. » Il s'est excusé, la voix brisée, et s'est tu quelques instants.

L'exil intérieur est une blessure à vif. On ne peut s'y soustraire. Même les politiques, réputés pour leur langue de bois. Roxana Maracineanu, la secrétaire d'État aux sports en 2019, m'a confié ses blessures avec tant de sincérité qu'au fil de l'interview (mea culpa, *je dois dire que cela m'est arrivé plus d'une fois), mes yeux se sont embués. Elle m'a parlé de son arrivée en France, à l'âge de neuf ans, avec son petit frère, loin de la dictature de Ceaucescu et dans le plus grand secret. « Mes parents ne pouvaient pas nous dire un mot, craignant que nous ne parlions, à notre tour. C'est comme cela que ça se passe. Je me suis retrouvée sur les routes de France, avec l'impression de passer des vacances, sans savoir du tout ce que je faisais là. Nous dormions dans la voiture, nos parents se taisaient. »*

Je pense à Molly N. Si la transhumance est si douloureuse, que dire du changement d'identité ? Si l'on pouvait tout nettoyer au Kärcher, faire disparaître le passé... Combien de temps faut-il pour oublier son ancienne identité ?

« Pendant les premières années, raconte Roxana Maracineanu, nous ne devions avoir aucun contact avec les membres de ma famille, mes grands-parents, mes cousins. C'était d'autant plus déchirant qu'en Roumanie, nous vivions en famille élargie. C'est une souffrance inimaginable. Et puis, bien sûr, l'étau se relâche. Alors, on peut prendre des nouvelles les uns des autres. Mais la nostalgie, elle, demeure. Quand, sur le podium, la Marseillaise retentit, elle vous foudroie. Car cela vous renvoie éternellement à votre scission intérieure. Suis-je française ? Suis-je roumaine ? Je suis à jamais écartelée. »

23

Tremblements (1)

MOLLY TENDIT LA MAIN, hésita, puis d'un geste brutal, saisit la poignée ronde du tiroir. Il résistait. Elle tira plus fort... Le tiroir tomba à terre, le socle recouvert de Vénilia fleuri s'effondra, ses pastels s'éparpillèrent sur le sol.

Ses stylos et ses marqueurs. Ses pastels et ses crayons. Elle n'y avait pas touché depuis... Combien de semaines, combien de mois ? Il lui avait été impossible de leur jeter un coup d'œil sans frissonner. Honte à toi, Molly, qui n'as pas su te faire comprendre, qui as offert au monde un dessin insensé. Si quelqu'un s'était avisé de sortir d'un carton son poster du 19 avril, elle aurait eu, c'est certain, les yeux brûlés.

Maintenant, elle devait s'y remettre. Non pas pour être publiée – oh non, plus jamais – mais pour retrouver son sang. « Le malheur, ce n'est pas la privation de liberté, c'est l'interdiction de devenir soi, ma pomme », philosophait Shirley, avant même qu'elle ne devienne Maureen. Comme un otage se met à prier en secret, dans sa cellule, elle s'agenouilla pour ramasser ses crayons un à un, et les rangea dans l'ordre de la gamme chromatique. Sa main droite se mit à trembler comme une feuille, à tel point qu'elle dut lâcher son stylo à deux reprises. Elle respira longuement – suivant en cela les conseils de son hypnothérapeute –, *calme, calme Molly* – débuta par un cercle, deux cercles, deux yeux… Lentement, elle renouait avec un fil magique, au fond d'elle-même, qui se raccordait instantanément à d'autres fils ; comme si ses cellules s'agençaient à nouveau selon leur rythme propre. Et non pas celui, saccadé, de la peur et de l'angoisse.

Comment avait-elle pu passer autant de temps sans dessiner ? Dans ses doigts, désormais, une lumière dansait, plus vive que l'éclair.

Elle croqua au stylo à bille la bonne gueule affable de Rachel, avec son museau rond, esquissa la silhouette, nez fureteur et œil espiègle d'un écureuil, lui attribua une fleur d'amandier entre les pattes.

Elle ouvrit son carton à dessins, attrapa une autre feuille, elle tamponna du bout de son pinceau les taches colorées du Gum Wall, crayonna en deux coups de pastels deux corps de petites filles, de dos, l'une coiffée de tresses blondes, qui faisaient exploser des chewing-gums.

Seattle renaissait sous ses crayons.

Elle se rappela alors sa promesse. L'histoire d'une famille d'écureuils.

Qu'est-ce qui l'en empêchait, maintenant ?

Elle ouvrit son calepin, griffonna.

Une famille d'écureuils poursuivie par trois chasseurs se cache tout en haut d'un arbre, à Volunteer Park. Harcelée, découverte, elle élit domicile dans la serre du conservatoire de plantes. La nuit, tout le monde sort pour chasser dans le parc. Prévoir une scène d'hibernation.

Quelques lignes. Une cinquantaine de mots, un synopsis digne d'une gamine de huit ans. Et pourtant… Elle fut traversée d'un bonheur inouï. L'avenir lui appartenait, l'horizon s'ouvrait devant elle, une promesse de jours de bonheur en solitaire. Sauter, bondir, danser. Vite. Prévenir Grace. Elle sortit en courant de la chambre mais, devant la porte de sa fille, entendit un murmure et des rires.

Grace était au téléphone, avec Serena, ou Sophie, ou Nathan. Elle entendit son petit gloussement perlé. Elle avait sa vie, maintenant. Elle fréquentait les musées, les bibliothèques du quartier, les cinémas d'art et d'essai, et s'exprimait excellemment en français. Le premier bulletin de l'année avait salué sa capacité d'adaptation. Elle avait obtenu les « compliments », et on lui promettait les félicitations pour le prochain. Tous les enseignants louaient sa vivacité et son don pour les langues. Cerise sur le gâteau, elle n'avait pas replongé dans l'anorexie. Elle n'était pas très gourmande, c'était le moins que l'on puisse dire, mais elle s'alimentait.

Quel bonheur, se répéta Molly.

Elle ouvrit le réfrigérateur et versa dans un mug le fond d'une bouteille de smoothie fraise-banane. Doris était en train de regarder un épisode de *Breaking Bad* dans sa chambre entrouverte – elle reconnaissait la voix suraiguë d'un des acolytes du héros principal. Personne n'était là pour trinquer à son retour à la vie – sauf Lacrymo qui, la queue dressée, se faufila dans la cuisine.

— Tu fais des infidélités à ta maîtresse ? Allez, viens

me voir, on va fêter ça ! s'écria Molly.

Le félin se frotta contre son mollet, en miaulant.

— Ne me regarde pas avec ces yeux-là, non, je ne t'ouvrirai pas l'eau du robinet.

Ce chaton adorait prendre des douches dans l'évier. Molly ronchonnait pour la forme, mais elle cédait souvent à ses caprices, jetant des gouttelettes d'eau sur son pelage, tandis qu'il arquait sa colonne, visiblement ravi.

Elle s'accroupit, l'attrapa, l'embrassa sur ses petites pelotes roses.

— Toi, lui dit-elle, un jour, je te dessinerai, tu ne perds rien pour attendre.

24

Tremblements (2)

DORIS FRAPPA TROIS PETITS COUPS à la porte de la chambre.

— Vous avez du courrier !

— Encore ? fit Molly, enjouée, faussement désinvolte. Décidément... Je leur manque...

— Vous voulez que je la brûle ? Vous pourrez bientôt téléphoner, si vous préférez.

Molly secoua la tête, rembrunie :

— Surtout pas !

— Vous ne voulez pas téléphoner ? s'étonna Doris.

Molly tenta de se justifier.

— Pour être sur écoute, merci bien.

Doris lui sourit. Le téléphone qui fait souffrir et qui fait pleurer, ça, oui, elle comprenait décidément bien.

« Ma petite Molly », écrivait sa mère.

Ma chérie, je fais l'effort de t'écrire sur mon ordinateur – moi qui déteste recevoir des lettres tapuscrites. Mais j'ai tant de choses à te dire, que mon poignet n'y résisterait pas. Le plus simple serait de se téléphoner, mais il semble, m'a-t-on dit, que c'est à toi de le faire. Je n'ai aucun moyen de te joindre.

J'aimerais tant savoir si Grace va bien, si cette nouvelle vie la rend heureuse. N'ayant aucune information, je me persuade que oui. Prends bien soin d'elle, je t'en prie. Au risque de te froisser, je te signale qu'elle était anormalement maigre avant de partir. Est-ce que tu as vérifié si elle se faisait vomir ?

J'ai eu Shirley au téléphone. Elle est aussi bien embêtée par ce qui t'arrive, ma pauvre Molly. Elle aussi en subit les conséquences. Tu sais, cet entretien, au *Seattle Globalist* ? Depuis la parution de l'article, elle est harcelée par les journalistes du monde entier. Elle a même dû envoyer balader un producteur. On veut faire un film sur la liberté d'expression, dans lequel on parlerait de toi.

Ne t'inquiète pas pour Rachel. Elle est chez nous, elle a grogné au début, mais s'y est faite. Nous avons résilié le bail de ton appartement, avec la promesse que tu puisses le récupérer à ton retour. En ce qui concerne ta petite cabane, comme tu l'appelais, à Red Fall, il y a eu vive discussion avec Dennys. Nous avons décidé de garder la maison, mais nous avons revendu ta voiture.
Il m'arrive de regarder sur Internet, j'y passe des heures, je lis tout ce que je peux trouver, je réécoute le podcast des émissions de radio, et ta voix me fait sourire et pleurer à la fois, car j'y perçois de la peur.
On nous a dit que Grace était dans un excellent lycée ? Elle le mérite. Peut-être à New York ? Si au moins nous pouvions savoir cela. Nous sommes prêts à faire le voyage pour venir vous voir, où que vous soyez. À New York, Washington, San Francisco... Ou à l'extérieur des États-Unis.
J'imagine bien que nous fêterons tous Thanksgiving chacun de notre côté.
Ton père a eu une petite alerte cardiaque, mais rien de bien grave. Depuis que tu as disparu, évidemment, il se fait du souci.
Ne t'inquiète surtout pas pour nous. Même si, évi-

demment, tu l'imagines bien, nous sommes très chamboulés. »

Accablée par ces mots qui la percutaient au cœur, Molly laissa retomber la lettre pleine de sous-entendus, de fausse nostalgie et de faux amour maternel ; encore une fois sa mère ne l'aidait pas, elle refusa de se demander pourquoi. Elle avait toujours entendu dire qu'elle était « la fille de son père ». Et, comme si cette malédiction se répétait à la génération suivante, on disait cela maintenant aussi de Grace.

La nuit suivante, elle fut emportée dans un cauchemar curieux. Elle était chaussée d'escarpins à très hauts talons fermés par des crochets métalliques avec lesquels elle devait escalader des parois verticales. Elle arrivait enfin à destination, devant un haut bâtiment vitré, les pieds en sang. Elle poussait la porte, sentait le canon d'un fusil sur sa nuque. Le bâtiment explosait.

Son réveil sonna.

25

Panique

C'ÉTAIT UN JEUDI APRÈS-MIDI, dans le sous-sol blafard, il était un peu moins de 16 heures. Molly complétait la newsletter destinée aux abonnés, y ajoutant, dans la rubrique « Dernière minute », l'atelier avec l'illustratrice Stephanie Blake, planifié le 7 janvier prochain, quand, quittant son écran des yeux, elle s'immobilisa.

Sur la gauche, un jeune homme inspectait les romans policiers, à cinq ou six mètres devant elle. Et ce jeune homme, barbu, très mince, elle le reconnaissait. C'était Robert. C'était Robert *de Vancouver*.

Comme s'il avait perçu son regard, il leva le visage de son livre, haussa les sourcils, et avec un sourire éblouissant, leva les mains au ciel, comme s'il signifiait « Toi, ici ! » ou « Enfin, je te retrouve ! ».

Il lui fallut un quart de seconde pour qu'une petite lumière rouge se mette à clignoter. Son cerveau scannait à toute vitesse les conversations passées.

Elle n'avait jamais donné cette adresse. Jamais

prononcé le mot même de bibliothèque. La peur commença à distiller son poison dans ses veines.

— Ainsi, c'est donc ici que tu te camoufles ! lança Robert, en avançant de quelques pas.

— Comment m'as-tu trouvée ?

Robert s'arrêta.

— Je te dérange ?... C'est moi que tu fuis, ou c'est le monde entier ?

Une femme, assise sur un pouf devant eux, leva les yeux de son livre.

— Plus bas, chuchota Molly en tremblant, on est dans une bibliothèque. Comment as-tu su que je travaillais là ?

— Pour quelqu'un qui cherche à disparaître, j'avoue que ce trou à rats est la cachette idéale.

Bras ballants, tête vide, Molly ne savait que penser. Jamais, depuis deux mois, on ne l'avait désignée comme une « disparue ».

Elle chancela et tourna les talons.

— J'ai du travail.

— Ça te dirait, une bière ? Ce soir ? insista Robert.

— Pas vraiment.

— OK, j'ai compris.

Après une petite pause, sa voix se fit doucereuse :

— N'aie pas honte de tes mœurs, Maureen ! La France n'est pas si réactionnaire !

— Qu'est-ce que tu racontes ? chuchota Molly.

— Tu as le droit d'aimer les filles sans te cacher comme une adolescente. C'est ça, ton secret, Maureen ? Maureen *from nowhere* ?

Molly comprit brutalement. Robert avait pris Doris pour sa petite amie. Un comble... Elle parvint tout de même à simuler la gêne en baissant les yeux.

Ce qui l'inquiétait plus, c'était de savoir qu'il l'avait suivie, lui qui venait de Vancouver, à deux cents kilomètres au nord de Seattle se répétait-elle.

Elle se souvint du conseil de l'agent : on allait chercher à la séduire, le temps jouerait contre elle, ses amis étaient ses ennemis. Elle se demanda s'il ne dissimulait pas quelque chose sous son blouson en cuir. Un couteau ? Une ceinture explosive ? Une lame de rasoir ? Une image s'imposa à elle : l'écureuil égorgé devant sa porte, à Seattle.

La salle était quasiment vide, les lecteurs dans leur bulle, ses paumes de main s'embuèrent. Elle retourna comme une automate à son bureau, en regrettant de n'avoir pas même une bombe lacrymogène dans son tiroir.

Quand elle leva les yeux de son écran, il était parti. Il l'attendait dehors. Avec des complices. Ils allaient la faire entrer de force dans une voiture, pour l'égorger en dehors de Paris.

Elle avait peur, elle avait honte de sa peur, honte des images de séries qui lui venaient à l'esprit, honte de douter de ce jeune homme qui lui avait déjà offert un café, honte des trémolos de sa voix.

Elle saisit son téléphone, s'y reprit à trois fois avant de trouver le « 5 ».

Elle leva le nez, et, quand son regard croisa celui de la femme qui les avait entendus, tout à l'heure, elle baissa les yeux.

Dehors, il pleuvait à verse. Doris lui tendit un parapluie. Elle avait du noir sous les yeux. Son mascara avait coulé.

Molly lui raconta ses doutes. Doris la rassura : Molly avait bien agi, il fallait se méfier de tous. Ils allaient mener leur enquête sur Robert.

— Tout de même, sa réflexion sur tes mœurs..., grimaça Doris.

— On ne s'est pourtant pas roulé une pelle, renchérit Molly.

Doris ajouta qu'elle avait probablement manqué de discrétion, mais que cet homme, manifestement, avait une motivation secrète pour agir ainsi. Deux options : soit il était un agresseur potentiel, soit il l'avait suivie parce qu'il avait le béguin. Et, ajoutait Doris, c'était l'option la plus plausible. Mais le béguin, il faut s'en méfier.

Molly était trop fière pour lui demander la traduction du mot. En rentrant, elle vérifia dans Google Trad. Mot français vieilli, tomber amoureux. On pouvait dire aussi : « Avoir des papillons dans le ventre. »

Mais elle, les papillons dans le ventre, c'était quand elle avait peur.

26

Fugue

16 décembre 2010

IL EST UN PEU PLUS DE 4 HEURES DU MATIN. Molly tient ses bottines dans sa main gauche, grimpe l'escalier en chaussettes pour ne pas faire craquer les lattes. Il a neigé toute la nuit, Paris est recouvert d'un tapis blanc, ses cheveux et ses chaussettes sont trempés. Elle rentre à la maison, transie, enivrée de vin chaud, et d'un baiser glacé.

Pour la première fois de sa vie, à trente-neuf ans, Molly a fait une fugue. La cavale était prévue depuis un mois, avec ses jeunes amis de l'université. Elle avait rejoint Maryam, Robert, Emmanuella et Maria-Teresa. C'était une nuit magique : une grande partie des musées parisiens étaient ouverts jusqu'à l'aube.

Ils avaient débuté au musée de la Chasse, avaient poursuivi au musée Cluny pour une visite commentée de la *Dame à la licorne*, puis étaient revenus vers le Panthéon. Il avait alors commencé à neiger à gros flocons. Paris était vraiment la plus belle ville du monde.

— Je dois rentrer, avait prévenu Molly.

— Ah non, avait protesté Maryam.

Ils avaient écumé cinq bars du Quartier latin, avaient bu, pas elle. Ils avaient ri, pas elle.

Boulevard Saint-Michel, ils avaient patiné dans la neige fondue en s'agrippant aux carrosseries des voitures. Elle les avait regardés, avait couru pour les rattraper, les avait perdus de vue.

Il faisait noir, et dans la rue, alors qu'elle les cherchait, des pas avaient résonné, s'étaient rapprochés. Molly avait accéléré, ralenti, à nouveau accéléré, version pédestre de la « conduite aléatoire », jusqu'au moment où les pas l'avaient rattrapée, dépassée, ignorée.

Affolée, consciente qu'elle était nue comme un ver, sans sa garde du corps ni aucune protection d'aucune sorte, elle avait continué droit devant elle, aveuglée par les flocons et les larmes de panique. Puis elle s'était réfugiée sous un porche où, soulagée, elle avait retrouvé la joyeuse bande.

Ils avaient tellement bu qu'ils ne s'étaient pas aperçus de son absence.

D'une voix saccadée, elle avait confié qu'elle avait eu très peur, quelqu'un l'avait suivie.

Ils avaient ri. Tu te crois irrésistible. Tu es trop angoissée, arrête avec ta vie de bonne sœur, prends une chope, ça ira mieux.

C'est alors qu'elle avait commencé à boire. Un verre de vin chaud aux épices, sur un petit marché de Noël, place du 18-Juin à Montparnasse. Puis un deuxième pour se réchauffer, accompagné d'un bretzel parsemé de gros sel, car sa tête tournait. Puis un schnaps pour faire passer le bretzel.

Elle avait reçu un premier SMS.

23 h 45. Où êtes-vous. Je vous ai appelée six fois. Vous devez me prévenir avant de sortir.

Vous n'êtes pas sécurisée.

23 h 48. Je vous attends

00 h 10. Venez immédiatement, ou indiquez-moi votre localisation.

2 h...

3 h. Je vais avertir votre agent référent. Vous allez sortir du programme de protection, votre fille et vous. Vous avez pensé à Grace ?

Robert lui avait demandé si c'était sa « girlfriend ». Molly, hilare, enivrée, autant par ses mensonges tout neufs que par le vin chaud, avait répondu oui.

— Elle est jalouse, Elle n'aime pas quand je sors. C'est une folle. Elle a peur qu'on me flingue.

Robert avait sifflé, admiratif.

— Tu nous la présentes quand ?

— On n'arrête pas de se disputer.

— Ah ? Tu sais comment on dit, en français, quand un couple ne va pas bien ? Il y a de l'eau dans le gaz. Tu as compris ? Tu veux que je traduise ?

— Lequel tue l'autre ? C'est l'eau, ou le gaz ? avait plaisanté Molly.

Robert l'avait attrapée par le bras, doucement, au moment où elle avait glissé.

— Tu aurais pu mettre d'autres chaussures que des bottines en cuir !

— Mon existence entière est une glissade, avait-elle répliqué.

Un vertige. Quelque chose s'était déchiré en elle,

quand Robert l'avait observée de ses yeux de chat, dans la nuit. Elle l'avait attiré par le col de son caban, c'était rêche. Mais le baiser avait été, lui, particulièrement doux. Glacé à l'extérieur, si chaud à l'intérieur.

Il est 4 h 10 quand Molly franchit le seuil de la maison, tourne enfin la poignée de la porte, après avoir tenté d'introduire dix fois la clé, un sourire irrépressible aux lèvres.

Elle se remémore le rire contagieux de Maryam, qui, après avoir glissé, s'est rattrapée à un rétroviseur qu'elle a lamentablement tordu. Ils se sont tous mis à courir en gloussant comme des délinquants. Elle pense aussi à Robert, quand il l'a emprisonnée dans ses bras. Le désir était à l'opposé de la peur, il était seul capable de l'anéantir.

Doris lui fait face. Debout, raide, arme au poing.

— C'est moi, Doris, eh oh, c'est rien que moi. Tu vas pas me buter, hein ?

Molly, jambes flageolantes, s'effondre sur le canapé. Elle sent le vin chaud, et le sait.

Doris élève la voix. Cassante.

Elle est totalement dingue. Elle leur fait courir un risque, a-t-elle déjà réalisé une seule seconde qu'elle aussi met sa vie en danger ? Qu'à chaque seconde, dans la rue ou ailleurs, c'est elle, la première visée, malgré son gilet pare-balles en Kevlar ?

Molly ouvre grand ses yeux, puis file aux toilettes, et, l'estomac vrillé, tente de vomir, en vain, avant de revenir poing sur les hanches et de hurler que c'est elle, oui, elle, qui va la dénoncer, non mais, une garde du corps qui passe son temps à cloper dans le salon, à regarder tous les soirs des séries pour décérébrés en mangeant de la junk food, qui laisse des papiers gras dans sa chambre.

Doris entre dans une colère froide.

— Vous relevez au grand minimum d'un psychiatre, je vais vous virer du programme de protection, et vous ne tiendrez pas deux minutes en vie. Vous jouez à quoi ? À l'adolescente énamourée qui fait le mur ? Vous n'avez pas parlé au moins ? Vous êtes certaine de n'avoir pas balancé votre nom ? Vous pouvez me l'assurer ?

Non. Molly ne peut rien garantir.

— Et vous ? Votre prénom, sur le passeport, c'est Delphine en fait, non ? Mais Doris, ah, Doris, c'est tellement plus « série B » !

Doris ne cille pas.

— Si vous pensez vraiment que ça me fait kiffer de protéger une femme égoïste qui passe son temps à faire décongeler des plats dégueulasses pour sa fille !

Molly la pointe du doigt. Elle est petite, très petite. Perverse. Elle divise pour mieux régner. Elle a monté sa fille contre elle, parce qu'elle est jalouse. Elle est seule, et pire que seule. Une névrosée, une psychopathe à chaton. Voilà ce qu'elle est.

— Tu parles d'un garde du corps. Avec toi, je pète de trouille ! hurle Molly.

Le coup a porté, Doris bat des cils comme si on l'avait souffletée

OK, elle a entendu le message.

— Je vais partir, dit-elle, haut et fort.

La colère de Molly tombe d'un seul coup.

La porte s'ouvre, Grace apparaît sur ses longs mollets minces, cheveux emmêlés, ses ongles à paillettes scintillant dans la nuit.

— Si elle part, je me tire. Tu as compris ? menace-t-elle.

Molly se lève, vacille, hébétée. On avait dit, rappelle-toi, qu'on allait la changer.

— Ne t'enferre pas dans le ridicule, maman, va te coucher.

Doris regarde Grace.

— Toi aussi, file au lit, tu as cours demain. Tu as vu comment tu parles à ta mère ? Allez, ouste, tout le monde au pieu.

Molly attrape sa tête de ses deux mains, tout ça ne peut pas être vrai, on nage en plein délire. Ce n'est qu'une fois dans son lit, que, stupéfaite, terrorisée, elle se rappelle que seule Doris possède une arme dont elle sait se servir. Et si la rage la prenait ? Et si elle se mettait à dézinguer tout le monde ?

Ce soir-là, la cartooniste, ivre et nauséeuse, tourne et se retourne dans son lit. Elle se lève, pousse sa table de chevet devant sa porte. Elle se couche. Puis se relève, ouvre le tiroir, saisit le Glock qu'elle place à côté d'elle, sur l'oreiller.

Elle ne parvient à trouver le sommeil qu'à 6 h 30.

27

Liens

Midi dix. Molly tourne la tête vers son téléphone, mais peine à ouvrir les yeux. Sa langue pèse une tonne, ses tempes sont compressées dans un étau qui se resserre inexorablement. L'éclat de lumière blanche à travers les rideaux accable ses paupières.

Le radiateur s'est encore arrêté cette nuit, il fait froid.

Derrière la porte, la voix de Doris résonne comme des ultrasons. « Elle ne viendra pas aujourd'hui. Sans doute oui. »

Molly s'assied au creux du lit, la couette sur les épaules et, du bout des doigts, masse doucement son cuir chevelu.

La mémoire lui revient comme une houle. La course-poursuite dans la neige, le vin chaud, le schnaps, le bretzel et la crêpe…

Elle bascule ses jambes hors du lit, et titube, pieds nus sur les tommettes glaciales, jusqu'à l'évier qu'elle agrippe des deux mains. Elle inspire. Une fois, deux fois. La nausée se calme. Dans le miroir, elle croise un visage blanc comme de la craie, des yeux caves et deux parenthèses de chaque côté de la bouche. Est-il possible de vieillir en une nuit ?

Doris est debout, devant la cafetière, de dos.

En pénétrant dans la cuisine, Molly perçoit un tressaillement comme si ses épaules respiraient, mais, au « bonjour » de Molly, ne se retourne pas. Elle répète « bonjour », plus fort, puis empoigne la bouilloire, verse l'eau frémissante sur un sachet de thé qui repose dans un mug. Comme d'habitude, Grace a préparé son *breakfast*, mais n'a eu le temps de rien.

Molly s'affale sur une chaise, bredouille :

— Je ne pourrai pas travailler aujourd'hui.

— Sans blague.

Doris extirpe un miroir de la poche de son jean.

— Un petit coup d'œil pour le plaisir des yeux ?

— Et moi qui pensais que c'était une arme, riposte Molly.

— Parce qu'un garde du corps ne peut pas utiliser une glace ?

Molly tourne le sachet dans le mug. L'eau brunâtre s'éclaircit en cercles concentriques.

— J'ai vaguement entendu à travers la porte... Vous avez appelé la bibliothèque. Merci.

— ILS ont téléphoné ! Midi dix, un jour de semaine !

Molly tourne la tête vers le couloir. Devant la porte d'entrée, une valise à roulettes attend sagement – à demi recouverte d'une parka bleu nuit, à côté d'un sac à dos. Tout est prêt pour un départ.

Une lueur blafarde éclaire la table ronde. Il va neiger aujourd'hui encore. D'où le début de migraine, conclut Molly de mauvaise foi.

Elle ouvre la bouche et, avec la plus grande peine du monde, murmure des excuses. Elle sait tout ce que l'on fait pour elle, depuis le mois de septembre. En particulier Doris. Mais il faut la comprendre : elle déteste Maureen, elle ne s'est jamais faite à ce mensonge à hauteur humaine. Maureen est trop grande pour elle, trop parfaite, trop adulte. Il fallait bien que ça craque ! Son potentiel d'autodestruction a explosé, s'embrouille-t-elle. Derrière Maureen, il y a toujours l'insupportable gamine de deux ans, la petite Molly, qui a bousillé aussi sa relation avec Dennys.

Elle se relève, attrape le sucre en poudre, en verse une rasade supplémentaire dans sa tasse. C'est un des conseils de Shirley. Après une gueule de bois, un thé ultrasucré ou un bouillon de poule très salé.

— Asseyons-nous, propose-t-elle. Quelle que soit votre décision, parlons un peu. Nous sommes deux êtres humains…

— Hier encore, j'étais à mi-chemin entre un être bionique et une midinette sans cervelle, rappelle Doris.

— Vous souhaitez que je me prosterne ? Je le ferais volontiers pour que vous restiez.

Surprise, Doris fait un vague geste de la main, avant de mettre en route la cafetière.

L'odeur de l'arabica soulève le cœur de Molly. Elle porte une main à son nez. La journée sera longue.

Molly parle de Grace – c'est un bon sujet, Grace. À chaque fois qu'elle évoque sa fille, elle l'a déjà constaté, un peu de lumière passe dans les yeux de Doris. Molly cherche à l'amadouer, elle ne veut pas d'un autre garde du corps. Elle souhaite encore moins se retrouver seule.

C'est comme si, toujours, elle continuait à semer la mort, ou du moins l'absence. Comme si une fée était arrivée, ce matin-là, avec sa baguette magique, pour corriger la malédiction initiale : « Non, Molly Norris ne mourra pas, mais tout ce qu'elle touchera de près ou de loin, disparaîtra. Son histoire avec Dennys, sa belle vie à Seattle, sa carrière de caricaturiste, sa complicité avec sa fille, sa garde du corps dévouée. »

Ah, non, elle ne veut plus se séparer. Perdre Doris la tuerait.

Alors, Molly l'initie au monde de Grace. Ses résultats scolaires impressionnants, son sens éperdu de la justice, ses difficultés avec les autres, le jour où, à onze ans, elle l'a surprise dans la salle de bains, devant son tube de Xanax ; son début d'anorexie, qui l'a tant inquiétée, mais qui semble, maintenant – oh, elle aimerait tellement –, qui, depuis cet exil forcé, semble – oh, croisons les doigts, hein, Doris – s'être calmé. Molly l'implique dans l'affaire. Si jamais, vraiment, Grace se mettait à nouveau à chipoter, à perdre du poids ; si, d'aventure, derrière une porte, elle l'entendait vomir, il fallait le lui dire.

Devant l'air circonspect de la garde du corps, Molly se mord les lèvres. Oh, elle s'est mal fait comprendre. Elle ne demande pas de délation, bien entendu, et elle ne prend pas l'officier de sécurité pour une simple baby-sitter, ça non plus, elle vaut bien mieux qu'une nounou, même si nounou est un super métier, mais Doris est une femme de confiance. Quelqu'un qui porte un vrai regard sur Grace.

Doris secoue la tête d'un air méprisant.

— Alors, dites-moi, reprend Molly. Qu'est-ce qui fait qu'on a envie de devenir garde du corps ? Les romans policiers ?

— Le fric, évidemment, provoque Doris.

— L'adrénaline, un peu aussi ?

— L'adrénaline ? En restant confinée pendant

des journées entières avec des personnalités caractérielles ? Qui vous dit que j'ai pas envie d'aller faire la fête, vraiment, et de vivre moi aussi ?

Doris saisit son paquet, attrape une cigarette entre ses dents, se retient de l'allumer.

Molly lance un coup d'œil vers la valise.

— Vous avez une famille, peut-être ? Un enfant ? Non, vous êtes trop jeune.

— J'ai mon père. Cinquante-neuf ans. Il habite Bordeaux, murmure Doris.

Molly avale une gorgée de thé brûlant. Ça réchauffe ses mains. Ça fait du bien.

— Et votre mère ? Vos parents sont divorcés ?

— Ils n'en ont pas eu le temps ! Ma mère est partie bien avant.

— Oh... je suis désolée, marmonne Molly. Elle était jeune ?

— Est-ce que trente-deux ans, c'est « jeune » ou « très jeune » ? interroge Doris, sans aucune espèce d'ironie.

Molly secoue la tête... Elle a l'impression d'enchaîner gaffe sur gaffe, mais il est trop tard pour reculer.

— Je ne pense pas que ce soit une si bonne idée, de se parler, se raidit Doris. On vit déjà H24 ensemble. Si on évente nos secrets, on va se manquer de respect.

— On ne fait que briser la glace, riposte Molly. Et pour ce qui est du respect, je vous garantis que j'en ai beaucoup pour vous.

Doris tire sur sa cigarette et souffle droit devant elle, un long soupir tabagique.

— J'avais six ans, c'était indétectable, et foudroyant. Cancer des ovaires : on l'appelle le « tueur silencieux », il a débuté là, pour ensuite se métastaser au niveau du sein, du cerveau. Oui, ça a été pris trop tard, mais de toute façon, on n'aurait rien pu faire.

Un cancer, si jeune, c'est probablement génétique.
Doris allume une autre cigarette.

— Vous savez quoi ? Vous qui me demandiez tout à l'heure pourquoi j'ai voulu être garde du corps... Un jour, un chef m'a dit que ma vocation était née là. Que je cherchais à protéger les femmes, puisque je n'avais pas pu empêcher ma mère de mourir.

— C'est complètement con, non ?

— Complètement.

— À Seattle, reprend Molly, il y a une excellente consultation de génétique, ça vaudrait le coup d'y aller. Et même d'y passer huit ou quinze jours. Quand cette affaire se sera tassée, venez ! On a une chambre d'amis.

Doris laisse échapper une exclamation et tire sur sa cigarette, les yeux dans le vide :

— Le problème, c'est que je ne fais rien. J'en suis incapable. J'espère comme une conne que le cancer m'oubliera. Oh, bien sûr, je fais tout ce qu'il faut pour passer à travers les mailles du filet. Bon, pas pour ça, hein (elle montre sa cigarette), mais pour le reste. Je bouge, je mange bien...

Molly n'en finit plus d'opiner du chef.

Bien manger. Oui. D'après une étude américaine, on pouvait diminuer de trente pour cent son risque de cancer, grâce à une alimentation saine : pas de sucre, moins de viande, des fibres, pas de barbecue, et du cru en veux-tu en voilà. Des légumes crus.

Doris lève le menton, agacée. Elle se souvient soudain d'un dessin de Molly, qu'elle a détesté, comme tous ses dessins – une caricature des bobos américains s'empiffrant de légumes verts jusque dans les narines, comme s'ils fumaient de l'herbe.

Un dessin moche et criard.

— Vous, les Américains, vous êtes tellement sûrs de

vous… Et vous continuez à bouffer de la merde. Moi, dès que je peux, je cuisine. Légumes au four, épices, peu de sel, pas d'huile, zéro beurre. Et j'adore ça.

Molly écarquille les yeux.

— Moi qui pensais que tu te nourrissais n'importe comment !

Doris reprend une cigarette, l'allume à nouveau et, Molly s'éventant de la main droite ostensiblement, avec une toux feinte, la garde du corps ouvre la fenêtre en grand, éteint sa cigarette sur le rebord, la referme. Il fait glacial.

— Aujourd'hui, je vais passer acheter des gants au marché. J'en profiterai pour faire des courses. Ça te dirait, des panais et des patates douces au four, avec du thym et du romarin ? C'est détox, après une gueule de bois.

— Ça me semble pas mal, Mais je ne vois pas de quoi tu veux parler avec la gueule de bois. Alors, finalement, cette valise ?

Doris approche de quelques pas vers Molly, qui parvient à ne pas reculer. Les deux visages se font face, si proches.

— Ne me refais jamais ta connerie d'hier. Jamais. Tu vois, ma valise, je la prépare en cinq minutes.

— Promis.

— Il faut tout de même que tu saches que je pars une semaine pour Noël, à Bordeaux, chez mon père. Rassure-toi, on est en train de recruter un mec pour me remplacer. Ça nous fera du bien, je t'assure.

Molly est accablée. Elle imagine un « gros bras » musclé et taiseux, alors qu'elle a surtout besoin d'être protégée contre ce sentiment, si fort d'exil et d'exclusion. « La pauvre Molly, la niaise Molly, l'idiote Molly »… Quand elle lit sur Internet ce que ses compatriotes pensent d'elle, elle se sent doublement apatride. Ces mots sont comme des balles qui l'égratignent, la blessent à mort, sans pour autant la tuer.

***

— On n'a pas le droit de menacer, d'injurier, de faire régner la terreur.

Anne-Cécile me parle des injures, des blessures, des menaces reçues parfois par les personnalités sous protection – des femmes, très souvent.

— Ces messages sinistres sont leur lot quotidien. Elles me le signalent, et, ensemble, nous découvrons les promesses d'étranglement, de décapitation, d'énucléation... La jeune femme extrêmement menacée dont j'assurais la protection en était la cible quasiment tous les jours. Et tous les jours, nous allions porter plainte au commissariat.

Le pire de l'angoisse est atteint quand la menace touche les enfants.

— On a promis à son bébé de quelques mois la décapitation. Toujours porter plainte, insiste Anne-Cécile. Ne jamais capituler.

Je me souviens d'un post publié par Marlène Schiappa, il y a quelques mois sur Facebook. Elle y publie quelques photos – notamment celle d'une poupée gonflable à son effigie. « Tous les jours, écrit-elle, des centaines d'insultes, de mots blessants, de photos dégradantes. Ne jamais rien laisser passer. » Cette jeune femme me sidère. Elle est courageuse, parle vrai, elle défend sa mission, sans tenir compte des fâcheux et des haineux. Nous avons la chance d'avoir connu la vie d'avant les réseaux sociaux. Les mots ne blessaient pas à ce point, ou du moins, s'ils frappaient, c'était balle après balle. Il n'y avait pas d'effet de meute, pas d'arme de guerre.

28

Respect

22 décembre

LA RUE SCINTILLE, les guirlandes lumineuses – pères Noël, bottes de sept lieues, baguettes magiques – semblent sorties directement des livres qu'elle classe dans les rayonnages de la bibliothèque. En bas de la rue Mouffetard, des forains ont installé un petit manège en forme de chenille articulée qui sinue vers l'église Saint-Médard.

Les enfants crient de joie et réclament des gaufres au sucre. Pour la première fois peut-être, Molly se sent au chaud, chez elle, comme bercée dans un grand ventre maternel.

Elle a rempli son réfrigérateur avec gourmandise en prévision des fêtes, comme on prépare sa valise, en ajoutant chaque jour de petites friandises glanées sur les étals du quartier : saumon fumé, tarama au piment d'Espelette, blinis à la crème de Normandie.

Grace a promis de préparer le magret de canard aux raisins de Corinthe et au miel – une recette de Doris. Elles seront trois pour le dîner, avec Christina, puis iront rejoindre ses amis de l'université pour la messe de minuit, à l'église Saint-Séverin, place du Panthéon.

— Faites gaffe toutes les deux, ne laissez rien échapper en leur présence, a prévenu Doris. Pas de coma éthylique, hein, Molly ! Et attention à l'entrée dans l'église. Les petits attroupements sont plus risqués que les énormes files d'attente.

Elle s'est retournée vers Molly avant d'ajouter :

— Et toi, méfie-toi de Robert.

— Tu ne lâches jamais, toi. On ne t'a jamais dit que tu avais une tête de pioche ?

— Je suis l'officier de sécurité la plus fiable au monde.

Le 23 décembre, Molly, réveillée à 6 h 50, dans la cuisine, voit Doris lacer ses baskets, Lacrymo contre ses mollets.

— Tu veux venir courir ? demande Doris. Je vois bien que tu en as envie.

— Tu plaisantes ? Je ne sais pas courir.

— Tu dois tout de même savoir, toi, l'Américaine de Seattle, qu'une séance de sport chaque jour fait baisser le niveau d'anxiété générale ? Et c'est quand on a peur qu'on perd les pédales. Allez, viens, il n'est jamais trop tard pour apprendre.

Elle indique du menton le placard de l'entrée.

— Tu enfiles ton gilet pare-balles, et on y va.

— Et toi ? Tu n'en portes pas ?

— Je porte déjà ça (elle indique le sac banane renflé au niveau de la taille – qui contient son arme). D'ailleurs il fait trois degrés, ça te tiendra chaud. Tu n'oublies pas le sweat à capuche, ou le bonnet enfoncé jusqu'aux oreilles.

— Je sais, soupire Molly, « on sécurise ».

— Tu apprends vite, ironise Doris.

Elles sortent en petite foulée, grimpent la rue Linné jusqu'à l'entrée du jardin des Plantes. Le sol est boueux, émaillé de petits monticules blancs, le toit des voitures est encore recouvert de neige.

Après deux cent cinquante mètres, Molly, à bout de souffle, fait signe à Doris qu'elle va poursuivre en marchant, contourner la ménagerie et les serres. Arrivée au niveau de l'enclos de l'ours, elle s'arrête. Le plantigrade tourne en rond sur son rocher et quelque chose s'effondre en elle.

— Pauvre gars, tu ne peux même pas hiberner tranquillement, toi.

Elle pense à Rachel, ses yeux cernés de noir larmoyants.

Soudain, le frottement rêche du cuir usé de la laisse sur sa main lui manque terriblement.

De retour à la maison, au moment où Molly dépose les baguettes de pain sur la table de la cuisine, Grace se plante devant elles deux.

Elle est invitée la nuit de la Saint-Sylvestre à une « teuf », dit-elle en français.

— Il y aura du whisky et de la vodka, provoque-t-elle, du cannabis, sans parler de coke, ecstasy, et avec un peu de chance, de la drogue du viol, je peux y aller ?

— Très bien, répond Molly, je te prends au sérieux, donc c'est non. On fêtera le 31 toutes les trois devant une série.

— Sans moi, intervient Doris, en délaçant ses baskets. Je serai encore à Bordeaux chez mon père. Marco sera là. On ne t'a pas encore parlé de Marco, ma puce, dit-elle à l'adresse de Grace. C'est l'officier de sécurité qui va venir me remplacer. Il est super mignon.

Grace plante ses poings sur les hanches. Elle connaissait l'Enfer de Dante ?

— Là, je suis dans le neuvième cercle, celui de la Trahison. J'ai tout vécu, la tromperie, la violence, tout !

Elle laisse planer un silence.

— Je suis sûre que les agents du FBI m'accorderont le droit de rentrer chez papa, maintenant. Je ne vais pas supporter le poids de tes conneries toute ma vie.

Molly se retourne, les joues rouges, comme si elle avait reçu une gifle cuisante.

— Tu l'as déjà dit. Maintes et maintes fois. J'ai tout fait pour te rendre la vie supportable. Tu as même un petit copain, maintenant !

Grace lui jette un œil en coulisse, fait un bruit de bouche comme un ballon qui se dégonfle.

— J'ai même accepté un chat qui perd ses poils, c'est dire !

— C'est celui de Doris. Et tu l'adores. J'en veux un à moi.

C'était à prévoir, songe Molly amère. Les chantages affectifs sont sans fin.

— Tu auras un chat à toi. Un furet, un rat, une mygale… Ce que tu veux. Et même un clebs. Tu veux quoi, un ours ? Maintenant, j'ai à faire.

Grace l'observe de ses yeux mi-clos.

— Doris, grommelle-t-elle entre ses gencives, ça te dirait une Mort Subite au pub irlandais ? On la laisse bosser sur son histoire ridicule d'écureuils dans l'espoir d'une gloire anonyme sous burqa.

Elle fredonne :

Will the real cartoonist stand up?

Nobody will stand up.
Everybody lies down.

Molly tourne le dos – pour cacher les larmes qui perlent à ses paupières.

Doris s'approche de Grace, les poings serrés, presque menaçante.

— Tu vas lui faire porter le chapeau combien d'années ? C'est ta mère, alors tu la respectes.

29

Enfant chéri

MON PETIT PAPA,

Je ne sais pas si tu me reconnaîtrais. Ce n'est pas la blondeur des cheveux, ou les lentilles de couleur (le violet me va pas mal, tu sais !), mais j'ai changé. J'ai vieilli, évidemment, papa. Tu connais ta petite-fille ? Cette indélicate petite personne m'a dit : « T'as pris cher, maman, depuis cette histoire. »
Tout commence à aller mieux. Même Grace a un petit copain. Un jeune Français de son lycée, Nathan. Il récite Descartes et connaît des vers de Virgile par cœur. Tu vois le genre...

Tu ne vas pas me croire... On a deux chats, maintenant ! Lacrymo, le Chartreux de Doris, mon officier de sécurité, et le nôtre, adopté pas plus tard qu'hier. Grace en avait déjà l'idée depuis longtemps et elle m'a mis, d'une certaine façon, le couteau sous la gorge. Cette petite boule de poils tricolore est une femelle qui répond au prénom de Kurt, comme Cobain. Doris a pensé que c'était pas très malin de l'appeler comme l'enfant chéri de Seattle, mais je lui ai répondu que partout dans le monde, tout le monde

était dingue de Nirvana. Qu'en penses-tu ?
Parfois, le soir, quand je suis allongée, j'imagine que mon téléphone sonne. « Molly, j'ai une bonne nouvelle, le niveau de menace est retombé d'un cran. Il semble, que l'on vous ait effacée de la Liste. Le Dark Web vous a oubliée. »
Je rêve que, ensuite, cet ange gardien sort de sa poche deux billets d'avion. Delta, Air France, EgyptAir... j'accepterais même un vieux coucou russe ou chinois.
Je visualise le trajet, notre excitation feutrée dans l'avion... Le cœur au bord des lèvres, j'imagine, à l'arrivée, la haie d'honneur, tous mes amis, les officiels, les politiques... Et vous deux, bien entendu. Je nous vois nous serrant dans les bras les uns des autres. Si Obama veut m'accueillir, il a intérêt à venir avec du champagne et des pâtes de fruits.
C'est si simple, une *happy end*. Pas de rebondissement, pas de mauvaise nouvelle.

Mais quand je me connecte sur Internet, il y a toujours des mots violents, à charge contre moi. Des dessins qui me font de la peine. Tu crois qu'ils m'en veulent, tous ?

Je t'embrasse, mon petit papa. J'espère que tu te portes mieux.

Ta Molly.

31 décembre 2010

Molly tendit sa coupe, en s'extasiant secrètement sur la trajectoire des bulles en or. C'était autant de petites certitudes qui suivaient leur axe vertical sans dévier d'un micron de millimètre.

— Elles ont un effet hypnotique, ces petites bulles, murmura-t-elle à la cantonade.

Elle toqua de l'ongle sur le cristal, le son se prolongea, indéfiniment.

— La plus belle des musiques, approuva Robert.

La soirée du 31 décembre avait lieu chez Maryam et sa sœur, non loin de la Bastille, dans le 11e arrondissement. Ils étaient sept, le petit groupe comprenant, outre les deux sœurs, le petit copain de Maryam, Robert, Molly, Maria-Teresa, Gregory. Molly avait finalement convaincu Marco de la laisser en bas de l'immeuble.

Il y avait des roses fraîches dans les vases, et des portraits en noir et blanc, dans l'esprit désuet du studio Harcourt - sur les murs. La décoration était délicate, ce qui plongea derechef Molly dans un abîme de perplexité et de mauvaise humeur. À Seattle, sa maison faisait illusion, livrée aux bons soins de Carla qui veillait sur son intérieur comme sur le sommeil d'un nourrisson.

Mais sans femme de ménage, ici, à Paris, dans cet appartement vieux comme les rues, elle avait l'impression de vivre, dans un taudis, d'autant plus que Doris n'était pas non plus ce qu'on pouvait appeler une fée du logis.

Sur ce plan-là, on ne peut pas dire que Maureen est plus douée que Molly, songea-t-elle, amère. *Je suis une femme d'extérieur enfermée dans une prison mobile.*

— Eh Maureen, allô la Terre ? Tu trinques ?

— Oui, oui ! Pardon ! rit Molly. Il faut se regarder dans les yeux en trinquant, sinon ça porte malheur.

— Tu connais toutes les coutumes des poivrots, toi qui bois si peu ! constata Robert. Qu'est-ce qu'on risque si on louche ?

— Sept ans de malheur, répondit Molly.

— Sept ans sans sexe, corrigea Maria-Teresa.

— Sept ans sans Maureen, ajouta Robert.

— Tchin, conclut Molly, après un rire gêné.

— En tout cas, je me demande bien comment pouvait faire Sartre, avec son strabisme, insista Robert. Sartre, c'est un philosophe français, le copain de Simone de Beauvoir, l'héroïne française préférée de Maureen.

— Oui, oui, oui, ronchonna Molly. On sait ça, merci !

Le repas était fini, l'année allait bientôt s'achever elle aussi. Molly avait trempé ses lèvres dans le champagne, puis le sancerre, puis le bordeaux, et prétexté un début de migraine. Mais elle avait fait honneur au dîner iranien concocté par Maryam – un *coucou sabzi*, une grande omelette composée de quatre herbes, ciboulette, aneth, coriandre et persil, accompagnée de riz safrané. La jeune femme portait une robe de cocktail rouge et des sandales assorties. Elle était restée dans la cuisine à mitonner les plats, avant de les servir, tandis que sa sœur faisait la conversation.

Molly repoussait les assauts de la nostalgie.

À Seattle, en ce moment, il n'était que 15 heures. Sa mère était allée chercher les huîtres, puis avait affronté les embouteillages de Broadway. Aux informations de 18 heures sur CNN, elle avait vu qu'une tempête de neige sévissait en ce moment même sur tout l'Ouest américain. Il y avait un mètre sur les capots des voitures.

Elle aimait tant les fins d'année enneigées, quand on ne pouvait même plus ouvrir sa porte d'entrée. C'était si bon d'être calfeutré chez soi, quand on n'y était pas forcé par une menace de mort.

— Allez, Maureen, ne fais pas cette tête… Comment va ta tante, au fait ?

Molly haussa les épaules.

— Cinquième chimio… Heureusement que je peux l'accompagner…

— J'aurais dû te proposer de l'inviter ! Elle n'est

pas seule à l'hôpital, au moins ?

Robert tira la bouteille du seau pour remplir à nouveau les coupes...

Molly posa sa main sur la sienne.

— Pas moi, merci.

— Allez, un fond, pour trinquer.

À minuit pile, ils s'embrassèrent sous le houx, en formulant leurs vœux – rentrer au pays.

Maryam approcha de Robert,

— Robert, qu'est-ce que tu souhaites ?

— Retourner chez moi... Mais pas avant d'avoir accompli ma mission.

— C'est-à-dire ?

— Parler comme Proust.

— Et toi, Maureen ? Ton vœu ?

— Rester en vie ! lança Molly étourdiment.

Gregory siffla :

— Tu as de ces exigences, toi !

— Tu n'as jamais pensé te produire en public ? rit Maryam. Tu serais excellente.

— Ah non, pour moi, Maureen est faite pour rester dans l'ombre. Je te verrais...

Les yeux mi-clos, les mains devant lui, comme s'il lisait dans une boule de cristal, Robert murmura :

— Je la verrais plutôt... auteure de blagues. Ou caricaturiste de presse.

Molly sentit son pouls s'accélérer. À quel jeu jouait-il, au juste ?

— Tu plaisantes ou quoi ? Je suis dyspraxique. Si tu me voyais avec un crayon dans les mains...

À minuit cinq, elle reçut un SMS de Doris.

> Bonne année à toutes les deux, qu'elle vous soit légère. J'espère que vous vous amusez bien ensemble et que vous veillez l'une sur l'autre.

Même pas, songea-t-elle, avec une pointe de remords. Elle pianota un SMS à sa fille :

Comment vas-tu, ma chérie ? Tout se passe bien ?

Grace lui répondit du tac au tac :

Je ne suis pas encore morte ☺

Robert s'extirpa du canapé pour s'installer en face d'elle.

Ses yeux la faisaient chavirer un peu.

— Toujours sur ton téléphone. C'était pour qui, ce SMS ?

— J'ai encore le droit de souhaiter la bonne année à ma fille, non ?

— Gaby, oh Gaby, fredonna-t-il. Tu devrais pas m'laisser la nuit…

30

Gaby oh Gaby

GRACE AVAIT FINALEMENT OBTENU, à l'arrachée, la permission de rester dormir.

Molly l'avait regardée une dernière fois, immense et fine, juchée sur ses bottines pailletées, vêtue d'une minijupe de patineuse en lamé cousue par Christina, parfaitement costumée pour cette soirée « années quatre-vingt ». Elle avait eu envie de parler de Nathan, de la mettre en garde, avec un sourire et une voix douce. Lui préciser qu'il était fondamental d'être prête, de ne pas le faire trop tôt ; employer tous ces mots formulés par tant d'autres mères avant elle ; si usés qu'ils finissaient par être vidés de leur sens.

De guerre lasse, et parce qu'elle ne voulait pas supporter encore une fois le haussement d'épaules et les yeux au ciel de Grace, elle avait résumé :

— Fais bien attention à toi.

Avant d'ajouter :

— C'est d'accord, 10 heures demain, mais pas une minute de plus.

Grace s'était jetée dans les bras de sa mère en faisant cliqueter ses bracelets. Elle avait la meilleure maman du monde, la plus cool et la plus douée.

— J'aimerais trop lire ton histoire d'écureuils. Je suis sûre qu'elle est géniale. Dix heures, promis. Pas une goutte d'alcool.

Elle était partie en virevoltant sur ses longues jambes, et Molly s'était enfermée dans la salle de bains pour se préparer.

La soirée « années quatre-vingt » avait lieu à Saint-Cloud dans une villa cossue sur trois étages, qui tenait plutôt du manoir du XIXe siècle. La demeure s'ouvrait sur un parc de deux mille mètres carrés, abritant une maison pour les gardiens et un garage qui avait été transformé en bar à champagne, éclairé par une boule à facettes et des spots. Dans le jardin, des lumignons indiquaient le chemin vers la porte d'entrée.

Grace était éblouie. Combien étaient-ils ? Cinquante ? Quatre-vingts ? L'adolescente ne connaissait pas grand monde, et elle déduisit, à l'âge des invités, que certains élèves de première et terminale s'étaient conviés ici de façon arbitraire. Elle croisait des individus en perruque blonde ou argentée, portant des parts de pizzas ou des gobelets en plastique remplis à ras bord de punch ou de sangria.

Il y avait deux ou trois petits groupes dans les escaliers, d'autres, malgré la recommandation de Sophie, se hasardaient un peu plus haut, à l'étage supérieur, dans les chambres.

Grace restait un peu à l'écart, regrettant presque d'avoir insisté pour rester dormir. Comment allait-elle tuer le temps pendant quatre ou cinq heures ? Elle observait le bout de ses bottines, dans le brouhaha et les éclats de rire, et se sentait particulièrement ridicule dans cet accoutrement pailleté.

La musique était bonne, Niagara, les Doors, Nina Hagen. Mais elle ne se voyait pas se déhancher toute seule, au milieu de la foule. Où donc était passé Nathan ? Elle n'aimait pas jouer aux amoureuses relouses, bien trop orgueilleuse pour ça, et elle savait déjà qu'on séduit les hommes à distance. Mais elle se morfondait.

Il était minuit dix, elle avait, comme promis, répondu au texto de sa mère (« Eh tu vois, je suis pas encore morte. bonne année à toi aussi Mamouchette Maureen, je t'embrasse, ta fifille Gaby-qui-rentre-avant-10 heures »).

Toutes ces bouteilles, tous ces verres… C'était presque effrayant. Elle avait vu certains élèves de terminale danser tout en buvant au goulot. Elle regarda sa montre. Tout à l'heure, quand Nathan lui avait proposé un verre, elle avait prétexté s'être déjà servie.

Elle avait toujours détesté ça. L'alcool. Ce sucre fourbe au goût immonde, cette machine à cellulite. Si seulement il existait un comprimé pour être un peu ivre, sans calorie superflue. Elle avait toujours été trop sage, ce qui ne facilitait évidemment pas son intégration sociale. Depuis qu'elle sortait avec Nathan, tout de même, on la regardait avec un tout petit peu plus d'intérêt. Même Serena. Grace songea aux recommandations de la jeune fille, à son arrivée au lycée. Elle avait fait preuve de malveillance et de jalousie anticipée. Non seulement Nathan n'avait pas mauvaise haleine, mais tout ce qu'il exhalait, tout ce qui sortait de lui était ravissant. Et cette moue délicieuse, et cette façon qu'il avait d'attraper le menton de Grace entre ses doigts pour poser un baiser délicat sur ses lèvres ou le bout de son nez. Mais où était-il, bon sang ?

Elle parcourut la cuisine, le salon, les escaliers, hésita à s'aventurer plus haut, dans les étages, et finalement le retrouva dans le garage – tirant sur une cigarette de forme conique, parmi un petit groupe de cinq garçons.

Il lui tendit la main, elle s'assit sur ses genoux, il lui proposa une bouffée. Oh non, dit-elle, puis, devant sa moue, elle attrapa le joint. Après tout, elle avait promis pour l'alcool. Mieux valait d'ailleurs fumer un peu d'herbe, c'était healthy et green.

À Seattle, on en trouvait à tous les coins de rue, et aussi sur ordonnance. Il n'y avait pas de quoi en faire une maladie. Le seul hic, c'était que l'herbe excitait l'appétit. Or, elle avait pris des fesses et des cuisses.

Elle se promit, en attrapant le joint, de ne pas se laisser tenter par les petits-fours dans la cuisine. Elle allait remplir son ventre d'eau gazeuse, et basta. Surtout ne pas oublier ça, même quand elle serait défoncée. Une seule, dit-elle. Elle parvint à aspirer sans trop tousser, trouva le goût âcre. Quand Nathan glissa à nouveau la cigarette entre ses lèvres, elle aspira plus longuement, une deuxième, puis une troisième fois. C'était bon.

Les contours de son corps s'étaient dissous dans l'espace, son cerveau s'envolait sur deux petites ailes bleutées qui battaient doucement au loin. Elle éclata de rire et tendit l'index vers Nathan qui lui offrit ses yeux rieurs.

— Viens par là, toi, lui dit-il. *Give me a kiss.*

Il avait un accent pourri, elle le lui répéta, tout en riant.

Sa langue pesait une tonne, ses paupières aussi. La musique résonnait bizarrement à ses oreilles. Le chanteur était mou et nasillard, on lui dit qu'il s'appelait Alain Bashung. Elle repartit sur un rire fou. Bashung, quel nom ridicule.

— Écoute plutôt, c'est TA chanson !

Gaby, oh Gaby... Le long, le long, le long des golfes... pas très clairs.

— Dis donc, ta mère a vraiment eu de l'intuition, En 1995, c'était bien vu.

— Eh oh, minute, objecte Grace. C'est moi, c'est pas ma mère qui l'a choisi, ce prénom. Ma mère, elle m'a appelée Grace, mais il a bien fallu changer de nom, quand on est entré dans le programme Witsec. C'est le protocole mis au point par le FBI pour protéger les témoins en danger de mort. Ma mère a une fatwa sur la tronche.

— Mais tu...

— Laisse-la parler, coupa Jason en riant. Elle devrait fumer plus souvent.

Grace secouait la tête. Non, d'ailleurs, sa mère non plus ne s'appelait pas Maureen. Ils ne la croyaient pas ? Pourtant, il y avait des indices. Elle était arrivée bien après la rentrée scolaire, *in extremis*. Elle ne pouvait inviter personne chez elle. Et parfois, elle était accompagnée par une garde du corps. Ils ne l'avaient jamais remarquée ?

— Super classe ! siffla Jason, hilare. Comme une célébrité, quoi !

Jason saisit son téléphone, prit un cliché de Grace, qu'il posta sur Facebook.

« Gaby ne s'appelle pas Gaby, sa mère serait menacée de mort par une fatwa, elles sont protégées par le #FBI MDR #parano. #Défonce. »

Jason. Thomas. Nathan. Flora. Chloé. Sarah. Serena... De partage en partage, l'information circule, s'amplifie, se démultiplie.

Molly, de retour à la maison, était en train de retirer sa lentille droite quand son téléphone se mit à vibrer. Elle écouta la voix ferme et sèche de l'agent. Elle demanda à Marco de vérifier, car elle n'avait pas de compte Facebook. L'agent l'interrompit sèchement – l'heure n'était plus à la vérification, une voiture était en route vers le lieu de la fête, Grace serait récupérée discrètement, puis on viendrait chercher Molly avant de les conduire toutes les deux vers un lieu où elles passeraient la nuit. Elle devait faire sa valise, elle avait quarante-cinq minutes.

Molly regarda la montre que Dennys lui avait offerte, à Noël, il y avait quatre ans maintenant. Dennys lui avait toujours fait de si beaux cadeaux. Son esprit buggait là-dessus. Cadeaux. Dennys.

De sa chambre (celle de Doris), Marco criait qu'on avait beau tout nettoyer, il restait toujours un détail, comme un ver dans un fruit, qui menaçait toute la structure. C'était comme ça avec Internet. Il fallait être extrêmement vigilant pendant les jours et les semaines à venir.

Elle jeta un nouveau coup d'œil à sa montre. Il y avait une heure quarante précisément, elle avait formulé un vœu pour l'année à venir. Sa baguette était décidément maudite.

— Faites vos valises, prenez le minimum. Vous avez trente-cinq minutes, répéta Marco.

Molly attrapa ses dessins, son arme, ses vêtements, le roman de Houellebecq emprunté à la bibliothèque pour huit jours, ses affaires de toilette, y compris ses lentilles de contact, et les lunettes qu'elle plaça sur le bout de son nez. Seul Kurt restait introuvable. Elle l'appela, doucement, plus fort. Affolée, elle arpenta l'appartement en long et en large, toute à son angoisse et enfin, Dieu merci, en agitant la gamelle en inox, elle le fit sortir du meuble à DVD, dans le salon, le saisit par la peau du cou et le glissa dans son sac à dos.

***

Les agents de sécurité, officiers de police, les juges l'affirment : l'enfant est, en soi, toujours un risque. La juge d'instruction Nathalie Andreassian confirme : « Les enfants sont la principale menace dans l'étanchéité du dispositif de protection de témoins. » L'enfant et sa légendaire incapacité à tenir un secret, l'enfant et sa manie de toujours faire surgir la vérité L'enfant que l'on expulse de sa bulle protectrice à la naissance est le premier à nous éjecter ensuite de notre zone de confort.

— Quand je protège une personnalité très menacée, raconte Anne-Cécile, je lui fournis un code d'alarme – que ce soit un chiffre, un mot, comme une sorte de « Au secours » crypté. Quand elle prononce le code, je sais que c'est sérieux, et j'arrive à toute vitesse.

Un jour, j'ai entendu bipper le code, tard le soir ! J'étais déjà en pyjama, je suis arrivée aussi vite que possible, pour me rendre compte que... C'était sa fille qui l'avait composé, par erreur ! Fausse alerte... Parfois, l'enfant naît dans un contexte ultraprotégé.

— Une de mes « perso » a rencontré son mari, s'est mariée, et est tombée enceinte « sous protection ». Elle a même accouché sous Uclat 2 – sous haute protection, donc. Cela signifie qu'elle était sous la vigilance permanente d'officiers de sécurité, vingt-quatre heures sur vingt-quatre, qui se relayaient devant sa chambre, à la clinique, et ont même monté la garde devant la salle d'accouchement, le jour J... Je n'ai jamais rencontré de mère qui ne m'ait dit : « Le jour où ça tourne mal, j'aimerais que vous protégiez

mon enfant d'abord, et avant tout. Je passerai après. »
Quand on devient parent, on n'est plus prêt à mourir pour plus grand que soi.
On meurt pour plus petit que soi.

TROISIÈME PARTIE

RATTRAPÉE

31

Retour

*O*N SE PROMET *de ne jamais baisser la garde ; de protéger jalousement ce trésor mis sous scellé. Mais nous avons beau retenir notre souffle, de jour en jour, le muscle se relâche, la volonté baille. Quelle manigance diabolique interdit à la vérité de mourir ? Quel pacte faustien a-t-elle donc conclu ? Elle a des racines interminables. Elle semble morte et enterrée... Mais c'est un corps encore tiède, qui puise en silence des nutriments sous terre, fortifie ses rhizomes, pour réapparaître plus loin, plus déterminée que jamais. Alors elle gronde, puis éclate, grandiose. Je pourrais voir le film* Festen *vingt fois (ne l'ai-je pas d'ailleurs vu vingt fois ?) que je serais, toujours, émue par la victoire de Christian qui, le jour même de la fête familiale, après avoir fait tinter le cristal, se met à dévoiler le lourd secret de son enfance. Le désir de vérité est plus fort que tout... Même si la société cherche à le réduire au silence. Christian est ligoté, bâillonné, roué de coups. Mais sans cesse il se relève pour faire tinter le cristal. Le dévoilement du secret est, toujours, une déflagration.*

Avril 2019, Seattle

Je me décide, enfin, à y aller.

Envie de respirer le même air qu'elle, de rêver dans ses pas et, à défaut d'interviewer sa famille et ses amis, d'approcher le plus possible son cadre de vie.

Et puis, quelqu'un refait surface.

Sur la page Facebook « Molly died for you », où j'ai formulé un appel à témoins, une femme, enfin, s'exprime. Meryl, c'est son nom, se dit « révoltée » par le sort réservé à cette femme si authentique et « peaceful » – écœurée par cette injonction à disparaître.

Quelle surprise de voir ainsi ressurgir quelqu'un de son passé ! Je communique par messagerie privée avec Meryl, qui m'assure immédiatement n'avoir rien de plus à dire sur cette affaire, et m'adresse ses salutations.

Je suis habituée maintenant à ces messages qui s'ouvrent, comme une conque, et se referment dès qu'on approche la main.

Je me hâte de lui indiquer ma page Amazon, mon compte Instagram, ma page Facebook. Je ne suis aux trousses de Molly que pour « la » raconter. Je lui précise également que j'ai l'intention de me rendre à Seattle avec ma fille de dix-sept ans – un simple voyage d'agrément pour redécouvrir cette ville que j'ai tant aimée il y a douze ans.

Trois semaines plus tard, Meryl me répond. Elle était la meilleure amie d'enfance et d'adolescence de Molly, jusqu'à dix-sept ans, l'âge de ma fille, qui est aussi l'âge de son fils. Si je me décide à organiser ce « voyage familial » à Seattle – elle le qualifie d'emblée ainsi afin, je le suppose alors, de ne pas s'engager sur d'éventuelles révélations –, elle serait heureuse de me rencontrer.

Je me plonge dans la lecture du Guide du Routard et,

plan étalé sur mon bureau, mémoire ravivée, je réserve une chambre en plein cœur de Capitol Hill, le quartier où nous avions séjourné ; le berceau du grunge, où les tatoueurs, bars à jazz et friperies vintage côtoient les clubs de yoga et coffee shops.

Je suis à la fois réjouie et effrayée par ce voyage, tout particulièrement par les neuf heures de décalage horaire. Curieusement, comme si l'histoire de Molly sourdait en moi, j'ai peur d'y laisser ma peau. Insomniaque chronique, j'ai des souvenirs de crises d'angoisse dues à l'excessive fatigue, en reportage à Las Vegas ou à Martha's Vineyard.

— Tu n'en as pas souffert à Seattle, il y a douze ans, me rappelle mon mari. Réduis le rythme et prolonge ton séjour de quelques jours pour absorber le décalage.

Je m'envole avec ma fille, laquelle est ravie de découvrir cette ville qualifiée d'écolo, rock and roll et numérique, qui a vu naître Prince et Jimi Hendrix. Et moi, je suis heureuse d'être encore une « mère désirable », au cours de ce voyage mère-fille, qui nous mène sur la même trajectoire, mais en sens inverse, que celle de Molly et Grace.

Nous décidons, sur les conseils d'un ami, de nous offrir quelques jours supplémentaires à Vancouver, accessible en quarante-cinq minutes par hydravion. Il est important pour moi d'alléger les enjeux de ce voyage. La perspective de m'évader de Seattle m'aide à être un peu plus mère qu'écrivain…

Nous débarquons donc toutes les deux le 25 avril 2019, vers 16 heures, dans la « Ville émeraude ». Je me suis efforcée de dormir dans l'avion, en ne regardant qu'un film, me concentrant sur le programme « zen » et encourageant ma fille à le faire. Nous sommes relativement fraîches, et, dans le Link train qui nous mène de l'aéroport Tacoma au centre-ville, la tête contre la vitre, nous rêvassons devant la nature luxuriante, où l'urbanisme s'est frayé un chemin.

Nous descendons à la station Capitol Hill et immédiatement, respirons l'air iodé du Pacifique, le vent de la liberté. Nous nous installons au dernier étage d'un Airbnb plutôt impersonnel, de ceux où l'hôte-fantôme n'est joignable que par messagerie, et sortons vers 19 heures pour dîner dans un restaurant « thaï vegan », en évitant de penser qu'il est, en France, 4 heures du matin.

Le soir tombe, la rue Broadway s'anime, les terrasses se remplissent. J'aperçois une drag-queen, une jeune fille aux cheveux bleu électrique, portant un microkilt écossais accessoirisé de chaînes sur d'immenses jambes intégralement tatouées.

Comme à chaque fois que je pénètre aux États-Unis, je constate que personne ne se regarde, ne s'observe, ne se juge. En France, nous toisons, fixons, évaluons.

Rapidement, j'identifie le profil de l'autochtone : bermuda-baskets, barbe broussailleuse, mollet ou avant-bras tatoué. Filles en talons plats, peu maquillées, très tatouées. Et chien en laisse. Obligatoire.

En douze ans, ils n'ont pas tant changé que ça.

Je la croise partout.

Je la vois le premier jour, au parc. Elle est entre deux âges, elle promène son chien.

Je la verrai une bonne dizaine de fois, au restaurant, seule, au musée, au coffee shop. Je la cherche, je la traque, car je voyage comme j'écris : hantée.

Nous fréquentons les lieux où elle se plaisait – Pike Place Market, qui jadis, j'apprends dans le guide, abrita une morgue, puis une maison close et où, à l'étage, chez Lowell's, nous dégustons notre clam chowder, ce potage crémeux et roboratif, tout en savourant la vue magnifique sur Elliott Bay. Le soleil vient cogner contre la vitre, je ferme à demi les yeux, bercée par la conversation d'une famille américaine, à côté. Nous rêvons d'Alaska. Into the Wild *est l'un des films préférés de mes trois enfants.*

Quand, après avoir déjeuné, nous nous retrouvons, devant le cochon emblématique de la ville, Rachel, puis devant le Gum Wall, ce mur tapissé de chewing-gums multicolores, au milieu des grappes de touristes asiatiques, et que nous nous photographions, je pense à Molly et à Grace.

Nous nous rendons au musée de la Pop Culture, qui s'appelait jusqu'en novembre 2016 l'Experience Music Project, un building de treize mille mètres carrés. Nous y resterons quatre heures, en extase devant la compilation, à l'entrée, de cinq cents instruments de musique – guitares célèbres, trompettes, claviers d'ordinateurs – devant le département dédié à la vie et l'œuvre de Kurt Cobain, où l'on peut admirer l'une des guitares qu'il fracassait après chaque concert. Au moment où nous pénétrons dans les salles consacrées au « horror fantasy films », je ne peux m'empêcher de penser à elle, surtout quand j'aperçois la petite caméra de Blair Witch Project, *puis, un peu plus loin, le costume orange et blanc de Leeloo, la ravissante cyborg du* Cinquième Élément. *Ce musée nous semble extraordinaire, je prends des notes… Jusqu'au moment où je m'aperçois que mon calepin a disparu.*

Je parcours à nouveau les salles en sens inverse, angoissée – toutes les notes prises pour ce livre y figurent – mais ne retrouve rien. À l'accueil, après m'avoir gentiment écoutée, on m'assure :

— No stress, ici, les gens sont gentils, ils le rapporteront.

On note mon nom, mon téléphone. J'insiste, les larmes aux yeux, tout mon travail figure là, dans ces quelques pages. Je sais bien que les objets, comme les gens, disparaissent sans laisser de traces.

Et soudain, une femme arrive – mon carnet en mains. Je reconnais le tableau de Van Dongen, sur la couverture. Fatiguée, décalée, je bafouille :

— Comment vous remercier ?

— Ici, dans cette ville me répond la femme, rien ne se perd jamais. Ni les objets ni les hommes.

Je la regarde, interloquée, et je me demande si elle n'a pas feuilleté mon calepin en douce.

Trois jours après le début du voyage, je contacte à nouveau Meryl par SMS. La date de notre rencontre avait été fixée il y a quelques semaines. Je tremble qu'elle n'ait changé d'avis. À mon grand soulagement, elle me répond aussitôt :

Où voulez-vous que nous nous voyions ?

J'insiste pour que le déjeuner se tienne dans son quartier. Mais, me répond-elle, elle ne m'accordera que le temps d'un café. Je n'en demandais pas moins, les rendez-vous brefs sont parfois les plus productifs.

Elle habite à Pioneer Square, le quartier historique, là où le chef indien Sheatl (qui a donné son nom à la ville) a implanté la première pierre. C'est aussi le quartier du Seattle Weekly. *Il y a deux jours, avec ma fille, nous nous y sommes retrouvées, enrôlées, presque étourdies, dans une manifestation de rue, avec orchestre et pom-pom girls vêtues de vert et blanc en l'honneur d'un match de football américain.*

« Retrouvez-moi aux Waterfalls près de la rue Jackson, ça vous plaira. Il n'y a pas que Capitol Hill, vous savez. » Et, d'un ton plus mystérieux, elle ajoute : « Molly aimait ce quartier. »

Les Waterfalls sont une enclave dans la seconde avenue, composées de vrais rochers d'où coulent de fausses cascades. C'est frais, ombragé en cette journée ensoleillée. Ce doit être délicieux en plein été.

Je m'assieds à une petite table en fer forgé, le guide Hachette en vue sur la table. Une femme approche, cheveux courts presque blancs, en jean, baskets et parka, qui a tout d'une sportive danoise s'apprêtant à partir en randonnée.

Elle se dirige immédiatement vers moi, me serre la main, décline son identité. Elle m'a repérée avec « mon physique de Française », il faut dire que Seattle est une ville trop lointaine pour attirer les touristes européens.

— Molly adorait cet endroit, me répète Meryl, en tirant la chaise pour s'y installer. Elle aimait chercher des dimsum dans le quartier chinois, pour venir les déguster ici. Elle disait que le murmure de l'eau la calmait. Que ça couvrait le bourdonnement incessant des menaces. Elle est venue là au moment de l'affaire des caricatures. Enfin... (elle soupire, hoche la tête d'un air consterné) au début, du moins. Jusqu'au moment où elle n'a plus pu sortir de chez elle.

Elle contemple ses ongles coupés court.

— Qui aurait cru que sa vie se terminerait de cette manière ?

J'ai un coup au cœur.

— Mais elle n'est pas morte, elle a juste disparu...

— C'est tout comme, on l'a laissée mourir. Elle subit un traitement réservé aux criminels ou aux témoins d'un meurtre. Est-ce ainsi que l'on traite les artistes, dans nos sociétés dites démocratiques ?

Le grondement des Waterfalls s'intensifie. Des touristes américains se photographient devant les fausses chutes, et Meryl s'écarte pour ne pas apparaître sur la pellicule. Elle sort de son sac une paire de lunettes noires.

— Vous n'êtes pas venue avec votre fille ?

Je lui explique qu'elle baguenaude dans une friperie voisine, que nous avons rendez-vous ici, dans trois quarts d'heure. Je tente de la faire sourire, avec l'addiction aux friperies de luxe, mais elle me regarde froidement.

Alors qu'elle est sans doute simplement déçue de ne pas voir ma fille, qui a l'âge de son fils et avec qui elle aurait certainement aimé discuter, je suis prise soudain, devant son visage peu amène, d'une panique subite et irrationnelle.

Je m'excuse, attrape mon portable, sélectionne le numéro de ma fille. Elle me répond gaiement qu'elle a déniché trois petits hauts et une robe habillée.

— Tout va bien ? Fais attention à toi.

— Ne t'inquiète pas, la vendeuse est trop sympa, elle m'aide à choisir.

Le fond musical un peu groovy me rassure. La scène dans la friperie m'est familière au point que je peux la voir.

Rassérénée, je souris à Meryl, et je lui demande si elle ne voit pas d'inconvénient à ce que je l'enregistre. Meryl ne le souhaite pas, alors j'actionne mon « dictaphone intérieur », avec l'intention de ne rien oublier, ni expression particulière ni mimique, et en me promettant, après le départ de Meryl, de prendre le temps de tout noter sur mon calepin.

Meryl a connu Molly à six ans, petite nouvelle à la Bertschi School, là où elle a fait scolariser sa fille bien plus tard. Elle était arrivée de New York, avec son imperméable rose vif, un chapeau de pluie, des cheveux comme des baguettes de tambour, conduite par sa mère, qui lui demandait de relever le menton, alors que son regard restait obstinément fixé en bas.

Dans la cour, on s'était arrêté de jouer au ballon pendant cinq minutes.

Elle était arrivée trois jours après la rentrée officielle, parce qu'elle avait été mal reçue dans l'école précédente.

— Je n'ai jamais su ce qui s'était passé, se hâte de dire Meryl, comme si elle anticipait ma question. C'était le genre d'enfant qui se tenait à l'écart, que l'on montrait du doigt en pouffant. Elle s'isolait systématiquement, en se plongeant dans un livre, absente du monde. Elle était coiffée d'une frange de clown, coupée bien au-dessus des sourcils et vêtue de pantalons roses, jaunes, bleu électrique…

Je me suis toujours demandé pourquoi ses parents l'habillaient comme un as de pique. Est-ce qu'ils s'en foutaient, en tant que « grands universitaires ». Voulaient-ils mettre en valeur sa personnalité clownesque ?

— Avait-elle d'autres différences ?

Meryl réfléchit, elle retire ses lunettes de soleil pour papilloter des yeux, avec ses cils presque transparents :

— Elle clignait des yeux compulsivement, toussotait nerveusement. (Puis elle rit.) Quand je suis devenue amie avec elle, j'ai fait la même chose. Les tics nerveux, c'est contagieux, comme la peur. Elle parlait vraiment très peu. Quand on lui adressait la parole, elle sursautait, écarquillait les yeux, sans dire un mot. Certains l'ont traitée de « freak »...

— Est-ce que vous savez pourquoi ? C'était un problème psychologique ?

— Non, un problème auditif. Elle m'a raconté, sur le tard. Toute petite, elle avait souffert d'otites séreuses à répétition qui avaient entraîné une accumulation d'une sorte de liquide, dans ses oreilles. On lui avait posé des petits yoyos, des drains pour évacuer le liquide. À ce moment-là, ça s'est arrangé.

Meryl sourit.

— On était toutes les deux têtes de classe. On était toutes les deux des enfants sans grâce. Un peu avant l'adolescence, pourtant, ça a changé.

Meryl se tait, contemple les cascades devant elle. Devant nous, un petit enfant blond pleurnichard, juché sur les épaules de son père, cherche à attraper l'eau avec ses mains.

— Avez-vous remarqué ? me dit-elle. Il y a des enfants qui sont des petits anges dès la naissance. Ils naissent beaux, pétillants, charmeurs. Leur grâce s'affadit généralement. Et puis il y a les autres, ceux qui sont mal lotis dès le départ, qui sont obligés de puiser en eux leur propre lumière, et finissent par devenir magnifiques. Plus beaux que leurs

parents. Et pourtant, au départ, c'était les bégayants, les timides, ceux qui couraient après les mots.

— Les artistes ? je hasarde.

— Peut-être bien, me répond-elle. Molly est sortie brusquement de sa chrysalide. Son grain de peau, son rire... Une lumière a émané d'elle, presque brusquement.

Elle réfléchit.

— Je pense que, oui, c'est au moment où elle s'est mise à dessiner. Elle trimbalait partout son petit carnet de croquis. Et au moment même où elle attrapait son crayon, je vous jure, elle avait la grâce.

Meryl consulte sa montre. Son fils l'attend, elle doit le récupérer à son entraînement de foot. Elle a encore cinq minutes.

— Que s'est-il passé, ensuite ?

Meryl soupire, laisse passer une pause.

— Il y a eu l'affaire des caricatures.

Elle a un geste de la main, pour lever l'ambiguïté.

— Je parle de celle du lycée, bien sûr. Pas des autres sur lesquelles je n'ai rien à dire, je vous le répète. Molly est venue, un jour, avec son carton à dessins, dans lequel elle avait rangé de nouveaux croquis : c'était les profs et toute l'équipe pédagogique de l'école. Des caricatures, si ressemblantes, si cruelles. Et les légendes... Il y avait du génie. Elle dépassait les bornes, et c'était formidable.

Molly la lisse révélait son vrai visage.

— Certains humoristes, dis-je à Meryl, ont pris conscience de leur talent dans les salles de classe. Molly n'a-t-elle pas eu envie de faire rire les autres, elle aussi, pour se faire aimer ?

— Elle avait envie de séduire. Il y avait un taiseux, avec des yeux de renard, qui l'attirait plus que tout. Moi qui la connaissais, je savais quel effet il lui faisait. Ce jour-là, elle jubilait de l'entendre rire, je la voyais, avec son regard en coin. Et puis, au moment de reprendre ses dessins, une feuille avait disparu.

Meryl me regarde fixement.

— Je pense que quelqu'un a subtilisé la page dans le but de la confondre. Et je mettrais ma main au feu, je suis prête à jurer que c'était le garçon aux yeux de renard.

— Pourquoi donc ?

Elle hausse les épaules

— Le talent... La perversité. Certains hommes sont comme ça, non ? Ça se voyait tant qu'elle était amoureuse de lui ! À moins qu'il n'ait jugé qu'elle lui volait sa place de rebelle. À quinze ans, en tout cas, ça a été très dur de faire face à son œuvre, sur le bureau du proviseur. Elle m'a raconté que les professeurs avaient défilé, l'un après l'autre dans le bureau, et lui avaient demandé des comptes. « Je ne comprends pas pourquoi vous êtes si méchante. Je pensais que vous étiez beaucoup plus futée que ça », lui répétait-on. Après cela, inutile de vous dire qu'elle n'a plus jamais été la première de la classe. Je l'ai supplantée dans toutes les matières.

Meryl clappe de la langue.

— Comme si son humour était le contraire de l'intelligence. Comme si son intelligence n'était que de la malignité. Bon. Il est vrai, elle aurait pu être plus subtile.

Meryl hoche silencieusement la tête.

Je tente d'évoquer la Molly adulte – celle des études, puis la brillante caricaturiste de Seattle.

Meryl jette à nouveau un coup d'œil sur sa montre, la chaise racle par terre, elle se lève, je la suis à contrecœur, en lui demandant s'il est possible de poursuivre la conversation par mail.

— Désolée, notre amitié s'est achevée après le lycée. Nous n'avons pas fait les mêmes études, Nous étions éloignées l'une de l'autre, je l'ai invitée une ou deux fois à la maison, mais elle avait pris ses distances, elle avait des amis beaucoup plus... dans le vent que moi. Elle était déjà... (Elle lève la main droite, fait un geste vers le ciel.) Elle était déjà partie... Beaucoup trop loin.

Après son départ, je note aussitôt dans mon calepin, à toute vitesse, le contenu de notre entretien. C'est alors que quelque chose me saisit. Elle m'a menti. Comment peut-elle savoir que Molly aime cet endroit, qu'elle y a dégusté des dimsum à l'heure du déjeuner, si elle ne l'a plus vue après l'adolescence ?

32

Lectrice

28 novembre 2014

Molly traverse le couloir, gaie et légère sur ses baskets. Il y a du brouhaha, des pleurs, des petits hoquets mouillés, rompus par le doux murmure des auxiliaires de puériculture Dans l'air, il flotte un mélange de produit d'entretien acide et de poulet rôti qui lui soulève le cœur. Il est 10 heures du matin, la cuisine est déjà en route.

Tous les mardis, dans le cadre de l'opération « La bibliothèque en vadrouille », elle pénètre dans la crèche « Les coquelicots », à Bagneux-sur-Seine, et s'installe à l'étage, dans la section des deux-trois ans, avec pour mission de « donner des mots aux tout-petits ».

Ce matin, en raison de l'épidémie de gastro-entérite, ils ne sont que cinq au lieu de huit, Fleur, Sanaa, Khadi, Ben et Karim. Molly s'annonce par un « Hello » tonitruant. Elle s'accroupit devant chacun d'eux, leur tend la main, et secoue leur menotte potelée et collante dans la sienne avec un « Bonjour, monsieur » ou un « Bonjour, madame » qui les fait toujours rire. Puis elle répartit les coussins de couleurs pastel en demi-cercle, autour d'elle.

Aujourd'hui, c'est au tour de Sanaa de choisir le livre. Quand, timidement, la petite aux nattes brunes apporte *Les Trois Brigands* de Tomi Ungerer, Molly fait mine de se fâcher :

— Encore !

Depuis quatre ans qu'elle officie auprès des enfants, elle connaît si parfaitement cette histoire qu'elle pourrait la raconter, sur une scène, en endossant le rôle de tous les personnages.

— Entendu, concède-t-elle, mais ensuite je vous lis un conte tout nouveau tout beau.

Elle ouvre l'album, puis se ravise et tend la figurine de Buzz l'Éclair au petit Karim, qui regarde le bout de ses bottillons d'un air grognon. Il faut neutraliser Karim, qui passe l'heure de la lecture à sauter d'un bout à l'autre de la pièce. Karim est un cas, un « coquin », un « chameau », des vocables qu'elle a appris, depuis qu'elle officie à la crèche ; ces petits mots mignons qui recouvrent une autre réalité : « Abandon maternel, père fiché S, famille d'accueil précaire, lui a égrené la directrice. Bref, il a tiré le Mistigri. » Molly a retenu alors que le Mistigri c'était le chat noir, la poisse, le diable qui vous colle aux basques. Il y avait mille mots pour ce cancer-là.

Elle s'était prise d'affection pour le garçonnet emmuré dans son silence hostile, qui n'attrapait curieusement aucun des virus de l'enfance, comme ces adultes faits d'une écorce si dure qu'ils ne tombaient jamais malades jusqu'au moment où ils en mouraient. Si, déjà, songeait-elle, je peux atténuer, par les mots, la force diabolique de ce Mistigri, ma disparition, cette vie absurde, le mal que j'aurai fait, tout cela n'aura pas été vain.

Lors de l'entretien préliminaire à cet emploi de lectrice, la directrice de la crèche lui avait expliqué que son engagement auprès de l'association « Des mots pour les petits » tenait à la certitude qu'il fallait nourrir la « bibliothèque sonore » des enfants avant même leur entrée à l'école, ce qui facilitait le déchiffrage et contribuait à la lutte contre l'échec scolaire.

Molly s'était proposée pour lire, de temps en temps, en anglais. La directrice avait affiché une moue dédaigneuse. Les pauvres avaient tellement de mal, déjà, avec le français. Elle l'avait regardée fixement, les coudes sur la table.

— Nous sommes là pour faire contrepoids à la violence. Vous connaissez la phrase de Malala Yousafzai ? L'arme la plus puissante contre le terrorisme, c'est l'éducation. Or, l'éducation, c'est avant tout des mots.

Molly avait frémi.

Elle s'était demandé si la responsable savait.

Avant d'entamer la lecture, tout en regardant du coin de l'œil Karim qui est en train de désarticuler Buzz l'Éclair, Molly tire un Kleenex de la boîte et nettoie consciencieusement ses verres. Elle a jeté sa dernière paire de lentilles il y a deux ans – un problème d'œil sec qui paradoxalement faisait couler les larmes – et opté pour une monture haute, carrée, de la marque Ray Ban, en écaille miel moucheté.

— C'est la parfaite réplique de celles de Shirley ! s'est extasiée Grace.

Molly s'est alors souvenue de la réflexion de la tatoueuse :

— Les grosses lunettes, c'est le kif. Quand on a la

gueule de bois, quand on n'a pas le temps d'aller chez le coiffeur, c'est le parfait cache-misère. Tous les regards convergent là, ma biche. Et pas sur tes cernes ou tes racines de trois centimètres.

Son châtain à elle est désormais traversé de filaments gris, et sa peau moins élastique.

Six mois plus tôt, en passant le disque de coton sur son visage, elle avait soudain constaté que les deux parenthèses s'étaient durcies de chaque côté de sa bouche. Cet air triste et revêche *comme sa mère.*

Elle avait retrouvé la liste des contacts parisiens fournie par le FBI au moment de son entrée en clandestinité – et contacté la clinique esthétique. C'était le moment ou jamais d'agir, avant que les sillons nasogéniens ne se creusent irrémédiablement. Molly ne fit même pas allusion au programme Witsec, à l'éventuelle rhinoplastie qui lui avait été conseillée.

Elle ne venait pas pour disparaître, mais pour retrouver son passé. Maryam, avec qui la caricaturiste déjeunait de temps à autre, l'observa un jour, les yeux mi-clos :

— Tu as changé… Tu es tombée amoureuse, ou bien est-ce le bon air de la banlieue ? Tu as l'air tellement moins soucieuse.

Molly avait maintenant ses habitudes, et elle n'était pas loin de penser que c'était le début du bonheur. De temps en temps, le week-end, elle louait sur Airbnb une maisonnette avec jardinet à quinze kilomètres de Chartres, où elle plantait des radis, des tomates cerise et des herbes aromatiques.

Même si la Beauce n'était en rien comparable avec sa résidence de Fall City, au bord de la rivière, et que son potager n'avait rien des légumes généreux nourris au bon air iodé du Pacifique, ça la rendait heureuse. Elle aurait volontiers envisagé de s'éloigner de la capitale si Grace, qui étudiait désormais dans une classe préparatoire littéraire, avait pu quitter Paris.

Son agent référent l'avait félicitée pour son adaptation :

— Restez vigilante, Maureen. Vous êtes toujours sur la liste.

Elle avait bien sûr omis de lui préciser que, dans le cadre de ses interventions en crèche, il lui arrivait de conter l'histoire d'une famille d'écureuils cachée dans le conservatoire des plantes de Volunteer Park.

Qu'est-ce qu'en sauraient des enfants si jeunes ? Ils n'allaient pas rentrer chez eux, en caftant : « La dame de la bibliothèque nous a raconté une histoire qui se passe à Seattle ! » Cette dame qui parlait si bien français, et qui expliquait les dessins dans le détail. Ils étaient incapables d'articuler Volunteer Park, ni Seattle. D'ailleurs, elle ne prononçait plus jamais le mot « Seattle », mais S. Une ville rêvée qui appartenait désormais à la légende.

33

Tam-tam

12 décembre 2014

SHIRLEY,

Si j'avais de l'humour, je te dirais que ta nouvelle m'a fait l'effet d'une bombe.
Ma Shirley maman... Le jour où tu m'as envoyé ta capture d'écran j'ai cru sentir à nouveau les petons de Grace tambouriner contre mon ventre. Je ne sais si c'était la colère, déjà, qui l'agitait, ou la hâte de sortir... Ça chahutait drôlement, là-dedans.
Depuis deux jours, je ne vois plus que des petits ventres qui se tendent sous les manteaux et les pulls. Pour un peu, ça me donnerait des envies de fraises et de cheddar hors d'âge.
Tu savais que la bibliothèque est le refuge des femmes enceintes ? Elles feuillettent les bouquins du rayon puériculture d'un air anxieux, et derrière la couverture du livre, elles épient les jeunes mères et leur marmaille agitée.
Quand un mouflet braille, je les vois tâter leur abdomen, paniquées. Ahah ! Trop tard ! J'ai envie de leur dire :

Mes belles, filez vite d'ici, aucun marmot au monde n'a jamais donné envie d'avoir un enfant.
Le tien, Shirley, c'est certain, il va dépoter.

Tu sais quoi ? Si je n'avais pas Grace, je serais déjà morte. Les enfants n'ont pas leur pareil pour vous ressusciter, même à l'autre bout du monde.
Une sacrée nouvelle de mon côté. J'ai rencontré quelqu'un ! Je vois d'ici ton regard qui frise. Ce n'est pas ce que tu crois... Elle s'appelle Susannah, elle est peintre et je l'ai croisée la première fois il y a dix jours dans le hall de mon immeuble. Son caddie était coincé dans l'ascenseur. Il débordait, non pas de poireaux et de carottes, mais de pinceaux, de toiles, de pigments, et surtout elle sentait la térébenthine. Cette odeur, mon Dieu, je pourrais la sniffer jusqu'à ce que mort s'ensuive. Elle m'a dit qu'elle peignait une fresque animalière, dans l'appartement du dessus. Je lui ai demandé si elle utilisait un rétroprojecteur. Elle m'a regardée d'un air étrange, *comme si elle comprenait*. « Ah mais, c'est toi l'artiste ! Viens voir ce que je fais, mais si ! Tu n'en reviendras pas », je me souviens de ses mots. « Tu n'en reviendras pas », tu vois ce que je veux dire ?
Elle a eu l'air si pressante, que j'en ai eu la chair de poule. Ça faisait si longtemps que la menace n'avait pas vrombi. En un quart de seconde, mon cerveau s'est mis à lancer des fléchettes empoisonnées.

1. J'attendais un homme, ils ont choisi une femme.
2. Elle a glissé un couteau dans son caddie.
3. Elle porte un gilet explosif.
4. L'ascenseur va faire une halte, un mec va entrer et me trucider.
5. Au moment où elle ouvrira la porte de son appartement, un mec va surgir de derrière les rideaux.

J'ai décliné l'invitation, les mains en sueur.
On y est allées le lendemain, avec Doris – tu l'aurais vue jouer à la grande bourgeoise en quête de décor peint pour son appartement ! Ça nous a bien fait rire. Même Lacrymo jouait au chaton de race, tranquille dans ses bras, les yeux mi-clos.

Tu adorerais Susannah : elle s'installe dans les appartements pour quelques mois, elle peint des fresques à la Douanier Rousseau, puis, comme un bernard-l'hermite, elle change de coquille. Tu ne trouves pas ça beau, toi ? Je t'enverrai la photo de son tigre : il ressemble au tien, tu sais, celui que tu as posté sur Instagram.
Plus tard, si je peux reprendre mon métier, j'aimerais décorer les murs des autres.
À vrai dire, j'ai débuté quelque chose, sur le mur de la bibliothèque et je

Molly s'arrêta net. Elle oubliait régulièrement que son courrier était lu comme celui d'une pensionnaire du XIXe siècle. « Enfin Maureen, Vous n'êtes PLUS dessinatrice ! Arrêtez vos bêtises. » Elle effaça tout le paragraphe.

De mon côté, je me suis mise à écrire... Depuis le temps que j'en parlais. Personne n'ira me chercher là, n'est-ce pas ? Je t'adresse ci-joint deux petites histoires pour la jeunesse. Vole-les, inspire-t'en, illustre-les, fais-en ce que tu veux. Tu les liras à Shirley junior, en lui expliquant que c'est un cadeau de sa marraine disparue.

Je prie, en cette fin d'année, pour que 2015 soit aussi calme que toutes celles qui viennent de s'écouler. Je prie pour que ce bébé et toi vous portiez au mieux.
Je voudrais tant rentrer à la maison, si tu savais. Je ne peux pas m'empêcher de me demander, souvent, si souvent, ce que je serais devenue si j'étais restée à Seattle. J'ai l'intuition qu'il me serait arrivé de toute façon *quelque chose*. Peut-être aurais-je été victime d'un accident sur la route de Fall city. Peut-être aurais-je été trucidée par un tueur en série, peut-être ma maison aurait-elle pris feu. Peut-être Grace aurait-elle été hospitalisée, squelettique ? C'est peut-être une bonne chose, d'être devenue bibliothécaire. C'est peut-être une bonne chose pour Grace d'être partie. Peut-être tout cela s'inscrit-il dans une logique qui me dépasse.
Tu as appris, toi aussi pour mon père ? J'espère qu'il va tenir le coup, les traitements sont rudes. Je lui écris, tu

sais. Je voudrais tant te serrer dans mes bras, chatouiller les petits pieds potelés de ton bébé que je ne connaîtrai peut-être jamais.
Quatre ans, mon Dieu.

Pense à moi, oublie-moi.

Ta petite Molly.

34

Périphérie

7 janvier 2011, Malakoff

La maladresse de Grace avait donné naissance à une période de stupeur. Après avoir épluché les profils des lycéens et évalué le niveau de risque encouru, Washington avait décidé de laisser l'adolescente dans son lycée. Sa disparition risquait d'apporter le plus spectaculaire crédit à ses propos, alors que l'on pouvait assez facilement expliquer son attitude par la consommation de cannabis fortement dosé en THC, et le désir inconscient d'attirer l'attention.

Une jeune fille, déracinée, déprimée et anorexique, n'aurait-elle pas été tentée d'inventer un bobard pareil ?

Dieu merci, le prénom de sa mère, probablement chuchoté ce soir-là dans l'oreille de son ami – et encore, Grace n'en était pas sûre à cent pour cent – n'était pas apparu sur les réseaux sociaux.

En tapant « Molly, protection de témoin, Witsec », n'importe qui aurait pu opérer le recoupement fatal. Maureen était, tout comme Gabrielle, invisible.

Le 8 janvier, Grace était retournée au lycée, penaude, jouant la contrition à la perfection, répondant par un sourire confus, les yeux baissés, à tous les adolescents narquois qui suggéraient qu'elle devait d'urgence songer à se faire embaucher comme scénariste.

Grace joignait ses mains en une prière, en les fixant de ses yeux bleus. Pouvaient-ils cesser d'en parler ? Elle avait tellement honte.

Pour l'instant, la vérité était contenue. Mais pour combien de temps ?

Une question demeurait. Grace avait-elle prononcé le nom de sa mère ?

Par mesure de sécurité, on relogea Molly et Grace en proche banlieue sud, à Malakoff.

Quand Molly l'apprit par téléphone, le 1er janvier 2011, et qu'elle répéta ce nom si curieux, à haute voix – comment dites-vous, Malakoff, vous êtes sûr ? – Doris, qui était en train de caresser Lacrymo sur le canapé, sursauta comme si on l'avait piquée avec la pointe d'une aiguille. C'était Malakoff ou avenue de Malakoff dans le 16e arrondissement ?

— Non, vraiment, Malakoff, dans les Hauts-de-Seine, répondit Molly.

— Quelle coïncidence s'écria-t-elle, j'habite juste à côté… à Vanves !

Molly approcha de Doris et lui toucha légèrement l'épaule – alors qu'elle aurait voulu la serrer dans ses bras. Elle avait toujours été si maladroite, élevée dans une famille si peu tactile.

— C'est magnifique, murmura-t-elle. Tu pourras retourner chez toi, le soir !

Doris en profita pour annoncer son départ pour le Liban, une mission d'un mois et demi à l'ambassade.

— Il est temps qu'on se sépare un peu, tu ne penses pas ? Il est très rare qu'un officier de sécurité reste aussi longtemps avec sa personnalité. La familiarité est toujours un risque.

— Mais bien sûr, tu me l'as déjà dit, lança Molly, faussement désinvolte. Et tu pars quand ?

— Demain. Oh, mais ne vous inquiétez pas, toutes les deux. Vous y gagnez au change. Caroline a vingt-sept ans, elle est futée et compétente.

— Ah, certainement répondit poliment Molly, qui pensait *Le problème, ça n'est pas la compétence... C'est le changement de vibrations dans l'air.*

Molly et Grace mirent le pied à Malakoff le matin du 4 janvier, en pleine tempête de neige, après avoir passé quelques jours dans une petite chambre de dix mètres carrés dans un hôtel glauque et glacial rue de la Gaîté, en face d'un sex shop. L'arrivée – en voiture blindée – à Malakoff leur fit un choc. Les grandes rafales de vent qui soufflaient par à-coups arrachaient leur capuche et cinglaient leurs joues. Les flocons pénétraient dans leurs yeux, sur leurs lèvres, s'accrochaient à leurs cils. Grace pencha la tête en arrière, ouvrit la bouche et tira la langue.

Sur les trottoirs, le tapis s'épaississait à vue d'œil.

— On dirait un genre de Disneyland communiste ! cria Molly, en tenant sa capuche. Vous avez lu tous ces noms ? Stade Lénine, école Jean-Jaurès, rue Salvador-Allende.

— J'adore l'idée, s'esclaffa Grace. C'est trop génial.

Molly était affectée à la bibliothèque-médiathèque Pablo-Neruda, en plein cœur de la ville, un vaste espace vitré recouvert de panneaux rouges et orange, qui ressemblait plutôt à un palais des congrès. Le département jeunesse était immense. En sortant, Molly eut un haut-le-corps. La bibliothèque était située juste en face d'un magasin d'articles funéraires, avec large choix de cercueils biodégradables, rembourrés de satin tout doux, service de gravure à l'or fin. Quand elle fit remarquer cela à la garde du corps, Caroline haussa les épaules.

— Et alors ?

— Oh, un simple symbole, répliqua Molly.

— Les symboles ne tuent pas, marmonna Caroline, ce qui déclencha un petit rire sec chez la caricaturiste. Je n'en dirais pas autant, poursuivit la garde du corps, de ces baies vitrées de deux mètres quatre-vingts. Je ne sais pas où ils sont allés pêcher cette bibliothèque, il faut le faire, grommela-t-elle. Vous avez vu le film *I comme Icare*, avec Yves Montand ? Au moment de trouver le fin mot de la vérité, le juge se fait shooter par un fusil d'assaut, tout en haut d'une tour de verre. Icare, quoi...

— Subtil, le symbole...

— Ne vous inquiétez pas, de toute façon, j'assure.

Molly se tut. Moins parce que sa garde du corps avait des références cinématographiques hasardeuses, mais parce qu'elle avait le sentiment désagréable d'être lâchée dans la nature.

— Je ne vois pas pourquoi ça nous arriverait plus ici qu'à la maison, se plaignit-elle. On n'a même plus de double vitrage ! Je pourrais prendre un plomb de chasse dans le cul à 6 heures du mat en préparant mon café. Quant à...

— Quant à ? reprit Caroline.

— Non, rien...

— Vous parlez super bien français. Doris a raison.

— J'écoute France Inter, je lis le *Monde* et j'ai une

fille qui fait des études de lettres françaises. Je bouffe français, je bois français. Et je produis même des cacas extrêmement sophistiqués ! grinça Molly. Mais ce n'est rien à côté de Grace. Elle, si elle a progressé, c'est pour s'éloigner de sa langue maternelle. Elle me hait.

— N'importe quoi ! lâcha Caroline.

Molly soupira.

Doris aurait déjà tiré une cigarette de son paquet et l'aurait allumée, les yeux dans le vague, en exhalant deux petits filets blanchâtres de ses narines. Elles auraient parlé des relations avec leurs mères en sirotant une tisane au gingembre.

L'équipe de la médiathèque Pablo-Neruda était aussi chaleureuse et amicale que la précédente avait été taciturne. Molly se prit tout particulièrement d'affection pour Elsa, en charge des romans policiers et des périodiques, une rousse de trente et un ans, avec une frange épaisse et un gloussement facile, et pour Benoît, la petite cinquantaine, crâne rasé, yeux pétillants derrière ses lunettes de myope. La responsable de tout ce petit monde – une vingtaine d'employés –, Bérénice, était une grande femme d'une quarantaine d'années, avec un visage de Joconde – yeux verts, cheveux noirs, carnation pâle et taches de rousseur. Elle accueillit Molly en l'embrassant, comme si elles se connaissaient depuis toujours.

Molly se sentait « au chaud » dans la bibliothèque. Dès que Caroline la lâchait devant la porte, elle allait saluer les uns et les autres, se calait derrière son écran, et, en attendant les premiers lecteurs, se connectait sur CNN ou sur Seattle News, son mug de café à la main. Elle aimait le rituel du petit déjeuner partagé le mercredi matin, dans la salle de conférences. Elle aimait quand Elsa passait dans les services, avec sa cafetière et son plateau garni. Elle aimait ouvrir les colis adressés par les éditeurs et rire, d'un ton parfois méprisant, de tous ces livres un peu nuls de psychologie positive ou de sexualité pratique pour prépubères dévergondés. Ils décernaient même les prix conscourts pour les ouvrages particulièrement lénifiants, ce qui provoquait une joie mauvaise chez la caricaturiste. Après quelques semaines, cette bibliothèque, il fallait bien en convenir, était devenu son cocon, sa coquille douillette, où, quoi qu'en dise Caroline, elle se sentait maintenant totalement en sécurité.

Au retour de Doris, la vie prit un autre tour. La garde du corps arrivait vers 8 heures et regagnait sa maison à 18 h 30. Chaque soir, son départ creusait un vide.

L'officier de sécurité, par sa seule présence, avait tenu à distance, entre mère et fille, les psychodrames quotidiens – tragédie, rancœur, culpabilité. Molly et Grace se retrouvaient seule à seule, avec pour tout intermédiaire le petit Kurt, qui filait sur ses pelotes, oreilles plaquées vers l'arrière, dès que le ton montait.

Elles consacraient leurs soirées, affalées sur le canapé, à regarder un épisode de *Star Wars* ou de *Breaking Bad*, à disputer une partie de Scrabble, en français ou en anglais – selon le degré de fatigue de l'une ou de l'autre.

La querelle pouvait naître d'un rien, comme dans les vieux couples usés, qui redoutent en l'attendant la remarque blessante, le bruit gênant, le tic de langage ;

tout ce qui, à partir d'une brindille sèche, fera flamber la chamaillerie.

Grace, courtoise jusqu'au départ de Doris, asticotait ensuite sa mère, mine de rien. Qu'avait-elle prévu pour dîner ? Où avait-elle acheté ces tomates ? Tout de même pas chez Franprix ? Pourquoi se laissait-elle aller à la facilité alors qu'il y avait des petits commerçants délicieux au marché ? Et les vacances, c'était pour quand ? Est-ce qu'elle pouvait lui donner un coup de main pour son devoir sur le conatus chez Spinoza ? Non ? Mais quel type de mère était-elle, alors, celle qui ne pouvait pas même dépanner sa fille dans les devoirs ni lui payer un aller-retour aux États-Unis ?

Parfois elles s'enfermaient chacune dans leur chambre, fâchées, pour une guerre froide sans merci. La gagnante était celle qui parvenait à récupérer le chat pour la nuit. Il arrivait à Molly de le capturer en douce, en agitant le bol de croquettes, et de frapper à la porte de sa fille pour lui en faire cadeau.

Elle n'obtenait qu'un silence abyssal pour toute réponse.

— La pyramide de Maslow, ça te dit quelque chose ?

Le ton, qui provient du fond du couloir, est acerbe et comminatoire. Il est 21 h 30, Molly vient tout juste de ranger les couverts et de passer un coup d'éponge sur l'évier.

Elle lâche sa boule à thé, oublie la bouilloire frémissante et sa tisane au gingembre. Elle sent une raideur dans sa nuque, annonciatrice d'une catastrophe périscolaire.

Grace va encore lui reprocher de ne RIEN savoir, de ne PAS l'aider ; l'accuser de l'avoir entraînée dans cette école, dans ce pays, dans ce bazar. Et, toujours, on en reviendra au 21 avril 2010.

— À peu près, répond Molly, je sais qu'il s'agit des besoins ou des désirs humains, quelque chose comme ça.

Elle entend un grognement.

— P'tain, gémit l'adolescence. J'ai ce devoir de philo, une dissert d'anglais à terminer. Je ne pourrai jamais me coucher avant minuit !

Chaque mot percute un peu plus Molly. Intérieurement, elle est une petite vieille courbée sur sa canne, que l'on aurait rouée de coups. Elle rejoint le salon, allume son écran. Vite, une tisane de mots, une caresse rassurante. Ce n'était pas la première fois que la fille appelait au secours et que la mère, en sueur, se précipitait en tremblant sur son ordinateur. Il lui était déjà arrivé de survoler quelques vidéos pédagogiques sur la disparition de la monarchie edwardienne ou le moralisme dans la poésie française au XVIIe siècle.

— Grace, tu te mets trop la pression. Les lycées en France sont régis par le stress. Calme-toi.

— Mais tu sais pourtant que je ne supporte pas qu'on me demande de me calmer quand je suis vénère ! Tu le fais exprès ?

Molly soupire.

— Une toute petite minute.

Elle clique sur Wikipédia, en se félicitant d'avoir réalisé de tels progrès en « maternitude ». Si elle était restée à Seattle, elle aurait tout simplement renvoyé Grace dans ses pénates. *Tu es capable de le faire, fais-le.* Mais toutes ses certitudes – même éducatives – ont désormais volé en éclats.

Travailler en coulisse, être une mère présente, souterrainement, ne pas occuper trop l'espace : c'était son job désormais.

Il y a quelques jours, à la bibliothèque, au rayon des magazines, elle a lu l'interview d'une psychologue française, Maryse Vaillant, sur les relations avec les adolescents : « Aux yeux des ados, expliquait cette psychologue, une mère est toujours *trop*. Elle existe trop fort, elle sent toujours trop fort. » Molly s'était juré d'exister moins, et mieux.

— D'après Abraham Maslow (années quarante), lit-elle à voix haute, les êtres humains sont gouvernés par cinq types de besoins, structurés selon un ordre pyramidal. Il leur faut accomplir le premier stade pour accéder au deuxième, puis au troisième. Le premier stade de la pyramide conçu par Maslow, est celui des besoins physiologiques : boire, manger, dormir. Vient ensuite le stade de la sécurité (matérielle, psychologique...), puis le besoin d'appartenance (famille, collègues de bureau, partage d'une idéologie commune...), et le besoin d'estime de la part des autres. Enfin, quand on a validé toutes ces étapes, il nous reste la dernière : le besoin d'accomplissement de soi.

— Si c'est pour lire Wikipédia, je peux le faire aussi !

Molly ignore l'ultime salve de Grace. Elle réfléchit, la pyramide multicolore sous les yeux. Elle, elle a franchi tous les stades, les uns après les autres, et elle en a même trouvé un sixième : remplir sa mission jusqu'au sacrifice. On pouvait même dire qu'elle s'était jetée du haut de la pyramide, sans filet de sécurité.

— Et ça, monsieur Maslow, murmura-t-elle, vous auriez pu y penser.

35

Frère de menace

10 septembre 2012

Deux ans jour pour jour après son arrivée en France – Molly apprit, sur les ondes de France Inter, que l'autobiographie de Salman Rushdie, son « frère de fatwa », sortait simultanément dans une dizaine de pays, dont la France. Molly téléphona immédiatement à la librairie Shakespeare and Co., mimant par téléphone l'idolâtre lectrice, avant de se résoudre à laisser Doris s'y rendre, par mesure de sécurité.

À son retour, elle se jeta sur le gros roman de sept cents pages qu'elle honnit dès le début. Salman Rushdie s'y montrait, d'après elle, vaniteux, suffisant – égrenant d'illustres noms d'artistes, se prélassant dans tous les honneurs dus à son « rang de personnalité menacée ». Il semblait mesurer sa renommée, voire sa valeur littéraire, à l'aune de son escorte, au nombre de jets privés affrétés à son service, et même aux dégâts collatéraux chez ses proches – un de ses traducteurs n'avait-il pas fait les frais de la fatwa ?

Il n'était pas entré dans la machine à blanchir avec essorage à mille deux cents tours minute, grinçait-elle, amère. Comme le signalait ironiquement un de ses amis, il avait « disparu à la une », lui !

Quand le livre arriva à la bibliothèque Pablo-Neruda, il déclencha un émoi général. Bérénice l'emporta chez elle, et, le lendemain, décréta que c'était un chef-d'œuvre.

Il fallait s'attendre à une razzia et à beaucoup de frustrations du côté des lecteurs qui allaient se succéder à un rythme effréné. Quel héros ! conclut Bérénice. Et quelle existence terrible de fugitif ! Il avait bien du courage.

— C'est de la merde en barre, cingla Molly. Le mec est égocentrique et bouffi d'orgueil. Tu n'as pas remarqué que cette daube ne lui sert qu'à s'offrir une rédemption littéraire spectaculaire ? Un silence ébahi, consterné salua ses propos.

Benoît, médusé, la mâchoire descendue d'un cran, passa sa main sur son crâne chauve. Bérénice écarquilla les yeux. Avait-elle consommé un produit illicite, ce matin, ou était-elle sortie du ventre de sa mère dans cet état de rage ?

Ce pauvre homme vivait sous cloche, dans une prison ambulante, et rien que pour acheter une baguette de pain, il devait prévenir une horde de gardes du corps, quelques heures à l'avance. Sans parler des déménagements incessants. Elle la foudroya du regard.

— Ta haine envers Rushdie est assez suspecte.

Molly s'en voulut pour son imprudence. Elle bredouilla des excuses. Elle n'aimait pas ce livre, mais elle le concédait volontiers, elle était allée trop loin.

En son for intérieur, il lui fallait bien admettre que certains passages l'avaient émue aux larmes. La multiplication des corbeaux, sur la cage métallique, allusion aux *Oiseaux* d'Alfred Hitchcock, l'une des scènes les plus terrifiantes du film, avait fait écho à sa propre peur.

Elle avait également été touchée par sa belle sincérité, quand il évoquait ses retrouvailles avec l'écriture. « Je me laissais tomber avec délice dans ce lieu profond où les livres non écrits attendent d'être découverts. J'étais redevenu un écrivain. » Ce paragraphe justifiait à lui seul les sept cents pages du roman. En le recopiant dans son petit carnet à croquis, elle avait senti ses yeux s'embuer.

Ce n'était pas un livre sur la clandestinité ou la peur, c'était un livre sur l'art. Chez elle aussi, la créativité avait le pouvoir étrange d'atténuer ses angoisses et d'enrayer la machine à doute. Quand elle ne peignait pas, quand elle n'écrivait pas, elle était ce genre de personne qui hésitait indéfiniment, entre deux livres, deux paires de chaussures, voire deux types de fromage, les bras ballants, au milieu d'un magasin.

Peindre lui remettait le cerveau d'aplomb. Soudain, elle savait qui elle était, ce qu'elle voulait très précisément ; même ses gestes étaient plus assurés, son regard plus pénétrant. Elle n'avait plus de doute sur la place qu'elle occupait sur cette Terre, que ce soit à Seattle ou à Paris. Mais ce pouvoir, immense, dévolu à la peinture, à la littérature et à l'art en général, pour lequel elle aurait tout sacrifié, l'effrayait comme un Dieu que l'on craint de perdre.

L'envie de retourner à Seattle revint la chatouiller avec insistance. L'imprudence de Grace avait paradoxalement contribué à faire fondre sa peur. Il ne s'était finalement rien passé. En outre, l'imam al-Awlaqi avait été tué par un drone américain à la fin de l'année 2011.

Elle s'apprêtait à demander si l'embargo avait été levé, comme on fait un check-up avant d'entreprendre le tour du monde, quand elle reçut un coup de fil du FBI.

Son nom avait été reconduit sur la « hit list » du magazine d'Al-Qaïda (*Inspire*) parmi d'autres nouveaux noms – les caricaturistes du journal *Jyllands-Posten* (Carsten Juste, Kurt Westergaard, Lars Vilks et Flemming Rose), bien évidemment la star Salman Rushdie, de même que le Français Stéphane Charbonnier alias Charb, directeur de *Charlie Hebdo*, un magazine satirique déjà victime d'un incendie criminel, suite à la publication d'un numéro particulièrement controversé, « Charia Hebdo ». L'incendie qui avait ravagé les locaux en une nuit avait valu alors à Molly un coup de fil spécial du bureau de Washington. Elle devait se tenir le plus possible éloignée de ces caricaturistes, de ce journal, ne jamais chercher à les approcher et si possible éviter cet arrondissement de Paris.

Aujourd'hui, en ce jour de 2013, elle se retrouvait à nouveau sur cette liste sombre, au sens propre comme au figuré, intitulée ironiquement « YES WE CAN », comme un pied-de-nez à la politique de Barack Obama.

Elle se sentit, ce jour-là, comme une patiente injustement frappée, une seconde fois. Elle avait suivi tous les traitements, obéi au doigt et à l'œil, assisté à l'élimination de la cellule ennemie grâce à une frappe qualifiée de chirurgicale, suivi les séances de chimiothérapie comme il le fallait. Il y avait eu malgré tout récidive.

***

Ma mère me demande quel est le sujet de mon livre. Je lui résume l'histoire de la caricaturiste, le protocole Witsec, le changement d'identité.

— C'était courant, pendant la guerre lance-t-elle, évasivement.

— C'est-à-dire ?

— Eh bien, Les faux papiers, les noms d'emprunt. La Résistance. Ton père aussi, rappelle-toi.

Nous sommes souvent aveugles devant les évidences, et pétrifiés de voir le passé renaître sous nos yeux, dans toute sa lumière.

Comment n'y ai-je pas songé plus tôt ?

Engagé très jeune à Laval, dans la Mayenne, auprès des Forces françaises de l'intérieur, mon père a contribué à la fabrication de faux papiers d'identité. Combien en a-t-il réalisé ? Je ne sais pas. En revanche, je sais qu'un jour, au lycée Saint-Louis où il était scolarisé, quelqu'un – le proviseur ? – a couru derrière lui :

— Carquain, dépêchez-vous, les Allemands sont à vos trousses.

Il est parti sans demander son reste, a fui l'établissement, regagné sa chambre de bonne, où il a appris que sa cousine, Mme Chauvin (la mère de Rémy Chauvin le scientifique), qui se portait garante de lui, avait déjà été « emmenée ». Ne sachant trop où aller, il a rejoint la ferme d'un de ses cousins, en Mayenne, où il a passé six mois caché, en clandestinité, avec ses faux papiers. Pendant ce temps, Mme Chauvin, elle, a été incarcérée à la prison de Fresnes. Il ne nous en a jamais parlé. Bien sûr, il s'en était ouvert, par la force des choses, à ma mère, mais sans s'étendre sur la question. Quand, pendant les réunions de famille, mon grand-père maternel, qui lui-même avait été emprisonné par les Allemands, lui demandait, de son œil bleu malicieux : « Et vous, André, qu'avez-vous fait précisément pendant la guerre ? », il s'en sortait par une pirouette, et s'en allait débiter du bois en silence dans le fond du verger.

Nous savions tous que cet homme si secret n'aimait pas parler de cette histoire – bien qu'il nous ait confié, un jour, à nous ses trois filles, un beau texte en vers libres sur « sa » Résistance.

Chaque année, nous allions rendre visite, dans un pavillon de banlieue ouvert sur un jardinet, à Mme Chauvin, coiffée d'une magnifique chevelure d'un blanc immaculé, dont le seul intérêt pour nous, les enfants, était qu'elle possédait une perruche bleue, dans une cage posée sur un guéridon. Elle nous recevait avec de petits biscuits ramollis par l'humidité et de la grenadine rose pâle qu'elle nous servait dans des petits verres à porto.

On dégustait notre faux porto dans une ambiance religieuse, impressionnées par le silence, rompu par les bruits de déglutition de la vieille dame.

Qui était-elle ? Nous ne le savions pas. Nous voyions que mon père saluait toujours cette grand-mère d'adoption avec beaucoup d'émotion et lui serrait la main avec une telle vigueur qu'elle faisait mine de le gronder : « Allez, ça suffit maintenant, André, vous êtes en train de me broyer la main ! » Puis, elle se tournait vers nous, nous qui défilions, par ordre de taille et d'âge, de l'aînée à la plus jeune, en s'écriant, les bras levés vers le ciel : « Comme vous avez grandi ! Mais je ne les reconnais pas ! »

Je ne pouvais imaginer alors que nous représentions, pour cette femme, ce cadeau de la « vie sauve », et que nous ne devions notre pauvre existence d'enfant qu'à l'héroïsme de cette femme qui s'était fait arrêter à sa place. L'évidence se passe de littérature : si mon père avait été déporté pour fait de Résistance, nous ne serions pas en train de grandir sous ses yeux. Nous trois, ce triple miracle.

Le silence régnait dans la pièce, entrecoupé de confidences chuchotées, petits rires, froufroutements des ailes de la perruche. Nous refusions une deuxième tournée de biscuits ramollis, et filions pour aller voir l'oiseau dans sa cage.

Un jour, il s'est produit un drame.

C'était le printemps, la perruche était installée au soleil, dans le jardinet, sur une table en fer forgé. Je me suis échappée du cérémonial du porto pour fuir dans le jardin avec le désir irrépressible de désobéir. J'ai ouvert à demi la petite grille fermée par un morceau de fil de fer, en bouchant l'ouverture de la cage avec ma main pour éviter que l'oiseau ne s'échappe. Ma menotte était trop petite et le désir de l'oiseau trop grand. J'ai entendu des cris de tristesse.

— J'avais juste envie de..., me suis-je étranglée.

On a accusé Pierre Perret qui avait, dans une chanson gaie et mélancolique à la fois, incité les enfants à ouvrir la cage aux oiseaux. Mais moi je voulais surtout, je le sais bien, ouvrir la cage du secret.

Ma mère a retrouvé, bien plus tard, dans une chemise baptisée A.C., sa carte d'identité factice sous le nom d'André Casalin, le faux nom de résistant de mon père dont le visage juvénile, voire candide, à vingt ans, me fait aujourd'hui étonnamment penser à celui de mon fils aîné et de mon neveu Victor. Dans cette chemise, il y avait aussi un document précieux, tamponné par la croix à double traverse, signé par un certain Joseph Brochard, Comité de Libération de la Mayenne et membre du CDT, attestant que M. Carquain, membre du groupe de résistance de la Mayenne, avait toujours fait son devoir de patriote pendant l'occupation allemande.

Ce nom, Casalin, jumeau de Carquain.

Partout, les particules du secret envahissent l'air du

quotidien, fugaces, subtiles, comme des ondes, sur nos corps d'enfants. Quelqu'un, dans une famille, les attrape au vol avec une plume, un pinceau, et, d'une manière ou d'une autre, entreprend la recomposition.

L'écriture peut commencer.

Il n'a jamais, jamais parlé de cela.

Sauf quelques semaines avant sa mort. Il sortait d'une intervention chirurgicale et s'apprêtait à rejoindre une clinique de « soins de suite ». Était-il encore sous anesthésiants ? Sur son brancart, vers l'ambulance, il m'a hélée :

— Toi qui es journaliste, tu devrais enquêter.

— Mais… sur quoi ?

— Sur les Allemands. Tu ne peux pas imaginer ce qu'ils sont en train de faire. C'est quelque chose d'énorme. C'est inimaginable.

Je devais avoir un sourire ironique, face à cette petite perte d'esprit temporaire, car nous sommes, nous, toujours prompts à nous moquer gentiment de nos parents, quand ils sont déjà partis ailleurs, de crainte d'avoir à en pleurer. Il a insisté :

— Mais je t'assure, je ne te raconte pas d'histoire. Mène l'enquête, tu écris des livres, après tout.

On pensera que c'est un hasard.

On peut aussi juger que, ce matin-là, celui du 7 janvier 2015, au moment même où le visage de Molly N. m'est apparu d'entre les morts et les fusillés sur mon écran d'ordinateur, au moment même où j'apprends le destin de cette femme, qui a dû se cacher du monde entier pour échapper au pire ; on peut imaginer qu'à ce moment-là, je me sois sentie moi aussi rattrapée par quelque chose qui ressemble à une mission filiale.

36

Sur le fil

7 janvier 2015, 11 heures

Ce jour-là, un mercredi – elle s'en souviendrait longtemps – Molly arrive à 9 h 10 devant la médiathèque Pablo-Neruda. Pour la collation de l'équipe, elle a acheté des chouquettes à la boulangerie alsacienne sur la place du Marché – celles qu'elle aime particulièrement parce que les gros grains de sucre roulent sous la langue. Elle a aussi choisi un gros pain d'épices maison que la boulangère a enroulé précautionneusement dans une feuille de Cellophane avant de le lui tendre, d'un air complice, car il lui plaisait que Maureen, l'Américaine, apprécie sa spécialité parfumée au cumin et à la fleur de badiane.

Elle s'est coiffée avec des couettes pour atténuer l'effet gonflant du brushing réalisé en salon hier. Elle n'a jamais aimé avoir l'air trop apprêtée – et ce, d'autant plus que le coiffeur a, juge-t-elle, forcé sur le ton roux flamboyant. Elle se souviendrait longtemps de cette couleur criarde, de sa gaieté matinale, et de tout ce qui avait composé ce jour-là.

Le monde entier n'allait-il pas se rappeler ce qu'il faisait le 7 janvier 2015, à cette heure-là, à cette minute-là, comme, dit-on, chacun sur cette Terre avait encore en mémoire la place précise qu'il avait occupée dans l'espace, dans la rue, en réunion, au café sur le trajet du lycée, le 11 septembre 2001, aux environs de 15 h 30 heure française – 9 h 30 heure locale – moment où le second Airbus, percutant la seconde tour, avait réduit en cendre le dernier doute ?

Ce mercredi-là, la journée allait être chargée, annonça Bérénice devant l'équipe au complet – Maureen, mais aussi Elsa, Benoît, Hélène et Lea, chargés du secteur adultes, Félix et Esther, qui dirigeaient le département « Usuels ».

— Je vous rappelle que nous avons la grande joie d'accueillir Marie Desplechin pour son roman *Verte.* Combien d'enfants, cet après-midi ?

— Une bonne trentaine, sans parler des adultes, répondit Molly.

— Formidable !

— J'ai préparé des guirlandes en papier, j'ai découpé des écureuils et des gorilles, mais j'ai encore beaucoup à faire. Je n'aurai même pas le temps de déjeuner.

Quand elle ajouta qu'elle devait faire un petit raccord sur la fresque murale amazonienne – la face du gorille avait été jugée trop effrayante –, Bérénice sourit affectueusement. Maureen avait tendance à en rajouter dans l'agressivité graphique mais elle était si douée, c'était à se demander ce qu'elle faisait dans une bibliothèque ! N'était-elle pas désireuse d'animer quelques ateliers d'arts plastiques l'an prochain ? On allait en reparler assez rapidement.

Molly la fixa d'un air absent.

Mais déjà Bérénice passait à autre chose.

— Qui assurera l'accueil jeunesse pendant que Maureen procède à son raccord ? Elsa, tu le sens, toi ?

— Je déteste les mômes, mais je vais dépanner Maureen, plaisanta Elsa.

— Ne t'inquiète pas, répondit Molly, ici les parents s'occupent bien de leurs gamins. Tu pourras même utiliser mon ordi.

Et jouer à Candy Crush, ricana-t-elle intérieurement.

À 10 h 50, l'équipe se dispersa dans les différents étages. Restée seule dans la salle, Molly sortit ses pinceaux, son assiette en carton en guise de palette et ses pigments. Le gorille, qu'elle avait affublé d'une dentition excessive, retrouva une certaine douceur.

À 11 h 15, elle accrocha les lampions aux fenêtres, gonfla les ballons multicolores, puis elle poussa la table et les chaises contre le mur pour installer de gros coussins et donner une allure festive à cette austère salle de réunion. Ensuite, elle sortit, quelques minutes dans le couloir pour nettoyer avec un Coton-Tige imbibé de white-spirit le bout de ses ongles. Pas question d'empuantir la salle.

Il était 11 h 35 quand, dans le hall, les particules subatomiques vibrèrent de façon singulière, comme si elles avaient entamé une danse à rebours. Ces choses-là se mesurent en un quart de millième de seconde. Ce sont des nanocollisions, d'imperceptibles modifications électriques, comme on perçoit parfois l'émergence du printemps sous la glace. Et puis les mots. Attentat. Fusillade.

Elle entend quelques bribes d'exclamations, des

conversations étouffées, des cris, que se passe-t-il, un attentat, où ça, mais c'est fou, non pas lui. Des noms sont prononcés, des noms bien connus, Wolinski, Charb, Honoré, ah non pas lui, Bernard Maris, il y avait onze morts, tout le monde est passé à la kalach par deux djihadistes, ils étaient deux.

Près de la porte des WC, dans le hall, les mots tournoient autour d'elle, Charb, *Charlie Hebdo,* se tenir éloignée de *Charlie Hebdo.* Molly regarde ses mains, qui ont compris avant elle, et se sont mises à bouger toutes seules, car en cinq ans, elle a appris à ne plus écouter sa peur.

Elle voit alors Elsa, descendre les escaliers d'un pas d'automate, et s'acheminer vers elle, non pas haletante, non pas excitée, mais pétrifiée – comme si elle voulait lui rentrer dedans. Elle n'aime pas ce regard, étranger.

— Il y a eu un attentat, à *Charlie Hebdo,* est-ce que tu sais ? On va fermer les issues avant d'évacuer. Attention à toi.

— Pourquoi, pourquoi tu me dis ça, demande Molly.

Elle regarde autour d'elle, dans le hall, toutes ces baies vitrées, deux mètres quatre-vingts, a dit Caroline, et elle les voit, déjà ; les visages cagoulés collés sur les vitres, les yeux comme des canons pointés sur elle, l'œil droit fermé, le doigt sur la gâchette, *one bullet a day keeps the infidel away.*

Et la liste lui revient en mémoire, cette couleur sépia dégueulasse, ces portraits Photomaton, dont on se demande s'il s'agit de criminels ou de victimes. Le 11e arrondissement est à quinze ou vingt minutes en voiture. C'est sûr, ils vont arriver ils sont en chemin, il y a trop d'air autour d'elle, trop de transparence, pas assez de bras pour la protéger, elle ne veut pas mourir.

Le brouhaha, les parents, les gens qui parlent de l'attentat l'empêchent de penser.

Appeler Doris, il lui faut son téléphone, mais, après ses mains, ce sont ses jambes qui dansent la gigue. Et son cerveau qui flageole. Téléphone, téléphone, Elsa la regarde, Elsa est toujours devant elle, Elsa l'empêche de réfléchir.

— Mon téléphone, marmotte-t-elle, tu sais où il est ? Je crois qu'on m'a volé mon téléphone.

— Il est dans ton tiroir, lui répond Elsa, la main sur la rampe.

Elsa qui continue à la regarder d'un œil trop fixe, sous sa frange épaisse.

Oui, ça lui revient, elle l'a enfermé dans son tiroir, à l'étage, avant de descendre dans la salle de conférences. La clé est dans la poche de son jean.

Molly passe devant Elsa, elle aimerait adopter un air désolé, lui dire que c'est le moment de sortir les albums de Cabu et de Wolinski, et de les placer dans le présentoir pour leur rendre hommage.

L'heure n'est plus à la comédie, mais à la survie.

— Mais dis donc au fait... Maureen, c'est toi qui... Je n'en reviens pas...

Ne pas se retourner, non, ne rien répondre.

Molly se hisse dans les escaliers, jambes mortes, cœur trop tranquille, marche après marche, pénètre dans la salle, il y a encore des enfants, se laisse tomber sur sa chaise, devant l'écran encore allumé, et là, elle voit.

Ça n'est pas *Candy Crush.* C'est son visage.

Sur le fil d'actualité d'Elsa, sur son compte Facebook, il y a Molly N., sourire timide, cheveux châtain foncé, raie sur le côté, montures en acétate noir.

Elle lit « *Cartonnist in hiding, after death threats from Al Qaeda* », puis « *An American journalist wend into hiding and changed her identity after receiving death threats for a carton satirizing Mohammad in 2010* ». CNN.

Mue par une sorte de dissociation, elle pense, *Tiens, j'ai le front drôlement saillant et l'air étrangement inquiet.*

Le voyant rouge, sur son bureau clignote. La ligne intérieure. Elsa. C'est Elsa. Elle a dû les prévenir. Ils sont en train de la démasquer.

Elle ouvre le tiroir tout en les imaginant, à l'étage du dessus, regroupés autour de l'écran, Benoît, Céline, Félix, leurs petits cris obscènes, mais c'est elle, mais oui, c'est Maureen, je te jure que si… Son sosie, sa sœur, sa jumelle ? Non, c'est elle.

Elsa arrive, Elsa l'a suivie évidemment, elle veut retrouver *Candy Crush*, son *fil d'actualité*, et comparer les deux visages. Mais non, c'est inutile, elle a déjà compris : une telle pâleur, le corps qui bouge tant il tremble, la mâchoire qui valdingue. Personne ne se met dans cet état-là pour onze morts, même des morts sympas.

Molly est paralysée, l'effroi l'a envahie, non pas la peur de mourir, mais la crainte d'être reconnue, car la terreur joue des coudes et change de visage pour s'infiltrer, toujours plus. Son portable vibre. SMS, Doris lui envoie un « 9 ». Menace extrême. Il sonne, maintenant, encore Doris :

— Je sors du parc, je t'ordonne de ne pas bouger.

— Il y a des enfants, ici, chevrote Molly, en pleine confusion. Il y a plein d'enfants ici. Mon visage… Ces salauds de CNN, ils m'ont ressortie du placard.

— Je sais, coupe Doris, tu ne risques rien, tu sais où se trouve la réserve ? Il y a un placard à fournitures, ici, non ? Alors planque-toi sous le bureau, j'arrive.

Molly se penche sous sa chaise, tentant désespérément de rassembler ses pensées, mais maintenant le brouhaha s'intensifie, et même dans cette pièce, réservée à la jeunesse, les adultes se mettent à parler des morts. Un policier tué. Une équipe décimée, les tueurs en vadrouille, non, on ne les a pas arrêtés.

Molly a reçu une balle entre les deux yeux, dans l'œil reptilien, le siège du courage et des émotions, son cerveau est en charpie.

Un enfant surgit, deux yeux pâles. Madame, je cherche un livre sur les grenouilles, c'est pour un exposé. Un enfant qui n'est pas en train de déjeuner, un enfant qui ne fait pas la sieste, un enfant, encore un qui va la mettre en danger, vite, s'en débarrasser. Elle se concentre. Les pattes palmées, la peau luisante, les yeux exorbités, Grenouilles, section « Nature », Doc. 219. Tu le feras enregistrer en bas.

Elle attrape son anorak, sur la patère, son bonnet de lutin, être prête à décaniller, dès que le visage de Doris apparaîtra, en espérant qu'ils n'arriveront pas avant, qu'ils ne mitrailleront pas les onze enfants qui sont là, dans la salle, et qu'elle imagine déjà, allongés, le corps pissant le sang, la grenouille écrabouillée, cette mare qui s'étale sur la moquette, poisseuse, et dévale les escaliers.

Et c'est à cet instant, à cet instant seulement, que Molly pense à sa fille.

***

Au moment où j'écris ces lignes, je pense aux propos d'Anne-Cécile.

— Il y a eu un « avant » et un « après » Charlie. *Le massacre des caricaturistes et journalistes a entraîné une onde de choc chez les gardes du corps et dans la police. Ce*

jour-là, un des nôtres, Franck Brinsolaro, l'officier de sécurité de Charb, a été tué...

La voix d'Anne-Cécile s'était alors brisée :

— Je connaissais Franck, je le croisais très régulièrement pendant les formations continues, les séances de tir. Ça n'était pas un ami proche, mais un collègue respecté et aimé. Il était très compétent, assurait la sécurité des dirigeants français de haut rang, et des étrangers en visite sur le territoire. Bien sûr, il connaissait parfaitement les risques encourus. Il savait que la menace était à son maximum en ce début d'année 2015. Nous savons tous théoriquement, que notre métier comporte des risques. Mais, tant que ça n'arrive pas, ça reste lointain. Au moment où ça vient nous frapper en plein cœur, nous prenons conscience physiquement, et la mort se rapproche. Depuis l'attentat de Charlie, *il y a nettement moins de candidats aux postes d'officiers de sécurité au service des personnalités menacées... Un genre de crise des vocations.*

Je réponds à Anne-Cécile que Charlie *a également modifié notre perception de la sécurité. Soudain, il ne s'agissait plus de poser une bombe aveuglément dans un métro, pour une tuerie de masse, mais de tuer froidement, dans les yeux, des visages, les uns après les autres.*

Tout devenait possible.

Les jours qui ont suivi l'attentat, les rédactions se sont refermées sur elles-mêmes, comme des banques. L'entrée du Figaro *est désormais aléatoire – tantôt rue Pillet Will, tantôt boulevard Haussmann, avec vérification des badges, tandis que l'ex-Lagardère, devenu CMI, s'est doté d'un hall digne d'un contrôle de sécurité d'aéroport.*

L'époque a changé. En 2015, dis-je à Anne-Cécile, rappelez-vous, le ministère de l'Intérieur a envisagé la même chose pour les écoles.

Les élèves ont été soumis à des exercices de confinement. Dans les années quatre-vingt, nous craignions le feu. La sonnerie retentissait, en plein cours, nous laissions nos affaires et dégringolions les escaliers en chahutant. Aujourd'hui, on apprend aux enfants à se cacher sous leur pupitre ou dans un placard, sans faire un bruit.

37

Claustration (1)

Vanves

DORIS POUSSA MOLLY DANS LE COULOIR.

— Ma chambre, dans le fond, à droite, verrouille-toi.

Molly bouscula sa garde du corps.

— Arrête avec ton sale petit pouvoir de flic. Cesse de m'entraîner dans ton délire

Mais Doris n'écoutait rien, n'entendait rien.

En jogging et baskets, elle exécutait une chorégraphie précise, pas à pas, cochant l'une après l'autre les notules du protocole « confinement ».

Elle ferma les persiennes, tira les rideaux, revint sur ses pas, opéra des vérifications, attrapa Lacrymo par le cou et l'enferma dans la salle de bains. Son élocution était hachée et rapide.

— C'est bon, tout est sous contrôle, je vais chercher Grace au lycée, et toi, tu ne bouges pas. Quand je dis ne pas bouger, ça signifie : pas un geste, ne pas tirer les rideaux ni ouvrir la fenêtre. En cas de bruit suspect, même minime, tu te planques, tu m'entends ? Quoi qu'il arrive, ne quitte pas ton téléphone.

Elle se retourna une dernière fois.

— Ton téléphone, en mode silencieux. Pas vibreur.

Grace, arrivée dans l'appartement vers 13 heures, furieuse, claqua la porte. C'était nul, ça sentait le moisi, encore pire que cet hôtel pour putes de la rue de la Gaîté. Elle avait concours blanc dans quinze jours, toutes ses affaires étaient dans l'autre appartement, est-ce qu'il fallait vraiment qu'on lui bousille son année scolaire ?

— Tu préfères obtenir ton examen les pieds devant ? Tu as vu ce qui s'est passé ? *Charlie*, ça te dit quelque chose ? répliqua Doris.

— Évidemment oui, je ne suis pas une dinde, évidemment que je suis OUTRÉE, éructa l'adolescente, et évidemment, ajouta-t-elle, en coulant un regard acerbe vers sa mère, j'avais envie justement de faire la minute de silence avec mes amis, au lieu d'être bouclée ici.

— C'est une affaire de quelques heures, il ne faut pas bouger, le temps que les deux assaillants soient neutralisés, répéta Doris.

Grace traîna des pieds jusqu'à la cuisine, et grommela, suffisamment fort pour être entendue, qu'il n'y a vraiment rien de mangeable, ici.

— Regarde dans le frigo, j'ai toujours des œufs et du fromage râpé, j'irai faire les courses tout à l'heure.

— Laisse-moi faire, je t'en prie, s'écria Molly, une omelette, c'est de mon ressort.

— Ah non, sinon je me défenestre ! lança l'adolescente, qui s'enfuit immédiatement, comme si la proximité de sa mère, celle par qui le mal arrivait –, lui était désormais insupportable.

Elle se laissa tomber sur le futon grisâtre du salon.

Une boule de velours gris vint ronronner contre les mollets de la jeune fille. Grace l'attrapa par la peau du cou.

— Lacrymo, mon petit amour ! Et Kurt… Qu'est-ce que vous avez fait de lui ?

— Oh ne t'inquiète pas ! rétorqua Doris. Je suis passée à l'appartement, je lui ai rempli trois gamelles, et j'ai donné la clé à la gardienne. Et au cas où tu te poserais la question, non, je ne pouvais pas l'emporter.

Doris adressa un clin d'œil à Molly. Un mensonge pieux. Elle n'avait pas eu le temps, matériellement de passer par l'appartement de Malakoff. Mais la gardienne avait la clé, elle allait pouvoir le nourrir.

Molly regardait autour d'elle, le papier peint beigeasse défraîchi, le guéridon, l'ordinateur sur la table. C'était donc là qu'elle vivait.

Elle avait envie d'y ajouter des fleurs, de la musique, de la gaieté. Et surtout de la lumière.

Elle entendait l'eau couler dans la salle de bains. Elles ressemblaient à un couple étrange – deux colocataires, délaissées par leurs conjoints, qui finissaient, faute de moyen, par partager une intimité douteuse dans une maisonnette de banlieue.

Quand Doris revint de la salle de bains, pieds nus, ses cheveux mouillés tombant sur ses épaules, elle alluma BFM TV. Qu'y avait-il d'autre à faire ?

Une vidéo amateur passait en boucle : filmée du toit de l'immeuble, où certains avaient trouvé refuge pendant le massacre, elle montrait deux individus cagoulés de noir, l'arme à la main, criant qu'ils avaient vengé le Prophète. Ils ressemblaient à deux criminels amateurs.

— C'est pas vrai, ça ne peut pas être arrivé, répétait Molly.

Ça s'était réalisé presque sous leurs yeux. Et personne n'avait rien pu faire.

Le désespoir parle parfois d'une voix douce. Sur les plateaux de télévision, où un calme étrange régnait, les experts et les politiques affichaient une mine accablée. On y évoquait, sans colère, la douleur nationale, on y décrétait que c'était le 11 Septembre de la France, comme si se référer à un attentat, aussi grave fût-il, était tout de même moins paniquant que plonger dans l'inconnu.

Sur fond d'adagio, les noms et les âges des douze morts s'affichaient, ceux des caricaturistes, mais aussi celui de l'officier de sécurité, Franck Brinsolaro, quarante-neuf ans, ou de l'agent de maintenance, Frédéric Boisseau, quarante-deux ans. On rappelait leurs enfants, leurs petits-enfants, à chacun. Certains pleuraient beaucoup, comme le bouillonnant Patrick Pelloux, d'autres ne versaient pas une larme.

Grace, à un moment donné, cria « Les cons, mais vraiment les cons ! », et Molly ne sut pas de qui elle voulait parler précisément. De seconde en seconde, les survivants étaient identifiés, les miraculés étiquetés ; ceux qui étaient en vacances, ne s'étaient pas réveillés à temps pour la réunion, avaient crevé un pneu sur le chemin.

— La chance. Bordel, la chance, répétait Doris.

Ça comptait plus qu'on ne pouvait imaginer, pour rester en vie.

Une dessinatrice hoquetait :

— Il a demandé qui était Charb, et Charb s'est désigné.

Molly écoutait, nuque brûlante, inondée de sueur glacée, la ménopause, pensa-t-elle, remontait avec la terreur. Soudain, elle se vit à la place de Charb, comment aurait-elle réagi, elle ? *Froussarde*, s'apostropha-t-elle intérieurement, *tu aurais joué la comédie, ou fait dans ton froc. Tu aurais répondu : « Molly N. n'est pas ici, vous faites erreur. » Qui sait, tu aurais même pu désigner quelqu'un d'autre ! Tu as une telle trouille de mourir. D'ailleurs, dans quelques minutes, ils seront peut-être là, au pied de la maison, ils vont entrer et demander qui est Molly.*

Comme si elle avait lu dans son esprit, la journaliste de BFM répétait, ils sont là, dans Paris, on devait peut-être s'attendre à d'autres attaques, qu'en pensait monsieur le ministre de l'Intérieur, je ne saurais vous dire, rien n'est impossible, même si nous faisons tout pour éviter cela.

Aujourd'hui, demain, dans deux mois, dans trois ans, il y aura d'autres attaques.

On parlait d'ubérisation du terrorisme, on s'arrêtait volontiers sur l'incroyable désinvolture de l'un des deux frères, qui, marchant à grands pas certes vers la Citroën noire, kalachnikov à la main, avait pris le temps de s'arrêter quelques secondes pour récupérer sa basket perdue.

Molly rongeait ses ongles, faisait des allers et retours entre la kitchenette et le salon, elle demandait :

— Où sont-ils, sais-tu où ils sont, peux-tu appeler je ne sais pas, moi, le ministère de l'Intérieur ?

— C'est fait, répondit Doris, en inhalant une interminable bouffée de sa cigarette, comme si elle cherchait à en emplir tout à la fois ses poumons et ses deux hémisphères cérébraux. Tu n'as absolument rien à craindre, tout le monde est mobilisé. On n'a pas parlé de toi sur BFM, j'ai vérifié. Ton visage n'est pas passé. Ça s'est limité aux réseaux sociaux.

— Ha, tu en as de l'humour !

Pourquoi étaient-ils ici, à Paris ? C'est certain, ils

avaient une idée derrière la tête. Ils allaient surgir pendant la nuit, appuyer sur le bouton déclencheur, se faire exploser en sa présence en confettis multicolores. Elle se souvenait des propos de l'agent du FBI, à Seattle, la détermination absolue de ces gens-là.

Et pourquoi diable s'était-elle mise à peindre sur les murs ? Son chimpanzé allait la trahir. Le souffle du loup se rapprochait, l'étau se resserrait, et pour peu que l'un d'entre eux ait un peu d'intuition, c'en était fini.

À 20 heures, sur l'invitation de Doris, qui leur suggéra de dormir dans sa chambre, tandis qu'elle occuperait le canapé du salon, Molly et Grace s'allongèrent sur le matelas d'une personne et demie, l'adolescente s'agrippant au bord du lit, tirant la couette vers elle, un concentré de rage. Dormir avec un colérique est pire qu'avaler un litre de café, songeait Molly, la certitude absolue d'une insomnie.

Vers 3 heures, Molly sursauta. Grace l'avait enlacée de ses bras. Gênée par ce malentendu – Grace s'imaginait-elle avec son amoureux ? –, elle se leva d'un bond, alluma à nouveau la télévision, le casque sur les oreilles et Lacrymo sur ses genoux. Un bandeau courait sur le bas de l'écran. « Charlie Hebdo attack ». Depuis le 11 Septembre, les Américains se jetaient sur les attentats comme sur du pop-corn. Elle repéra, là, enfin, son visage sur l'écran.

On ne l'avait pas oubliée. Elle s'endormit, la tête bringuebalant sur le canapé.

Quand elle se réveilla, il était 8 h 10, et une odeur de café avait envahi la pièce. Doris était à côté d'elle, sur le canapé.

— T'as bien dormi ? Y a un truc.

— Qu'est-ce qu'il se passe ?

— Une policière tuée par un fusil d'assaut. On

s'interroge sur la relation entre les deux événements.

— Je vais me chercher du café, dit brusquement Molly.

Une info défilait en boucle, au bas de l'écran, « Clarissa Jean-Philippe, fonctionnaire de police, assassinée ». Doris se propulsa vers l'avant, son visage touchait quasiment l'écran.

— C'est à Montrouge. Ça s'est passé au marché de Montrouge.

— Et ?

— Montrouge, commune limitrophe de Malakoff, boulevard Brossolette, ânonna Doris.

Molly n'osa pas demander à Doris à combien de kilomètres ou peut-être des centaines de mètres, l'événement avait eu lieu, et s'ils faisaient route vers la maison, si elle devait lever Grace. Elle préféra ne rien réveiller du tout, surtout pas la peur qui grondait.

Elle saisit nerveusement son téléphone. Un SMS de Dennys.

> Je t'ai vue ce matin sur CNN, tu es au courant ? À Paris il y a eu un attentat contre des caricaturistes. Où que tu sois, s'il te plaît, ne prends aucun risque, je pense à toi, dis à Grace que je l'aime.

Amedy Coulibaly, proche de Chérif et Saïd Kouachi, de la filière des Buttes-Chaumont, avait laissé sa sombre cagoule sur la scène de crime. Il fut rapidement identifié, et la connexion entre les trois assaillants – vite établie. La cavale se poursuivait, mais au grand soulagement de Molly, les frères Kouachi, tout comme Coulibaly, se dirigeaient vers le nord. Il n'en restait pas moins une interrogation : pourquoi Montrouge ? Avaient-ils voulu la retrouver ? Sur la chaîne d'information continue repassait encore et encore l'image des deux tueurs, cagoulés, fusil en main, criant leur vengeance.

Et Molly demeurait là, pétrifiée, fascinée.

Le 9 janvier, Grace retourna au lycée, le ventre vide, en grommelant que cent cinquante séances chez le psy ne sauraient faire disparaître la tonne de boue qu'elle avait sur le cœur.

— Vous avez intérêt à récupérer mes affaires de cours aujourd'hui même, sinon je prends le premier avion, ciao.

Molly s'apprêtait à lui demander avec quel argent elle allait grimper dans son Airbus, quand Doris posa doucement une main sur son bras.

— Nous irons chercher tes affaires de cours aujourd'hui, la Miss. Ici, chez moi, ça n'est que temporaire, rassure-toi. On est un peu les unes sur les autres, mais c'est une affaire de quelques jours.

Molly et Doris sortirent vers 11 heures, pour se rendre à Malakoff, sous un froid glacial. Rassembler livres, vêtements, cahiers, remplir les cartons, les fermer, les scotcher... Combien de fois l'avait-elle fait, depuis septembre 2010, dix fois, quinze fois ?

Molly trouva sur le paillasson une carte de Susannah peinte de sa main : « Ma chère Maureen, en ce jour de deuil, pour nous les artistes, je pense à toi. Je t'embrasse, porte-toi bien, bon courage pour la suite », qu'elle lut, les yeux brouillés, car il était évident qu'elle ne la reverrait jamais, tout comme ses collègues de la bibliothèque, et que, à force de défaire tous les liens qu'elle nouait si difficilement elle avait au bout du compte le sentiment de vivre dans un cimetière.

***

En visitant le Frye Art Museum, à Seattle, ce musée à taille humaine, où les tableaux sont accrochés comme dans un salon du XIXe siècle, j'ai pensé à Molly. J'aime, comme elle, les expositions que l'on ne visite pas au pas de course, où l'on n'est pas débordé par le nombre de toiles à contempler. On pénètre dans chaque œuvre comme dans une maison.

On approche sur un chemin de terre, on frappe à la porte, on entre dans le hall, puis, pièce après pièce, on se laisse envahir par les sensations, les émotions. Odeur de feu de bois, d'herbe coupée chez Manet, de foin sous le soleil chez Millet, fragrance de parfum fané et de poussière des salles de danse chez Renoir.

On franchit les différentes strates de la toile, on s'introduit jusqu'au cœur du foyer. Son secret. Devant La Tristesse du Roi, *nous éprouvons un vertige qui commence à nous saisir par le ventre, nous enveloppe comme une douce tornade, nous fait basculer comme un culbuto. Nous voyageons dans une image en trois dimensions. Puis, quand s'épuise le sens, nous parcourons le chemin en sens inverse et retournons chez nous, nourris, apaisés, enchantés.*

Mais devant les images du 11 Septembre, les deux avions percutant les tours jumelles, tout comme celles des 7 et 8 janvier, nous sommes frappés de stupeur. Nous ne pouvons ni y pénétrer ni en sortir. Nous ne pouvons en épuiser la signification, car elles sont insensées.

Ce sont des images en une dimension – celle de la Terreur. L'œil bégaie, il patine. On ne peut que les regarder en boucle, encore et encore.

38

Claustration (2)

DANS UNE IMPRIMERIE de Dammartin-en-Goële, en Seine et Marne, un jeune graphiste entend ce matin-là des bruits inhabituels... À travers la voix, pourtant calme, mais forte de son patron, il comprend, très vite, que les terroristes ont fait irruption dans les lieux.

Il s'enferme dans le réfectoire, sous l'évier, dans un meuble de 90 cm sur 70 et 50 cm de profondeur, le siphon dans le dos, la vie réduite à son strict minimum, un souffle si faible qu'il ne le perçoit quasiment plus. Replié sur lui-même comme un origami, il entend les allées et venues des frères Kouachi, l'écho de leurs pas. Au moindre geste la porte menace de s'ouvrir. Il y restera 8 heures 30, téléphone à la main, pianotant, pendant la dernière heure, des indications aux policiers du GIGN. Le moment le plus surréaliste, comme il le reconnaîtra lui-même devant les caméras de télévision quatre jours plus tard, regard presque colérique, sourcils broussailleux, cheveux blonds tirés en une queue-de-cheval, fut l'instant où, poussés par la soif, les deux frères burent au robinet, au-dessus de lui, et que l'eau du siphon commença à suinter le long de sa colonne vertébrale.

Amedy Coulibaly, au même moment, pénètre dans l'Hypercacher de Vincennes. Un jeune homme musulman d'origine malienne, Lassana Bathily, a la présence d'esprit de dissimuler au sous-sol six clients – dont un bébé, semble-t-il resté miraculeusement silencieux. Il parvient à s'échapper discrètement par la sortie de secours, et informe alors les policiers de la présence d'otages dans la chambre froide, et de la configuration des lieux.

D'autres otages, qui ont tenté de s'isoler dans une seconde chambre froide dont la porte ne ferme pas, auront moins de chance. Ils seront exécutés.

Les deux assauts sont lancés quasi simultanément à 16 h 56 par le GIGN à Dammartin, et à 17 h 12 par le RAID et la BRI à l'Hypercacher, avant que les terroristes n'aient eu le temps de mener une action concertée.

Les trois djihadistes sont abattus immédiatement, les otages survivants sont libérés, le jeune graphiste peut enfin se déplier, le monde sort de sa tanière.

39

Une certaine Sophie C.

QUEL CHOC, MA GRANDE, quand j'ai vu ta jolie frimousse sur mon écran ! Il faut que ça pète à l'autre bout du monde pour te faire sortir de ta planque. Quel bordel, bon sang, en France, j'avais l'impression que c'était la fin du monde. Que ça explosait partout. Je ne connaissais pas ce journal, *Charlie Hebdo*, mais je peux te dire que, quand j'ai vu cette foule immense se lever pour défendre les caricaturistes, brandir des panneaux, j'ai fait moi aussi une standing ovation en levant mes fesses du canapé.
« Bande de nazes ! J'ai hurlé. Moi, JE SUIS MOLLY ! »
Et devant mon écran, comme si un Dieu m'avait écoutée, paf, tu es arrivée ! Bim, sous mes yeux.
Le bébé a dû faire trois galipettes dans mon ventre. Je me suis approchée de l'écran.
Ton joli visage de poupée, tes yeux bandés comme ceux d'une criminelle.
« La caricaturiste se cache depuis cinq ans » « Qui se souvient encore de Molly N. ? »
J'avais envie de lever le doigt, comme à l'école. MOI !
Sur Fox News, ma pauvre Molly, tu es devenue l'emblème d'une société occidentale déliquescente, en

perte de valeurs... On a fait de toi un porte-drapeau anti-musulman ! S'ils savaient, tous ces gens qui ne te connaissent pas, à quel point ces idées nauséabondes ne te ressemblent pas. Ah, au fait, tu savais que tu étais une pop star en Europe ? Eh bien, je te confirme, ma belle.
Il y a quelques jours, j'ai reçu sur mon site un message d'une journaliste et écrivain. Une certaine Sophie Carquain, de Paris. Elle m'a dit qu'elle s'intéressait à toi, et qu'elle avait lu, elle aussi, l'article du *Seattle Globalist*, dans lequel je raconte comment tu as disparu. Oh God, ce jour-là, j'aurais mieux fait d'aller me saouler chez Marius. Et je me demande d'ailleurs encore aujourd'hui pourquoi on n'a pas nettoyé TOUT ce qui te concernait, y compris ce fichu article. Mais bon... Revenons à cette fouille-merde.
« Je souhaite, m'a-t-elle dit, écrire sur Molly N. Accepteriez-vous de me répondre ? Je ne cherche pas à la mettre en danger, bien évidemment, ce ne sont que des questions très basiques. » Je suis restée polie, ma grande, même si tu connais mon amour pour les pisse-copies. Deux jours après, j'ai reçu une liste... longue comme le bras. Elle a quel âge, et blabla, vous vous êtes rencontrées où ? Elle a des enfants ? Mariée ? Elle ne va tout de même pas imaginer que je répondrai à son interrogatoire de flic ? Qu'en penses-tu ? Et qu'en pense le gentil agent décrypteur de messages secrets qui lira ma lettre ? Je serais d'avis de la laisser mariner dans le noir.

Avant d'être arrêtée par mon médecin (pas de panique, mon utérus est contractile, m'a-t-on dit), on me demande de me calmer pendant quinze jours, d'où l'abus de télé et de chocolat), Je suis allée à l'Elliott Bay books. Figure-toi que TU Y ES...
À côté de la caisse, sur une table ronde, dédiée aux feuilles de chou, ton style féroce, cruel, s'étale... Je te vois partout chez les autres ! C'est comme si tu étais devenue la muse secrète de Seattle. Tu aurais pu signer notamment un de ces zines « La diète prépaléolithique », même le lettrage était le tien ! J'ai pensé : Molly la clandestine déteint sur toute une génération !

Elle revient à pas de loup dans les librairies... Je me suis même demandé si c'était toi, là-dessous. Molly la planquée, qu'elle le veuille ou non, a inspiré toute une génération.
Shirley
PS : Tu as raison. On a la même façon de dessiner les mains fines, sans ossature. Des mains fantômes.

***

Pour les écrivains, la « cristallisation romanesque » est une évidence. Comme dans un état amoureux, tout nous ramène à notre livre. On dirait que le monde entier m'envoie des messages !

Depuis que je m'intéresse à Molly, je n'entends parler que de résistance, faux papiers et clandestins…

En ce mois de juin 2019, France culture annonce une exposition, au MAHJ (musée d'Art et histoire du judaïsme) sur Adolfo Kaminsky, « faussaire de génie ». Adolfo a fabriqué des dizaines de milliers de fausses cartes d'identité pendant la Résistance, qui ont permis à des dizaines de milliers de résistants, Juifs, enfants, adultes, de traverser les frontières, déjouer la diabolique stratégie des nazis. J'entends, à la radio, sa fille, Sarah Kaminsky évoquer son père, ce héros si discret… Elle raconte la clandestinité, la fausse identité, la vie sauvée in extremis.

Elle me parle, sans le savoir, de Molly.

Pour pénétrer dans le MAHJ, il faut traverser un sas de sécurité, puis un portique, comme dans un aéroport. J'avance, dans cette belle cour pavée du Marais, et je suis les indications fléchées.

L'exposition se tient au sous-sol, dans la pénombre, comme dans une cache clandestine. L'espace, structuré en deux parties, scénarise la double vie d'Adolfo. D'un côté, le résistant, de l'autre côté, sa vie nocturne de photographe. Protégés derrière des vitres, les passeports, l'agrafeuse, les pigments, la gomme, les ciseaux... Le kit du parfait faussaire.

« Je gardais mes trésors dans une boîte à chaussures », raconte fièrement l'octogénaire, dans une vidéo. Longue barbe blanche, sourcils neigeux et broussailleux, lunettes et regard implacable, le vieil homme livre ses confidences, rythmées par les interventions de sa fille Sarah, auteure d'une biographie sur son père.

J'apprends que le jeune Adolfo, trop pauvre pour poursuivre des études, a commencé à travailler comme apprenti chez un teinturier. Fasciné par les couleurs, il teste chez lui directement, dans les casseroles, dans la lessiveuse, de savants mélanges. « Je teignais tout, cela rendait ma mère folle », s'amuse-t-il.

À dix-sept ans, pour échapper à la déportation, la famille se fait faire de faux papiers (« Nous devions disparaître »). C'est son premier contact avec la Résistance. Quand le jeune Adolfo raconte aux résistants qu'il est apprenti teinturier, on l'accueille bras ouverts : « Tu sais donc retirer des taches d'encre ? Tu sauras fabriquer des faux passeports. »

Dans un labo de fortune installé au grenier, avec des amis, il se fait passer pour un artiste peintre, mais œuvre en silence. Il fabrique de faux papiers pour la Résistance juive, puis pour les indépendantistes de la guerre d'Algérie, l'Angola, les déserteurs du Vietnam... « Toute sa vie, explique sa fille, il s'est opposé au fascisme de cette manière : en créant des faux passeports, fausses cartes d'identité, certificats de baptême, etc. »

Un jour, dans sa chambre de bonne, à dix-huit ans, il reçoit une commande de neuf cents cartes d'identité, pour des enfants, à réaliser en quelques jours. Le sommeil, raconte le beau vieillard d'une voix fragile et cassée, fut dès lors impossible : « J'avais calculé que je fabriquais cinquante cartes d'identité en une heure. À chaque heure perdue, cinquante enfants risquaient de mourir. Je tenais jusqu'à l'aube, je ne m'écroulais que quand je tombais dans les pommes. »

Adolfo Kaminsky a vécu trente ans en clandestinité. C'est en cachette qu'il rencontrera sa femme et deviendra père de famille. Refusant de se faire payer pour son activité de faussaire, il choisit, pour survivre, de devenir photographe. « Chaque nuit, je grimpais sur les toits pour capturer l'instant dans la ville endormie. » Cabarets, boulangeries, Parisiens devant un arrêt d'autobus, bustes de mannequins en bois, manège déserté... Des clichés qu'il prenait, en douce... Avant de rentrer, comme un chat, à l'aube, dans sa tanière.

40

Cauchemar

Certains morts sont comme des œuvres d'art. Ils appartiennent au domaine public, sont pleurés comme nos proches. Ils rendent la planète un peu plus froide, car c'est un peu de nous qui disparaît.

Molly avait perdu dans ce massacre beaucoup plus que des confrères. Les jours qui suivirent la fusillade inaugurèrent une période de cauchemars.

À peine fermait-elle les paupières, le soir, qu'elle voyait le regard de Charb, écarquillé derrière ses verres d'hypermétrope, le sourire d'ange de l'économiste Bernard Maris, les cheveux noirs de la psychanalyste Elsa Cayat, bouclés comme ceux de Maryam. Elle entendait les déflagrations, elle voyait les victimes basculer au ralenti vers l'arrière, dans des postures désarticulées effrayantes. Puis une voix grave et mélodieuse demandait où était la caricaturiste de Seattle, avant de braquer le canon glacial d'une arme contre sa tempe. Elle se réveillait en sursaut, sortait du lit, laissait l'eau de la douche couler lentement sur sa peau, en espérant se nettoyer de cette saleté d'angoisse qui s'était incrustée à l'intérieur d'elle-même.

Il lui arrivait ensuite de sombrer à nouveau dans un puits sans fond, d'où elle émergeait à 15 ou 16 heures, brutalement, paniquée, aveugle, ne sachant plus où elle était ; comme si elle avait perdu à la fois la vue et le sens de l'orientation.

Dans cette nuit noire, elle entendit, à plusieurs reprises, comme assourdie, la voix de Doris. Sa fresque à la bibliothèque avait été recouverte de peinture blanche et le Bureau était formel. Ils n'étaient pas venus pour elle. Parfois, la porte s'ouvrait, et Grace arrivait aussi, à pas de loup, incroyablement câline, passant une serviette imbibée d'eau sur sa nuque et ses tempes, si aimable que Molly ne savait plus si la séquence était réelle ou rêvée. Un soir, l'adolescente s'allongea auprès d'elle et appliqua sa joue fraîche contre celle de sa mère.

— Tu sens si bon, murmura Molly. On dirait une odeur de madeleine chaude. Ça me donne faim.

Le lendemain, Grace frappa à la porte, et lui apporta sur un plateau six madeleines sorties du four. En revanche, à l'odeur persistante de tabac, de l'autre côté de la porte, Molly déduisit que Doris s'était à nouveau installée dans l'appartement – probablement dormait-elle dans le salon.

Et elle en fut rassurée.

Molly restait suspendue aux chaînes et aux radios d'information continue, à l'affût de toutes les catastrophes possibles.

Un jour, elle entendit parler de l'épisode de la Germanwings. Un pilote dépressif avait précipité plus de deux cents adolescents avec lui sur la montagne.

Elle ne connaissait personne sur ce vol, ne parlait pas un mot d'allemand, mais en fut infiniment triste.

Elle pleura avec les parents, pria pour les adolescents, compta le nombre de corps retrouvés. Tout comme ceux de Charlie, ces morts devinrent les siens, comme si elle n'était plus qu'une chambre mortuaire.

— Cesse de te morfondre, avec tes idées noires, la disputa Doris. Tu nourris ton sentiment de panique. Et ton roman pour les petits ? Et tes dessins ? Il faut t'y remettre.

Mais Molly n'y parvenait plus. Comment dessiner après le 7 janvier ?

41

Chambre de sécurité (2)

— ASSEYEZ-VOUS.

La praticienne est mince, la petite cinquantaine, jupe et bottes en cuir chocolat, cheveux courts, yeux presque transparents, voix trop douce.

Elle lui indique un fauteuil recouvert d'un plaid en fausse fourrure.

— Installez-vous là, dos calé contre le dossier, vos bras sur les accoudoirs. Votre corps s'enfonce, ne le retenez pas.

La mélopée de son discours l'envoûte. Molly ne comprend pas tout, elle parle de façon continue, et plus elle discourt, plus Molly plonge. Elle pèse maintenant cent kilos, elle est incapable de bouger ses membres. Elle parvient tout juste à lever son gros orteil droit de quelques millimètres. Elle pense à Stephen Hawking, l'astrophysicien, enfermé en lui-même.

Elle pousse un cri étouffé.

— J'ai peur, non je ne veux pas.

Elle ouvre les yeux, difficilement, la femme a cessé de sourire, le bleu de ses iris lui semble cruel. Elle a des rides de chaque côté de la bouche, elle est vieille, c'est une traîtresse, elle est vendue à ceux qui veulent sa peau.

Cinq ans passés à se cacher, à porter des lentilles de couleur, à penser qu'on va la massacrer dans la rue, dans les grands magasins, dans une bibliothèque, dans le hall de son immeuble, alors qu'elle va finir là, sur son fauteuil, entre les mains d'une psy.

Quel coup de génie. Une praticienne qui, progressivement, incitera son muscle cardiaque à ralentir, jusqu'au stop final.

Aucune détonation, aucune marque de strangulation, le meurtre parfait.

La paume de ses mains est perlée de sueur. La plante de ses pieds aussi.

Elle ne sortira pas de là, sa tête va retomber sur le côté, elle sera bientôt morte, comme Charb.

La panique la gagne. Elle aimerait partir, mais la femme parle à son corps, et son corps n'en fait qu'à sa tête.

Molly visualise une à une les gouttes de sueur dévalant le long de son dos comme un torrent glacé.

— Molly, dit la voix douce, décrispez votre main droite, je vous prie.

— Je m'appelle Maureen, et je ne veux pas mourir, articule faiblement la caricaturiste, s'il vous plaît.

La praticienne soupire, et poursuit de sa voix sirupeuse :

— Vous avez vécu, le 7 janvier dernier, un moment de dissociation psychique.

Molly secoue lentement la tête, non, tout a débuté dimanche 11 janvier. La Marche républicaine.

— Racontez-moi...

— Je savais que c'était une très mauvaise idée de m'y rendre.

— Dites-moi pourquoi. Ouvrez les yeux si vous le voulez. Mais racontez-moi.

— Je ne sais pas si je vais y parvenir, mes paumes de main suent terriblement, mes mains sont glacées, mes pieds aussi. Ma gorge...

— Je suis sûre que oui, répond doucement la praticienne. Cessez juste de vous crisper sur le bras du fauteuil.

— Le 10 janvier au soir, j'ai entendu Grace murmurer derrière la porte de sa chambre. Par terre, il y avait un panneau, « Charliberté », un autre, « Vous ne tuerez pas nos idées », et j'ai compris. Elle avait son air frondeur, bien sûr que si, elle irait à la Marche. Je le lui avais interdit, vous voyez, interdit... J'ai hurlé, appelé Doris, et Doris a dit : « Elle DOIT le faire, son absence serait bien trop visible. » Alors, moi, bien sûr, je l'ai accompagnée. Doris ne voulait pas, mais elle a abdiqué. Elle savait que j'allais défoncer la porte, sauter par la fenêtre. Que rien ne m'empêcherait d'y aller avec ma fille.

« Place de la République, le silence était total. Nous étions des milliers, des millions. Immobiles. Serrés comme des sardines. Puis un manifestant faisait un geste, soudain, les autres suivaient, la vague humaine enflait, le murmure aussi. C'était rauque, grave, venu des entrailles. Comme une prière récitant une vérité ancestrale dans une langue inconnue, comme une berceuse apaisant des millions de nourrissons. Après, il y avait les applaudissements. Ou bien un cri, jeté là, dans la foule : « Charlie ! » La vague refluait, le silence. Puis le mouvement reprenait, comme le battement d'un cœur.

« Il n'y avait plus de place, le boulevard était

comble, mais les gens n'en finissaient plus d'arriver, enroulés dans des drapeaux bleu, blanc, rouge, brandissant des panneaux ou des crayons géants comme des fusils. Grace avait disparu. En tournant la tête de quelques millimètres – je ne pouvais pas plus –, je me suis rendu compte que j'avais perdu Doris dans la foule. Où était-elle ? Mon cœur s'est mis à tambouriner contre mes tempes.

Je regardais à droite, je regardais à gauche, si l'un d'entre nous faisait un pas, il écrasait l'autre, il fallait donc que nous nous mettions à bouger, à respirer en même temps. Nous n'étions plus qu'un corps. On entendait, dans le ciel, le vrombissement des hélicoptères de sécurité, comme si des centaines de mouches s'étaient regroupées pour se jeter sur un cadavre. Vus d'en haut, nous n'étions que de pitoyables insectes, peinturlurés de bleu blanc rouge.

« Quand je suis redescendue, je veux dire sur Terre, là, sur le boulevard, je me suis aperçue que j'étouffais. Quelque chose dans la gorge. Je n'avais plus un centimètre carré de peau pour respirer, j'ai arraché mon bonnet, essayé de retirer ma veste, je n'avais pas la place. Un homme brun, juste à ma droite, m'a fixée d'un air bizarre, et je suis devenue toute molle. J'ai hurlé « Doris ! » je ne comprends même pas comment elle a pu se frayer un chemin, mais ça, c'est elle, Doris, toujours là, professionnelle, plus professionnelle qu'amie, elle était là, elle m'a prise par le bras, m'a exfiltrée je ne sais pas comment.

— Et ensuite ?

— Je suis rentrée dans un café bondé, j'ai avalé le double whisky que m'a tendu Doris. Après j'ai pensé à Grace. Et je l'ai cherchée des yeux, dans la foule, c'était ridicule, il n'y avait aucun espoir, mais il fallait que je le fasse. Avec le whisky, forcément, j'ai voulu y retourner. Doris m'a tordu le bras pour m'en empêcher.

La praticienne hoche lentement la tête.

— C'est elle qui vous entraîne.

— Qui ?

— C'est elle qui vous a incitée à lancer ce fameux « Mohammed Day », il y a maintenant cinq ans, n'est-ce pas ?

— Pas du tout. Vous racontez n'importe quoi !

Ne me monte pas contre ma fille.

La praticienne leva les bras, dans un geste d'impuissance ou de doute, ah, peut-être que la dernière fois, Molly avait beaucoup parlé de sa fille qui l'avait mise au défi.

— Ce que je veux dire, c'est que vous ne savez pas bien vous protéger. Oh, vous avez une excellente garde du corps. Mais il est temps d'apprendre vraiment à verrouiller votre maison. Je vais vous donner la clé d'accès à votre bunker, un lieu inviolable où personne ne pourra jamais pénétrer. Molly, vous me faites confiance ? Ouvrez les yeux.

Molly bat lentement des cils. Elle continue d'écouter la praticienne. La femme lui parle maintenant du souffle de la vie. Tout est respiration, même la mer inspire, et expire. Et c'est en amadouant son souffle que l'on dompte ses angoisses.

Son anxiété, semble-t-il, décroît. Molly est soulagée. Elle ne va pas mourir.

La praticienne évoque une petite clé dorée, qui ouvrirait une mystérieuse boîte en elle. Cette boîte abrite un écrin qui renferme un secret.

Sur les conseils de la thérapeute, Molly lui attribue un nom.

C'est comme un code.

Elle a désormais accès à sa chambre de sécurité.

42

Coffre-fort

Mai 2015, Bibliothèque nationale de France

SOUS LA PÂLE LUMIÈRE DU PLAFONNIER, le tapis écarlate se déroulait comme une haie d'honneur. Long, grandiose, immense, un Rothko. Molly commençait à distinguer dans ce silence feutré autre chose que de l'angoisse ; à voir dans ce rouge autre chose qu'une nappe de sang.

À la BnF, Bibliothèque nationale de France, elle s'accrochait à ses repères, comme autant de piolets qui l'aidaient, chaque matin, à gravir cette montagne sans oxygène.

Il y avait le sourire timide de la réceptionniste, la question gentiment moqueuse de l'agent de contrôle : « Tu as ta carte, aujourd'hui, Maureen, ou tu veux un "badge visiteur" ? Oh, incroyable ! Vraiment, tu ne l'as pas oubliée ? » Il y avait l'odeur d'expresso, qui s'intensifiait à mesure qu'elle gagnait la cafétéria, le vestiaire, la boutique, la petite salle d'exposition consacrée à Antonio Segui, tout au bout du couloir.

Les antidépresseurs, depuis deux mois, l'aidaient à marcher droit. Le tube de Lexomil, dans sa poche, était devenu son meilleur ami. Depuis deux semaines, elle ne le tripotait que dix fois par jour.

— Petite victoire, avait-elle ironisé, dans le cabinet du psychiatre.

— Grande victoire, lui avait-il répondu. Vous avez une sacrée volonté. Reprendre le travail si vite après le 7 janvier !

Elle avait eu envie de lui répondre qu'on ne lui avait pas laissé le choix.

Il y a deux mois, elle avait reçu un coup de téléphone. Ronald.

On lui avait retrouvé un poste.

— La BnF est un lieu protégé comme un coffre. Vous y serez bien. Service de sécurité nickel, fouille des sacs systématique et portique dans le hall d'entrée.

— Dernier stade avant le cercueil, avait-elle lancé.

— Il y a aussi une caserne de sapeurs-pompiers, sur le site, entièrement dévolue à la sécurité des lieux. Il ne peut rien vous arriver.

— Personne ne pourra jamais empêcher des hommes cagoulés, qui se foutent éperdument de leur propre vie, de massacrer les agents de sécurité avant de venir me trouver. Personne n'est, jamais, protégé à cent pour cent nulle part dans le monde.

Excédé, l'agent lui avait rappelé qu'on lui avait conseillé de quitter Paris. Ce à quoi elle avait rétorqué :

— J'ai une fille, elle doit terminer son année scolaire, je ne peux pas, un point c'est tout.

— Bon sang, Ce n'est pas vous qui décidez. À la prochaine alerte, on vous délocalise. Ou vous quittez le programme.

Molly poussa des deux mains les lourdes portes métalliques.

« Entrée du personnel », elle pensa, « entrée dans ma solitude ». On l'avait affectée au poste de magasinière, au dixième étage. Une cellule monacale, avec vue vertigineuse sur la Seine. Il n'était plus question de craindre l'ascenseur. Elle supportait, l'estomac en charpie, le cœur tiré à l'élastique, cette trajectoire – tout en comptant tout haut un-deux-trois jusqu'à dix, la main sur le tube d'anxiolytiques.

Et quand l'ascenseur faisait halte, de façon imprévue – suée glaciale, gorge qui se serre, souffle court –, elle tentait de se contenir. On lui avait parlé d'un risque d'intrusion infinitésimal. Il aurait fallu pour cela que son agresseur ait réussi les entretiens d'embauche, qu'il ait été infiltré par un traître aux ressources humaines, qu'il ait déjoué les contrôles. Le seul endroit risqué, c'était le Belvédère, au dix-huitième étage, une salle privatisée pour l'extérieur, pour les conférences de presse, pot de départ des grands dirigeants, voire déplacements de ministres. En pénétrant un matin dans cette salle au plafond bas, elle avait senti son corps se désagréger.

Son bureau, de cinq mètres sur cinq, jouxtait le TAD – transport automatique des documents –, une minuscule petite gare, sans fenêtre, d'où partaient une cinquantaine de wagonnets bleus, chargés de livres, qu'elle envoyait dans les différentes salles de lecture. Les ouvrages étaient récupérés par d'autres magasiniers, puis rangés dans les casiers des têtes pensantes, chercheurs et professeurs.

— Levez les yeux, Maureen ! s'était enthousiasmé son chef, le premier jour. On a installé des rails au plafond ! Ici, c'est un immense circuit, où les livres voyagent, de pièce en pièce, de cerveau en cerveau !

Bureau-TAD-TAD-Bureau-Bureau-TAD. Lire la commande-remplir les wagons-récupérer les livres-ranger les livres… Molly officiait comme une bibliothécaire modèle.

Quand le circuit des wagonnets ne suffisait plus à occuper son esprit, les images recommençaient à la persécuter – deux tueurs, lourdement armés, pénétraient par la porte tournante, foulaient au ralenti le tapis rouge, comme dans le film *Elephant* de Gus Van Sant, tuaient tout ce qui bougeait, poussaient la porte métallique, grimpaient les dix étages et la délogeaient.

Elle programmait une séance de méditation profonde sur son téléphone, ou envoyait un message à Grace. « Tout va bien ma chérie ? Tu as réussi ton devoir sur Husserl ? » « J'ai un livre sous les yeux, la montée de l'insignifiance de Cornelius Castoriadis, ça semble génial. »

Et Molly recommençait à charger les wagonnets, en imaginant nourrir le super cerveau de Grace, qui cette année préparait l'École normale supérieure de la rue d'Ulm, le fleuron de l'élite à la française.

Ronald avait raison, elle était drôlement bien, dans ce bunker.

Les livres étaient, à jamais, sa forteresse. Ils doublaient l'épaisseur des murs, formant un gigantesque gilet pare-balles, tout autour des tours.

43

Le secret

GRACE LEVA LES YEUX de son livre, et se concentra sur les hésitations d'un pigeon. Posé sur le rebord de la fenêtre, pattes agrippées à la rambarde du balcon, il dévissait son cou, l'œil rond fixé sur le ciel. Qu'avait-il en tête, s'interrogeait la jeune fille. *Est-ce que, de l'autre côté, ça sera mieux ? Est-ce que je serai plus tranquille, je trouverai à becqueter, les vents seront-ils plus favorables, un orage ne va-t-il pas m'emporter ?*

Elle plissa les yeux et observa Baptiste, assis à son bureau, plongé dans la *Critique de la faculté de juger.* C'était sans doute la douceur de l'air, le rayon de soleil, le silence… Les mots se pressèrent à ses lèvres, ces mots que, depuis deux ou trois mois, elle avait de plus en plus de mal à contenir.

— Baptiste… Tu es capable de tenir un secret ?

Le jeune homme leva les yeux de son livre.

— Tu me connais, non ?

Grace approcha, et lui fit face. Les yeux dans les yeux.

— Tu sais, le roman que je suis en train d'écrire ? La fille qui a changé de nom, d'identité, de pays, et cherche à se reconstruire ?

— Un secret, ça ? la taquina Baptiste. Mais tu m'en parles à peu près trois fois par jour !

Grace se tourna vers le balcon.

S'il s'envole, je dis tout.

— Tu sais pourquoi je ne peux pas partir avec toi cet été, pourquoi je n'ai pas envie de rencontrer ta famille ? Pourquoi tu n'es jamais venu chez moi ? Pourquoi, en ce moment, je ne prends plus le métro, pourquoi tout le monde pense que je suis la fille cachée d'un richissime industriel parce que j'arrive en voiture avec chauffeur ? Pourquoi je n'ai pas pu venir à la sortie au Louvre jeudi dernier ?

Le silence s'épaissit, la ride, sur le front de Baptiste, se creusa un peu plus.

Il lâcha enfin son livre.

— Si un mot sort d'ici, je suis morte. Tu ne veux pas que je meure ?

Le pigeon s'envola. Grace raconta, au pas de course. Les mots s'enchaînèrent, plus rapides que le regret. L'histoire des caricatures, Doris, les chats, le changement d'appartement, son nom, le nom de sa mère…

Le sourire ironique de Baptiste se raccourcit de seconde en seconde. Avant de s'effacer totalement. La vérité tintait comme le cristal. Il n'y avait aucun doute. De toute façon, Grace était incapable de mentir. Il se leva, enfin, enlaça la jeune fille et la serra si fort qu'elle ahana contre le thorax du jeune homme.

Est-ce qu'elle savait qu'elle avait une mère extraordinaire ? Tous ces adultes qui n'étaient capables de se battre que pour leurs enfants.

— Ta mère est une héroïne d'aujourd'hui.

— Oui. Peut-être, souffla Grace.

Il s'écarta de quelques millimètres, et passa une main sur ses longs cheveux blonds.

— Vous êtes toutes les deux mes héroïnes.

Un autre pigeon s'était agrippé au rebord de la fenêtre, et Grace se dit qu'elle avait fait une bêtise.

44

Faux raccord

UN SOIR, EN MAI, alors que Molly, dans la cuisine, était en train de couper un oignon en petits dés pour la confection du guacamole – une recette de Grace –, son téléphone afficha « numéro inconnu ». Elle regarda avec appréhension l'appareil qui, habituellement, ne crachotait que quelques SMS de Grace, Doris ou Ronald.

— Hello, toi, dis donc !

La voix était si gaie !

— Maryam ?

— Tu ne m'as pas oubliée, finalement !

Pour la majeure partie des gens, la vie est jalonnée d'étapes – premier emploi, mariage, achat d'une maison, premier enfant, mort des parents, comme autant de marques de couleurs sur un sentier de grande randonnée.

Mais pour Molly, cet itinéraire avait tourné court, le 11 juillet 2010, jour de l'émission de la fatwa. Elle avait alors bifurqué dans une forêt obscure, sans repère, et tâtonnait de toutes parts pour en trouver l'issue.

— Maryam de la Sorbonne ! reprit Molly, la voix rauque. Quel bonheur de t'entendre !

— Hmm… On a tous cru que tu snobais tes anciens amis. On pensait que tu ne voulais plus nous voir.

Maryam, Emmanuella, Maria-Teresa… Tous l'avaient contactée, régulièrement, tous lui avaient laissé des messages, d'abord enthousiastes, puis polis, et enfin agacés, pour lui proposer de boire une bière au Bombardier, grignoter un falafel, visiter une exposition au Grand-Palais ou au Musée d'art moderne. Depuis janvier 2015, elle avait laissé les gestes d'amitié se dissoudre en silence.

« Vous avez raison. Faites-vous oublier », avait approuvé Ronald.

— Tu sais qu'on s'est sacrément posé des questions… On a cru que tu avais changé de pays… Que tu t'étais fait kidnapper.

Molly éclata d'un rire sec

— Quelle imagination, toi, alors ! J'ai eu… une mauvaise passe. Ma tante est morte. Oui, le crabe l'a eue. Mon père ne va pas bien non plus.

— Oh, mais c'est affreux, dis donc ! répondit Maryam, d'un ton qui parut à Molly insincère.

La jeune Iranienne lui expliqua qu'elle s'était installée désormais en couple avec Michaël, un ancien client, très fortuné, qui avait gagné beaucoup d'argent grâce à ses bons placements financiers.

— Tu vois ce qu'il faut faire pour choper un mec ! Il me bénit tous les jours. Blague à part, il est parti toute la semaine à Londres. Viens dîner à la maison ! Nous deux seulement, rien qu'en souvenir du happy time. Je vais te préparer un *ghormeh sabzi.*

Molly griffonna sur une page de son calepin l'adresse de son amie, son code, et la station de métro. Doris lui promit de l'accompagner en bas de l'immeuble, et de venir la chercher à 22 h 30 pile.

Maryam habitait désormais à Boulogne, dans une résidence de quinze étages, ouverte sur un jardin planté de chênes et de tilleuls. Doris composa un premier code au niveau du portail, un second dans l'ascenseur. Au sixième étage, Maryam était déjà derrière la porte, pieds nus, les yeux gourmands, le sourire entendu. Molly eut l'intuition qu'elle savait quelque chose.

La cartooniste s'extasia sur le tapis bleu nuit tissé de lune et d'étoiles, si oriental, sur le piano à queue et la banquette ornée de coussins bleus.

— C'est magnifique ! On se sent chez toi comme dans un cocon.

Un parfum d'oignons et d'herbes s'échappait de la cuisine.

— Je t'ai préparé mon ragoût préféré : des herbes fraîches, des haricots rouges et de l'agneau grillé. J'ajoute du lime confit. Tu vas adorer.

Molly se laissa tomber sur la chaise, observant Maryam cisailler les herbes. Les claquements secs de la lame du couteau résonnaient sur la planche en bois, tandis que Maryam racontait. Le projet de bébé, l'appartement qu'ils avaient acheté en dix minutes, c'était fou, mais c'était comme ça. Ici, à Paris, il fallait débloquer huit cent mille balles en un éclair.

— Et toi, tu ne penses pas à acheter ? lui demanda Maryam.

— Je n'ai pas les moyens, moi ! riposta Molly.

Un silence s'installa. Que lui dire ? Qu'elle était destinée à changer de maison comme de chemise ?

À mesure que le silence s'épaissit, elle sentit, comme à l'approche d'un danger, une angoisse enfler dans sa gorge. Quelle conne, elle avait oublié son tube de Lexomil – son meilleur ami.

Elle réclama un apéro, n'importe quoi, un doigt de porto ou de Martini et le filet d'alcool réchauffa sa gorge, et la dénoua aussitôt. Elle se remit à respirer.

Elles s'installèrent toutes les deux sur le canapé devant la table basse, et là Molly retrouva avec bonheur son amie, qui détestait les conventions et les tables à manger. L'agneau était fondant, les haricots et les oignons confits.

— Tu me donneras la recette, fit Molly. Eh oui, sourit-elle, je me suis mise à la cuisine, tu ne le savais pas ?

Et Molly songea immédiatement à Doris.

Comme si elle avait deviné précisément ses pensées, Maryam, le regard fixe et le couteau dans la main, murmura :

— Tu sais, Molly, certaines rumeurs circulent sur toi.

La caricaturiste ouvrit la bouche. Respirer.

— Tu avais les yeux marron-vert, et maintenant ils sont bleus. Dans les films, parfois, il y a ce genre de mauvais raccord. Des enfants aux yeux bleus deviennent des adultes aux yeux marron. Faut vraiment pas être très futé. Ou il faut prendre les gens pour des imbéciles.

— Mais non, dit Molly, faiblement. Je portais des lentilles de couleur, c'est tout. Tu ne te rappelles pas ? J'avais aussi des lentilles violettes.

Maryam pinça les lèvres :

— Tu lui ressembles comme deux gouttes d'eau. Il n'y a aucun doute.

Nous y sommes.

—Je ne sais pas de quoi tu parles articula Molly.

Elle serra si fort son verre de thé à la menthe que

les jointures de ses doigts en devinrent transparentes.

— En fait, c'est Robert qui m'a envoyé un message.

— Robert, répéta Molly, comme une automate.

— « Le » Robert de Vancouver… Tu veux que je te montre sa photo ?

— La photo de Robert ?

Maryam éclata d'un rire frais.

— La photo de la fille à couettes. Celle qui est apparue sur Internet, le 7 janvier dernier. Celle qui s'est embourbée dans ce merdier. Ce concours de caricatures, tu vois ?

Elle aurait dû égrener un léger rire en retour. La gronder gentiment. Répondre avec cette distance, cet humour qui dégoupillait la moindre des certitudes.

Mais pas par cette sidération, ces lèvres qui tremblent.

Le FBI l'avait mise en garde. Elle se demanda si les amis de quatre ans étaient plus ou moins dangereux que les autres.

— Qu'est-ce que tu veux savoir ? Toute l'histoire ?

Maryam papillota des yeux, surprise. Elle déposa sa cuillère à côté de son assiette, approcha son visage de celui de Molly, si près que son haleine mentholée la pénétra.

Elle secoua la tête.

— Rien. Non, ne me dis rien.

Au moment où elles se quittèrent, son amie la serra dans ses bras.

— Je voudrais que tu saches… Je ne révélerai rien à Robert.

Molly s'écarta un peu dans un rire.

— Mais n'oublie pas que je ne t'ai rien dit, enfin !

— Juste une chose… Cette fille qui t'accompagnait, c'est celle qui assure ta sécurité ? Ou c'est ta girlfriend ?

— C'est Doris, mon officier de sécurité. Elle est en bas, elle m'attend.

Avant d'appuyer sur le bouton d'appel de l'ascenseur, Molly sentit le regard de Maryam sur elle. Elle eut froid, soudain, comme si elle s'était mise à nu devant une foule entière.

— Maryam... Si tu dis un seul mot, un seul petit mot, à quiconque, même à ton ami, à Emmanuella, Maria-Teresa, je suis foutue, tu comprends ça ?

— Ne t'inquiète pas.

La porte se referma doucement.

45

Mères

IL EST 14 HEURES. Molly, debout devant un wagonnet, exécute la commande de Rose-Marie Oldenberg, professeure émérite à l'université Paris-Descartes, quand elle reçoit un appel de Doris.

La sonnerie vrille dans son cœur comme une épine brûlante.

Doris n'appelle jamais. Elle n'envoie que des textos. Pris de panique, son cerveau crache des informations contradictoires.

Il y a un homme, en bas. Je vais devoir dégringoler les dix étages. Trouver la sortie de secours. Me perdre. Ils sont là. Derrière la porte. Avec un couteau. Je vais sauter par la fenêtre. Sur le matelas des pompiers.

— Ta maman cherche à te joindre.

Molly respire.

— Ma mère ? Mais pourquoi ?

— Reste en ligne.

Molly se lève, jette un coup d'œil par la fenêtre. La pluie dégouline à la verticale, sur les vitres sales, de multiples petits ruisseaux qui se jettent dans la Seine, en bas.

— Allô ? ma petite Molly, enfin, je t'entends !

— Tu... Comment as-tu trouvé mon numéro ? balbutie Molly.

— Je suis passée par Washington... Ma petite fille...

Sa mère sanglote dans le téléphone, tandis que Molly, à la fenêtre regarde la pluie dégringoler de plus belle. La catastrophe déboule, avec son odeur de fade.

— Molly, c'est papa...

Molly se mord la lèvre supérieure. Elle essaie de respirer, mais son souffle se bloque immédiatement.

— Ça s'est passé si brutalement.

Elle s'agrippe au téléphone. Les mots, désordonnés, se bousculent.

Comment le dire à Grace, Grace va encore m'en vouloir. Tout ça, c'est de ma faute.

— Tu es là, ma chérie ? C'est une rupture d'anévrisme. Peut-être liée au traitement. Je dois m'occuper des papiers. Tous ces papiers à remplir, et moi qui suis là toute seule. J'aurais eu tellement besoin de toi. L'enterrement aura lieu vendredi. J'ai exigé que ça soit... le plus tard possible. Venez toutes les deux, j'ai demandé l'autorisation.

— Oui, maman. On viendra...

— Tu pourrais peut-être rester un peu. Pour les vacances. Pour m'aider.

Molly crispe la main sur le combiné.

— Je risque de faire un aller et retour. Je...

— Tu emmènes Grace, hein ?

— Évidemment.

Mais par pitié, ne me la prends pas.

Sur la route, qui mène de l'aéroport Tacoma à

Beacon Hill, vers la maison de ses parents, Molly, l'épaule contre celle de Grace, demande à Ronald de baisser la vitre, rien qu'un peu, pour que le bon air, chargé des embruns du Pacifique, pénètre dans l'habitacle.

La vitre se baisse de quelques centimètres.

Pendant le trajet en avion, elles ont regardé ensemble *Thelma et Louise* de Ridley Scott, et en secret, sans en dire un mot à sa fille, Molly a imaginé Maureen et Gabrielle au volant d'une décapotable, bravant les officiers de sécurité, en plein road trip texan, mère et fille, libres et belles, cheveux au vent, la peau brûlée par le soleil.

Et maintenant, elles sont en route vers le cimetière, à l'arrière de cette voiture blindée, toujours clandestines.

— J'ai hâte de voir Rachel, elle est toujours chez Granny, tu penses ? C'est trop triste, maintenant, de ne plus dire « Granny et Grandpa », murmure Grace.

Molly serre la main de sa fille ; cette main d'intellectuelle, aux doigts spatulés, ongles coupés court et vernis, cette main de femme capable désormais de soigner et d'aimer. La cartooniste pense aux trois journées qui viennent de s'écouler ; aux souvenirs qu'elles ont partagés, de Grandpa et Granny, aux quelques photos retrouvées sur leurs téléphones respectifs, à Grace qui l'a consolée : « C'est la vie, ma petite maman, tu sais. On ne l'aurait pas revu vivant, de toute façon. Il aurait été abîmé par les traitements, c'est mieux comme ça, non ? Moi, je veux mourir d'un seul coup, pas par petits bouts. »

Devant la porte peinte en rouge, la maison de son enfance, Molly est surprise de ne ressentir ni nostalgie, ni tristesse, ni regret. Elle est traversée par des bribes de pensées anecdotiques.

La porte n'a pas été repeinte depuis un moment, le gazon n'a pas été tondu, il fait trop chaud pour un mois de juin, je ne ressens rien.

Ronald la fait rentrer rapidement dans la résidence, en la protégeant de son épaule. Il lui ordonne de ne rien dire, elle fait toujours partie du protocole, elle ne doit rien révéler à sa mère. Il lui rappelle qu'en période de deuil, elle doit résister à la tentation de se laisser manipuler par la souffrance de l'autre.

— Maman ?!

Elle ne l'a pas vue venir.

Sa mère, vêtue d'un chemisier gris perle et d'une jupe anthracite, titube, en se tenant à la paroi du mur, amaigrie, vieillie, les deux rides tombant le long de ses joues évidées, le haut du crâne légèrement dégarni.

On vieillit seul chez les Norris, c'est écrit depuis toujours. On vieillit mal.

Elles tombent dans les bras l'une de l'autre, Molly serre contre elle ce corps aux muscles fondus comme de la cire. Tout le monde a tellement changé. Dennys est là, derrière ses lunettes qu'il ne quitte plus maintenant, ses cousins, son oncle, tout le monde défile, après la cérémonie, vers Molly, Grace, et Granny, murmurant à l'oreille de la caricaturiste : « Ma petite Molly, On a tellement pensé à toi »...

La contrition se mêle aux regrets, le deuil à la fatwa, Molly ne sait plus de quelles condoléances il s'agit.

Ronald ne la quitte pas d'une semelle.

Pourquoi Rachel n'a-t-elle pas déboulé vers elle, mordillé ses mollets, aboyé gaiement ?

De retour à la maison, après l'église, enfin, Molly ose poser la question.

Rachel, lui dit-on, a été victime d'un AVC il y a quelques jours. Elle passe ses journées, dans son panier, le museau sur son coussin.

Molly entre à pas de loup dans la chambre, distingue la forme dans la pénombre, s'accroupit. La chienne lève un œil, en geignant doucement. Retenant ses larmes, la caricaturiste passe la main droite au niveau du poitrail, là où la peau est si douce, et où le cœur bat si vite.

— Alors, ma petite grosse… Ça va pas fort, il paraît ?

La chienne continue à gémir dans son sommeil, par à-coups, tandis que Molly s'allonge, le long du panier, les bras enserrant ses flancs, tentant de lui insuffler toute l'énergie dont elle est capable.

On frappe doucement à la porte. Ronald.

— Maureen, dans quinze minutes on est partis.

Il lui tend la main, elle se relève, les yeux noyés de larmes, rejoint le salon. La chienne n'a pas bronché.

Molly approche doucement du fauteuil où sa mère est assise, exsangue, les mains crispées sur les accoudoirs, dans la posture d'une petite vieille.

— Maman… Ne laisse pas Rachel souffrir. Si tu vois que… téléphone au docteur Prichard, d'accord ?

Hochement de tête.

— Et Grace ? Elle ne va tout de même pas rester en France toute sa vie ?

Molly s'écarte.

Elle se souvient des moments où Grace, le mercredi, se jetait dans les bras de sa grand-mère, en criant de joie. Elle se souvient du petit pincement au cœur qu'elle ressentait alors, quand sa fille lui racontait tous les petits plats – et, pire encore, les dessins magnifiques qu'elles faisaient ensemble.

Ne me la prends pas, s'il te plaît. Je n'ai plus qu'elle.

Il faut repartir. Vite, a dit Ronald.

Elle se baisse, embrasse sa mère :

— Dès que mon nom disparaît de la liste, je reviens ici. Ma ville, c'est ici, ment Molly.

Sa mère la fixe bizarrement. Une drôle de flamme brille dans ses yeux.

— Tu as vu ? Shirley n'est même pas venue ! À l'enterrement de ton père ! Et Dennys est reparti si vite ! Et tes amis du journal ? Je n'en ai pas vu un seul. Tu es sûre que c'est ta ville ?

Reproches. Maladresses. Blessures.

Et la mort, qui vient de la frapper en lui prenant son mari, l'a rendue plus aveugle que jamais. C'est une petite chose recroquevillée sur sa souffrance, et Molly ne peut même pas lui en vouloir.

Dans l'avion, les mots de sa mère lui reviennent en mémoire. *« Elle ne va tout de même pas rester en France toute sa vie. »*

Elle n'était pas censée le savoir. Qui le lui a dit ? Grace ? Elle se retourne vers sa fille, dont le profil – nez fin, narines palpitantes, frange impeccable, bouche ourlée à demi ouverte sur ses incisives nacrées –, se détache sur le hublot.

Grace dort ou fait mine de dormir, elle ne va pas raviver encore une querelle.

Elle se cale dans son fauteuil, et sélectionne le programme relaxation de Delta Airlines. Mais la loupiote au-dessus d'elle clignote déjà. Le commandant de bord annonce des turbulences.

À moitié groggy, flottant dans l'univers, elle passe simplement la ceinture sur sa poitrine, en pensant à Thelma et Louise, on s'en fout de la ceinture de sécurité, allez, il suffit de le vouloir, on saute Grace ? Oui, on saute.

L'hôtesse de l'air la secoue légèrement.

— Madame, il faut l'attacher, elle aussi.

***

Ma grande,

Alors, comme ça, tu as séché la messe ? Ça m'étonne pas de toi, tiens ! Toujours prête à fuir devant le bon Dieu.
Ne t'excuse pas, ma grande, et ne t'inquiète pas. J'imagine qu'à huit mois et quinze jours, on ressemble plus à l'otarie de l'aquarium de Seattle qu'à une tatoueuse sexy.
C'est sûr, j'aurais bien aimé te serrer dans mes bras avant de repartir.

Molly s'arrêta, mordilla l'ongle de son pouce.

Qui sait ce que ça aurait donné ? Peut-être cela valait-il mieux ainsi.

Shirley, tu ne peux pas savoir comme c'était étrange. J'avais l'impression d'être aussi blindée que la bagnole, pour tout te dire ! Mon cerveau décryptait tout, le cri des mouettes, le coassement des corbeaux, la vibration des feuilles dans l'air, le soleil qui sortait par piques, violemment, des nuages. Mais je ne ressentais rien.
C'est comme si mon corps n'était pas là. Je reniflais l'odeur des embruns, mais ils ne m'effleuraient plus, comme si ma peau s'était épaissie. Rien ne pénétrait plus. Aucune des trépidations de la ville. J'ai demandé à Grace, à côté de moi, si elle ressentait la même chose. Ou si Seattle était devenue fade et triste. Tu sais ce qu'elle m'a répondu, cette philosophe en herbe ? Qu'on était comme Orphée et Eurydice. « On revient de trop loin, maman, on est composées maintenant en partie d'anti-matière. »
C'est beau, hein, mais ça m'a mise en vrac.
J'ai pensé à toi, et demandé au chauffeur qu'on fasse un détour par le carrefour entre Pine et Pike, on est passé devant la façade aux grands yeux, tu sais, que tu aimes tant, et j'ai entraperçu l'Elliott Bay Books qui était en train d'ouvrir… J'aurais tellement aimé

pousser la porte, respirer l'odeur d'encaustique ; du moins savoir si elle pénétrait encore en moi...

En tout cas, la messe d'enterrement était belle, et maman a marmonné son laïus, avant de s'effondrer. Je n'ai pas eu le droit de dire un mot en public à papa – totalement incompatible avec le Witsec –, mais on m'a proposé de lui écrire une lettre que l'on a déposée dans son cercueil, dans la poche du pantalon en toile avec lequel il est vêtu pour l'éternité.
Papa... Je ne réalise pas encore. Parfois, simplement, je pense « Jamais plus ». Et je me brise en deux.
Sa dernière lettre, je l'ai reçue il y a quinze jours. J'en connais la fin par cœur :
« Ne te laisse pas submerger par ta colère. Transforme-la avant qu'elle ne te dévore, tu deviendras une grande artiste. »

Allez, ma grande, je te quitte avant de me transformer en fontaine.

Molly.

46

Sorcière

Novembre 2015

— ENCORE UNE VODKA GLACÉE ? Une bière ambrée ?

Serena agitait les bouteilles.

— Oh, mais regardez ça, voyez ce qu'a apporté Bruno ! Une Rince Cochon, c'est quoi ? La jeune fille plissa les yeux. Oh, mais c'est une bière belge, ça, et le petit cochon, sur l'étiquette, trop mignon.

Grace haussa le ton, agacée.

— Et si on arrêtait de boire ? Il faut y aller maintenant. Vous êtes encore affalés par terre !

— Cesse de psychoter sur l'heure, grommela Serena. On a encore le temps de boire un coup !

Elle ouvrit la bouche sur ses dents immaculées, renversa la tête en arrière et engloutit une lampée de vodka.

Grace leva les yeux au ciel, impuissante. Comment

remuer un tas d'ectoplasmes ? Ils avaient pourtant rendez-vous dans quarante-cinq minutes avec Emma, Nicolas et Sophie devant le Bataclan. Ce concert qu'ils attendaient depuis des semaines... Pourquoi les gens ne pouvaient-ils jamais être à l'heure ?

— Ça va, mes yeux ?

Serena approcha son visage de celui de Grace, qui hocha la tête mollement.

— Trop noir pour moi. Mais comme tu voulais du charbonneux...

— Exact, ma poule. Toi, tu ne me poses pas la question, mais tu déchires, dans ce petit jean moulant. Il faut juste que tu arrêtes de perdre du poids, maintenant. Regarde tes cuisses ! On dirait un flamant rose !

Grace jeta un œil à Baptiste, qui lui adressa une moue éloquente.

Elle est vraiment reloue. Pourquoi est-ce qu'on continue à la voir ?

Parce que c'est ta copine de lycée. Et qu'elle a pris les billets.

Après le concert, ciao.

Oui, bon débarras.

— C'est où, précisément, le Bataclan ? s'enquit Baptiste.

— Boulevard Voltaire.

— On y va à pied, décréta Noémie. Il fait trop beau. Allez, zou, tout le monde dehors.

— Ça fait peur, ce temps, non ? Pour un mois de novembre, c'est vraiment bizarre, remarqua Grace.

— Vous êtes des intellos rabat-joie, conclut Serena. Pour une fois qu'on peut sortir en T-shirt !

Le téléphone de Grace vibra. Doris.

Fais attention à toi, Puce.

Ça, c'était bien Doris. Jamais sa mère ne l'aurait

appelée Puce, ou Mon cœur, ou Miss. Chez les Norris on ne surnommait pas. À la rigueur se donnait-on du « ma chérie », les grands jours.

Tu repères la sortie de secours et bien évidemment tu évites la fosse.

Grace pianota :

Évidemment.

Sauf que J'ai une place en fosse. Et pas au balcon.

Amuse-toi bien, la miss.

Ils dansaient, sautaient sur eux-mêmes, brandissaient leur téléphone.

À 21 h 27, au moment où Grace sortit son mobile pour immortaliser l'acrobatie de Jesse Hughes, un SMS de Doris lui tomba sous le nez.

Attentat au Petit Cambodge, fusillade, juste à côté. Tu es toujours au Bataclan ?

Yep.

Près d'une sortie de secours ?

J'y vais.

Sans commentaire.

Un solo de guitare déchirait l'air.

Grace cria à Baptiste :

— Viens on y va.

— Qu'est-ce qu'il t'arrive ?

— Suis-moi, je vais au balcon.

— Mais pourquoi ?

— Tu sais bien…

— C'est à cause de ce que je pense ?

— Oui, allez…

— OK. Moi, je reste.

— Tu ne viens pas ?

— Plus tard.

Grace, agacée, se fraya un chemin, à contresens de la foule.

Deux minutes plus tard, à peine, les tirs, les coups, les cris. L'horreur.

De tout en haut, elle a tout vu.

Les corps qui tombent comme des dominos.

Ça ne peut pas arriver. Pas à moi. Charlie *avec Maman, et ici, au Bataclan, avec moi. La malédiction.*

Elle a avancé, accroupie, à quatre pattes, rampé sur les genoux, sur les fesses, sur les coudes, le visage dans une mare de sang épais. Elle a écrasé des corps, des mains, des cris, mais dans ses oreilles seuls les mots de Doris résonnaient :

« Ma puce tu vas t'en sortir », et ce « ma puce », c'était comme l'ombre de Doris. Comment a-t-elle fait, elle ne le savait plus, elle avait ouvert une porte, trouvé un local, s'était jetée à l'intérieur. Il y avait un ampli, elle avait bien pensé arracher la grille et se plier en quinze, mais quelqu'un avait eu l'idée avant elle.

Ils étaient vingt-cinq dans dix mètres carrés, elle avait la tête d'une fille sur le ventre, un pied sur sa cuisse, et ne sentait plus son bras gauche.

De son bras droit, elle attrapa son téléphone, le mit sur vibreur.

Il y avait dix-sept messages de Doris, deux de sa mère.

21 h 35, fusillade à La bonne Bière, Casa Nostra, c'est pas loin. Tu ne sors pas.

21 h 38, La Belle Équipe, 19 personnes tuées en terrasse. Reste au Bataclan. Trouve un local, enferme-toi.

Puis, à partir de 21 h 50, l'affolement.

Grace, ça va ?

Réponds, Puce.

Ma chérie, tout va bien ?

Un mot de toi, un seul.

Ton téléphone sur vibreur.

Cache-toi. Il y a des faux plafonds, des trappes, trois locaux techniques. Ne cherche surtout pas à sortir par la rue Amelot.

22 heures :

Ma chérie, réponds. Par pitié.

Elle pianota d'une main :

Maman, je suis vivante.

Pour une fois, ce n'était pas de l'humour.

À travers la paroi, elle avait entendu. Les cris, les hurlements, la cavalcade. Elle avait senti *l'odeur.*

Il y avait eu, ensuite, les tirs les uns après les autres, les supplications. La poignée de la porte avait bougé – un garçon l'avait tirée vers lui, si fort que ses mains étaient devenues toutes blanches.

Plus personne ne bougeait, ne respirait. Seul son œil droit bifurquait vers la gauche, pour lire les SMS qui s'affichaient sur l'écran.

Ne cherche pas à retrouver tes potes.

Je sais que tu peux le faire.

Les flics sont en route.

Fais exactement ce qu'ils vous demandent. Ils vont vouloir vérifier que vous ne portez pas d'engin explosif. Quand tu traverseras la salle, ferme les yeux.

Et puis, l'assaut de la BRI. La sortie du local, les mains en l'air. Le défilé devant une colonne de policiers. La fouille, les interrogatoires. Les couvertures de survie qui blessaient les yeux. Ces feuilles d'or jetées sur les épaules des vivants, et sur la tête des morts.

Doris avait tout prévu.

Sauf la crise de nerfs, sauf le fait d'ouvrir les yeux, comme par réflexe, les cadavres, les décapitations et les flots de sang.

Sauf l'horreur d'apprendre les quatre-vingt-neuf morts.

Sauf l'attente pendant des secondes, des minutes, des heures.

Sophie et Noémie étaient vivantes.

Serena avait été abattue, parmi les premiers.

Elle s'était levée pour courir et avait été exécutée dans le dos. Serena.

Son premier contact français.

Celle dont Grace avait pensé, juste avant de partir : *Je ne veux plus la voir.*

Une sorcière. Elles étaient toutes les deux des sorcières. Semant la mort de leur baguette maudite.

On les avait envoyées en France, Paris était à feu et à sang.

Elle passa la seconde partie de la nuit dans les bras de Doris et ceux de sa mère, il lui fallait bien quatre bras pour la contenir. Doris lui ordonna d'avaler deux comprimés blancs.

À 7 h 30, seulement, elle apprit que Baptiste était grièvement blessé à la jambe et au poumon. Qu'il avait été transporté à l'hôpital Bichat. À demi mort, mais vivant.

***

Le 14 novembre 2015, après une nuit blanche, je suis sortie à 7 h 30, dans un silence assourdissant.

Ce matin-là, Paris était mort.

Aucun cri d'enfant, nul crissement de pneu, de roulis de trottinette, aucun élève en route vers l'école Saint-Jacques, au bout de la rue.

Ce matin-là, j'ai vu des gendarmes, en treillis, armés jusqu'aux dents, patrouillant près de la paroisse Saint-Jacques.

Un lendemain de guerre.

Nous sommes la génération 2015, qui a vu Paris en sang, à qui il reste, à jamais, dans les tympans, le bruit des sirènes et du carnage.

Nous sommes cette génération qui, pendant cette nuit du 13 novembre, a envoyé par rafales des SMS aux enfants, aux parents, aux habitués des terrasses, aux amoureux de la musique.

Nous sommes cette génération qui compte, parmi ses proches, ou les proches de ses proches, comme on le disait du cancer il y a peu, au moins une personne qui a été touchée, de près ou de loin, par le terrorisme.

Le 14 novembre au matin, sur Facebook, j'ai lu l'annonce du décès de Véronique.

Son mari, Stéphane de Bourgies était en déplacement professionnel en Chine, quand il a appris qu'elle était tombée, comme on le dit d'un soldat, à la Belle Équipe.

Dans un message pudique, mais tendre il nous a avertis que sa « Véro avait été abattue par les terroristes » – qu'il rentrait aussi vite que possible, et que, depuis l'aéroport, il pensait à leurs enfants, Diego et Mélissa.

Véronique Geoffroy. Une amie journaliste, yeux pétillants, dents du bonheur, si jolie, si gaie, quand je la croisais régulièrement, aux conférences de presse ou aux premières de spectacles. La dernière fois, je l'avais aperçue à la Comédie française, avec ses enfants.

Stéphane et Véronique les avaient adoptés à Madagascar. Parce qu'il n'y avait aucune raison de rendre deux enfants heureux sans vouloir faire le bonheur de tous, elle avait fondé dans la foulée, si je puis dire, avec Stéphane en 2004, une association Zazakely Sambatra (qui signifie « Enfants heureux » en malgache).

Après le décès de Véronique, j'ai tourné comme un lion en cage, chez moi. Tout comme après le 11 septembre 2001, j'aurais voulu en être. Être sur place, recueillir des témoignages, participer à l'Histoire.

Il y a 14 ans, le 12 septembre 2001, j'étais arrivée, tôt, au Figaro, *37, rue du Louvre. Ce qui m'avait surprise alors, dans le hall, devant l'accueil, où trônait la rotative décorative « début de siècle », c'était une certaine qualité de silence. Nous étions abasourdis. Dans les étages, nous nous croisions, sans un mot, en écarquillant les yeux. La stupeur, notre signe de ralliement.*

En 2001, les réseaux sociaux n'existaient pas encore. J'ai regagné la salle de rédaction, où nous attendait la pile de journaux du jour. Nous avons ensemble, épluché les unes des quotidiens, les hebdomadaires, les éditions internationales, commenté, soupiré. Nous nous sommes consolés ensemble.

J'avais envié une de mes collègues qui se trouvait par le plus grand des hasards à Manhattan pour suivre un défilé de mode, et qui avait été dépêchée pour couvrir l'après-attentat – mais qui, à notre grande surprise, l'avait refusé. En 2015, journaliste indépendante, je travaillais toujours chez moi – parfois il est difficile d'être à distance. On ne se répare bien qu'entre « gens du métier », en déposant des bougies, des cadeaux, des roses ou des mots. Il nous faut ces rassemblements, virtuels ou réels, pour nous promettre les uns les autres que la liberté d'expression n'est pas morte.

En 2015, cela passait par les réseaux sociaux. Mais c'était la même chose : nous nous partagions des articles, comme nous nous étions passé le Herald Tribune *ou le* Time *de la main à la main. Nous nous sommes téléphoné, longuement. J'ai appris la désolation à* Version Femina. *Une jeune femme avait perdu sa sœur – Hélène Muyal-Leiris. La rédaction était sous le choc.*

Pour participer à ma manière, comme une caresse faite aux disparus, j'ai rédigé un hommage dans le Figaro.fr, « Adieu Véronique », paru le 15 novembre 2015, qui a été partagé des dizaines de milliers de fois. J'y parlais de cette « belle âme », ex-journaliste à Madame Figaro, *la bonne humeur incarnée. J'y rappelais tout simplement tout le bien qu'elle avait prodigué autour d'elle. Elle avait fait construire un dispensaire à Antanety, des puits dans les villages de brousse. Le portrait qui accompagnait l'article la montrait en plein soleil, lunettes noires sur le nez, sourire chaleureux. Sans doute, imaginais-je, sur une plage de Madagascar, où elle voulait « devenir une vieille grand-mère entourée d'enfants ».*

On ne lui a pas laissé cette chance.

Véronique est devenue notre icône.

À son enterrement, il y avait foule et tout le monde n'a pas pu rentrer. J'ai distingué Patrick Pelloux sur les bancs de l'église, et plusieurs politiques.

Nous n'avons pas oublié Véronique. Nous n'avons pas oublié Marie-Aimée Dalloz, la fille de la psychanalyste Danièle Dalloz, morte à trente-quatre ans dans la salle de concert, Sylvain, le petit-fils d'Anne Sylvestre, Hélène Muyal-Leiris, comme tous les si beaux et jeunes visages parus dans le mémorial du Monde. *Nous n'avons pas oublié la lettre d'Antoine Leiris, « Vous n'aurez pas ma haine », devenue un livre un peu plus tard. Ni la voix vibrante et rauque de Camelia Jordana le jour de la cérémonie des Invalides. Ni les larmes de François Hollande, ou celles d'Emmanuel Macron, un peu plus tard.*

La disparition de Véronique fait écho douloureusement à celle de Loumia Hiridjee, exécutée dans les attentats de Bombay le 26 novembre 2008. Loumia, fondatrice de Princesse Tam•Tam, une autre « belle âme », native de Madagascar, avait décidé de développer le e-commerce en Inde, à Bombay, la ville de ses ancêtres. Elle y était donc partie, avec son mari Mourad Amarsy et ses trois enfants, enthousiasmée par cette « ville imprévisible ». Je me souviens de ce dîner, chez elle, où, vêtue d'un sari, elle avait convié ses amies journalistes pour un dernier au revoir. Elle m'avait offert ce jour-là un de ces « coffee table books » intitulé Sagesses indiennes, 365 pensées des maîtres de l'Inde, *un almanach qui égrène jour après jour de courts poèmes célébrant la nature, l'amour et la paix.*

En 2008, alors qu'elle préparait son retour imminent en France, elle s'est retrouvée piégée avec son mari à l'hôtel de luxe Oberoi, où elle était venue dîner à l'improviste, sur un coup de tête. Tous les deux, fusillés. Sans sommation. Tout comme les cent soixante-six victimes ce soir-là.

Pour le dernier adieu à Loumia, enterrée au cimetière musulman de Bagneux, nous étions voilées et pieds nus.

Aujourd'hui, je feuillette le livre que Loumia m'a si affectueusement dédicacé.

« Chère Sophie, beaucoup de sagesses dans ce tumulte quotidien, c'est une chance de t'avoir rencontrée », des mots qui me serrent le cœur… Je m'arrête sur la page du 13 novembre, dont le texte, signé par Swami Vivekananda me glace le sang :

« Choisis toutes les formes, tous les temples, toutes les cérémonies que tu veux pour t'approcher de Dieu.

Mais que les unes et les autres ne soient pas prétextes à des querelles.

Les querelles ne te conduiront pas vers Dieu, elles te feront régresser vers l'état de sauvagerie. »

Novembre 2008-novembre 2015. Deux amies, deux cultures.

Quand j'ai appris la mort de Véronique, je me souviens avoir pensé : Maintenant, j'ai deux amies qui ont été tuées par le terrorisme. Ça commence à faire beaucoup.

Il y a eu des livres, des récits, autour des attentats et du Bataclan. Besoin de comprendre, de se repasser les images – plus que voyeurisme. Le dernier en date, Chroniques d'une survivante *est signé Catherine Bertrand, une jeune graphiste. Catherine Bertrand, qui a réchappé de justesse au Bataclan, est un nom d'emprunt : « J'avais peur que les terroristes ne viennent me chercher pour "finir le travail". Mais surtout, explique-t-elle, après le 13 novembre, je suis devenue quelqu'un d'autre. » Certaines épreuves ressemblent au voyage d'Orphée.*

47

Traversée

20 novembre 2015

— Tu as pris ton pull en cachemire, maman ? Le col roulé ?

— Oui.

— Et tes gants ? Ça gèle, à Rome, l'hiver.

— Je ne pars pas au Kazakhstan, tout de même !

Le silence lui répond, rompu par le tic-tac des clignotants.

La limousine blindée file sur l'autoroute du Nord. Il est un peu plus de 9 heures, le ciel est bleu très clair, presque blanc, et le soleil darde le macadam de ses pâles rayons.

Molly ferme les yeux. On aurait pu croire à un départ en vacances.

Un été – quelle année ? – ils étaient partis en camping-car, avec Elea, une amie de Grace, jusqu'à Palm Springs. Dennys conduisait, comme toujours.

L'aventure, sans escorte et sans risque.

Cet été-là, ils avaient dormi dans des motels, sur la route, et faisaient griller des saucisses dans les *fire places.* Grace avait la manie de taper de ses pieds sur le siège avant, et Molly avait pris l'habitude de se retourner :

— Si tu continues à me démettre les vertèbres, je serai une petite vieille toute cassée en mille morceaux. Il faudra que tu me reconstitues comme le dinosaure du Pacific Center.

— Avec de la Super Glue ?

— Avec de la Super Glue.

— Alors, je t'en mettrai tout partout, même sur la bouche et même sur les doigts, et tu pourras même plus parler, même plus dessiner.

Aujourd'hui, Grace avait dix-neuf ans et était à son côté dans cette voiture blindée conduite par Ronald. Doris était assise à l'avant, sur le siège passager. Une famille de bric et de broc.

Molly, les yeux mi-clos, regardait la queue-de-cheval de la garde du corps traversée par un rayon de soleil. Comme si elle avait compris l'imminence de la nostalgie, Grace tourna la tête vers sa mère :

— Bon, tu ne vas pas te plaindre, hein ? La Villa Médicis !

— Eh oui, lança Molly. Cinq ans pour en arriver là ! Un concours de caricatures, une fatwa, un exil interminable à Paris pour, enfin, m'incruster à l'Académie.

Doris se retourna vers l'arrière, un sourire poli sur les lèvres.

Le bruit du clignotant reprit.

— On arrive, je me gare, on décharge très vite, annonça Ronald.

Molly sentit quelque chose se déchirer en elle. Il allait falloir supporter ça. Cette dernière épreuve.

Tout s'était fait si vite.

Ce coup de téléphone, cinq jours plus tôt.

Elle allait quitter Paris. On allait l'exfiltrer.

Rome, la Villa Médicis, ça lui disait quelque chose ? On lui avait envoyé les documents, elle devait vite monter son projet. Elle avait regardé, les villas particulières, les orangers, le *studiolo* peint en trompe-l'œil. Elle serait logée dans le parc.

Elle travaillerait à son œuvre.

— Quelle œuvre ?

— À vous de l'inventer. Un livre, des tableaux. Des installations. Vous êtes une artiste, non ? Vous aurez tout le temps pour créer.

— Et ma fille ?

On ne lui avait pas répondu.

— Commencez à faire vos valises.

Elle avait raccroché, pensé à son père.

Quand Grace était rentrée, ce soir-là, de son cours de yoga, elle avait trouvé la petite table dressée aux couleurs de l'Italie. Molly, joues rouges, yeux pétillants, avait préparé un carpaccio de bœuf et sa sauce pesto, des courgettes farcies à la ricotta, sur lesquelles elle avait disposé de petits pignons. Il y avait aussi du chianti et des gressins.

Mais Grace, informée déjà par Doris, avait serré les lèvres et détourné le regard. Molly avait senti arriver la catastrophe, comme un cumulus approchant avec l'orage.

— Je ne sais pas. Vraiment je ne sais pas.

— Tu as vécu quelque chose d'affreux, ma chérie, il faut que tu partes, que tu penses à autre chose. Et Rome ! Enfin, ça ne se refuse pas.

— Mais… Maman, j'ai ma vie !

Grace avait secoué la tête.

— L'association. Mes études. Baptiste. Je ne peux pas tout jeter comme ça.

Molly avait repris sa voix flûtée des mauvais jours.

— Tu viendras en vacances ? À Noël ?

Grace n'avait pas répondu. Elle avait juste demandé :

— Tu m'en veux maman ?

— Regarde-moi, là, dans les yeux. C'est moi qui ai fait la bêtise. Comment je pourrais t'en vouloir ? On a été ensemble pendant cinq ans. Tu as dix-neuf ans, tu es adulte.

Tous ces mots, de mère responsable, alors qu'elle avait juste envie de crier.

Molly avait imaginé des adieux à la Grace, ironiques et dansants : « Maman, c'est bon, là, lâche-moi la grappe, allez *ciao bella*, tu diras bonjour à Balthus pour moi », « T'aurais dû demander une cachette au Vatican, c'est nul la Villa Médicis »... mais Grace est devenue comme une poupée de chiffon dans ses bras, quelques secondes qui ont duré dix bonnes minutes.

Molly pensa alors à ce vers, que la jeune fille avait écrit au marqueur sur son bureau.

« Ne me secouez pas, je suis pleine de larmes. » Malgré tout le soin qu'elle eut à la bercer, comme quand elle était toute petite, elle sentit tout de même, sous ses doigts, des sanglots silencieux.

Doris et Ronald l'accompagnèrent sur le tarmac, Ronald serait du voyage.

Le soleil glacé tapait sur l'aile de l'Airbus, au loin.

— Il y aura peut-être un film, tu sais. Et un bon latte, lança gaiement Doris.

Molly déglutit. Tout cela devenait si réel. Elles s'arrêtèrent. Molly tendit la main à sa garde du corps, qui la serra dans ses bras, fermement.

— Tu sens le menthol, murmura Molly. T'aurais pu arrêter de cloper pendant que j'étais là.

La caricaturiste se laissa, enfin, aller aux larmes.

— Allons bon, répétait Doris, en lui tapotant le dos. Tu sais que je peux demander mon transfert là-bas, hein ? À l'ambassade de France à Rome.

— Toi, tu vas faire ta mammographie, sinon je te dénonce.

Molly s'écarta légèrement.

— Occupe-toi bien d'elle. Je trouve qu'elle s'en sort trop bien, après ce qu'elle a vécu. J'ai peur qu'elle ne craque, un peu plus tard.

En prononçant ces mots, le visage de sa fille lui apparut si clairement qu'elle sentit son cœur s'arracher de sa poitrine ; elle avait tout simplement envie de courir en sens inverse.

Elle savait bien qu'elle pouvait ne plus jamais la revoir – et ces deux simples mots, « plus jamais », ouvraient un abîme, sous ses pieds.

Avancer, pas à pas, jusqu'à la cabine. Place 4D.

Elle écrasa son visage contre la vitre. Au pied de la passerelle, elle voyait la queue-de-cheval de Doris, et, quand la garde du corps se retourna, les deux visages – celui de Grace, celui de Doris se superposèrent bizarrement.

Elle entendait le claquement des coffres à bagages, le cliquètement des ceintures de sécurité, un bébé se mit à crier. Devant elle, sur le siège 3C, un homme ouvrit d'un coup sec le *Corriere della Sera*.

Elle, elle partait en résidence d'artiste.

Seule, libre.

Une bouffée d'orgueil l'envahit.

Elle glissa la main dans son sac. La lettre de Grace. Sa texture s'était affinée comme le tissu d'un vêtement trop porté.

Doris lui avait conseillé de la dématérialiser au plus vite, pour que, en cas d'incident malheureux, personne ne fasse le lien entre la mère et la fille. « Mais, lui avait alors répondu la caricaturiste en tapotant son front de l'index, elle EST dématéralisée. »

Et tandis que les réacteurs commençaient à vrombir, elle se la récita par cœur, comme jadis elle comptait les étages dans l'ascenseur qui la menait à son bureau.

Avertissement :
Ceci est une lettre d'amour, et non de rupture. Risque d'ironie mal placée, palpitations cardiaques, glissements de terrain, pluies éparses.

Maman,

« Tant de maladresses, de tendresse avortée
Tant d'accès de colère et tant de pots cassés... »
Tu aimes ? C'est l'incipit d'une chanson, que j'ai écrite hier soir.
Tu me promets que tu ne vas pas ricaner ? Ou pleurer ? Laisse tout ça de côté, s'il te plaît, et respire. Ça y est ? Maintenant, tu peux lire.
J'ai eu si souvent envie de te prendre dans mes bras.
Si souvent j'ai pensé : Allez, on enterre la hache de guerre, on va passer une soirée Chamallows entre filles. Et puis, tu arrivais dans mon champ de vision et aussitôt, ça montait en moi.
L'agacement, la rage. La rancœur. Pourquoi ? Peut-être parce qu'on est devenues un vieux couple ? Parce que papa n'était plus là pour nous réconcilier ?
Ces mots que je n'ai pu te dire, je te les écris maintenant.
Maman, tu es mon héroïne. Tant de gens vivent sans aucun autre idéal que celui d'élever des enfants aux dents blanches et aux idées propres.
Tant de gens ne pensent qu'à leur propre futur. Sans se

battre pour cette foutue planète.
Cette caricature, on l'a faite à deux, je le sais très bien. On l'a expiée à deux. J'ai purgé ma peine, jusqu'au sang. Je dois passer à autre chose.
Je vais soigner Baptiste, on va se consoler ensemble. Je vais essayer d'oublier l'odeur de la poudre. Pour ça, il me faut rester ici, sur le lieu du désastre.
C'est bizarre, hein, maman, mais je ne m'envole pas avec toi au paradis.
Je t'aime, mais je ne pars pas.
Maman, tu es mon inspiratrice. Mon idole, et ma seule amie. C'est drôle comme tu as rapetissé en cinq ans. Tu es devenue si petite, que je t'ai avalée sans même m'en rendre compte.
Ton visage plane au-dessus de moi, ton demi-sourire, ton ironie. Je tends le bras, là, devant moi, et je touche ta joue, je sens ton souffle chaud sur mon cou, je sens tes doigts dans mes cheveux.
J'ai commencé un livre. Une histoire de femme menacée de mort. Un truc hyper banal par les temps qui courent.
Quand je regarde ma main, qui écrit, je vois la tienne, qui dessine. Je te souhaite des glaces à la fraise et du prosecco, des cappuccinos et des Bellini, des dessins au fusain, des spaghettis *alle vongole*, et une vie *al dente*.

Je t'embrasse comme je t'aime.

Gabrielle. Grace.
Gracielle.

Les coïncidences rythment nos vies. Elles les enfantent et les achèvent.

Au moment où je m'apprête à mettre un point final à ce roman, un dessin jugé offensant – Donald Trump tenu en laisse par Netanyahu – paru dans le New York Times *fait trembler la planète des caricaturistes de presse. À la suite des menaces, du scandale, le journal annonce que, à compter du 11 juillet 2019, il ne publiera plus de caricature.*

C'est écrit, noir sur blanc, et c'est une défaite.

Dans un article du Figaro, *la philosophe Anne-Sophie Chazaud, auteure d'un livre sur la liberté d'expression, évoque l'hystérie de ces censeurs. « Il n'y a pas de différence entre le fondamentalisme et ces esprits bien-pensants du* New York Times. *Ils se rejoignent ». Elle évoque la nécessité absolue de préserver le second degré, l'ironie, « quitte à faire preuve de mauvais goût, quitte à trébucher, à se tromper. »*

Ça me semble être la définition même de l'humanité.

Je me suis rappelé un commentaire de Signe Wilkinson, journaliste au Philadelphia Daily News, *supporter de Molly, quand l'affaire Norris a commencé à mal tourner :*

« Si les cartoonistes ne se battent plus pour protéger notre droit à dessiner ce qui nous semble juste et bon, alors personne ne le fera. » Elle écrit encore : « Nous avons besoin de dire et de répéter que les dessins ne tuent personne. Ceux qui assassinent les gens, ce sont les fanatiques des religions fondamentalistes, dépourvus de sens de l'humour. »

J'ai pensé à Molly.

Où qu'elle soit aujourd'hui, au Volunteer, au Jardin des Plantes, au Boboli, dans le parc de la Villa Medicis, tirant en laisse un bouledogue, un setter, un labrador, blonde, brune, cheveux grisonnants, elle a dû mourir une seconde fois.

Je pense à Molly, je pense aux disparus, aux demi-morts, à ceux qui ont bravé le pire ; je pense aux résistants, à mon père, et je retiens mes larmes.

REMERCIEMENTS

Mes premiers remerciements vont à l'équipe des Éditions Charleston, à la confiance renouvelée et à l'audace de sa directrice, Karine Bailly de Robien, aux mots justes de Danaé Tourrand et Laury-Anne Frut.

Merci à Alice Bercker pour son regard avisé et sa bienveillance, à Caroline Obringer pour son énergie positive.

Je remercie mon amie d'enfance et « presque sœur », la juge d'instruction lyonnaise Nathalie Andréassian, toute première lectrice et informatrice.

Mille mercis à Anne-Cécile, l'officier de sécurité, à Hélène pour m'avoir ouvert les portes de la BnF, à Valérie pour ses informations sur les bouledogues.

Ma gratitude à l'illustratrice Charlotte Sjöstrand pour ses remarques sur les dessins de Molly.

Enfin, merci à Alexandra Laffite et Maris, pour leurs informations précises sur la ville de Seattle.

Sans oublier mon mari, Thomas.

CE ROMAN VOUS A PLU ?
DITES-LE-NOUS !

Rejoignez la communauté Charleston
et échangez sur vos lectures

www.editionscharleston.fr

Surprises, rencontres, extraits inédits,
cours de danse et infos feel-good...
Retrouvez-nous chaque mois dans vos boîtes mail !
www.editionscharleston.fr/inscrivez-vous-newsletter

CHARLESTON
L'éditeur du féminin

Achevé d'imprimer en décembre 2019
par CPI Bussière
À Saint-Amand-Montrond (18)
Dépôt légal : janvier 2020
N° d'impression : 2048241
Imprimé en France